オーバーロード

1

不死者の王

OVERLORD 「1」 The undead king

目次 Contents

Prologue

少女とそれより幼い少女を前に、全身鎧《フルプレート》に身を包んだ者は剣を振りかぶった。

一撃で命を奪うのが慈悲であるとでもいわんばかりに、大きく振り上げられた剣が日差しを反射しギラギラと輝く。

少女は目を閉じた。その下唇を噛み締めた表情は、決して望んでの姿ではない。ただ、どうしようもなくてそれを受け入れたに過ぎない。もし少女に何らかの力があったなら、目の前の者に叩きつけ逃がれただろう。

しかし——少女に力は無い。

だからこそ結末は一つしか残されていなかった。

少女はここで死ぬ。

剣が振り下ろされ——

——痛みはいまだ来なかった。

ぐっと固く閉ざしていた瞼《まぶた》を開く。

少女の世界に最初に飛びこんで来たのは、振り下ろしかけて止まっている剣であった。

次に映ったのは剣の持ち主。

騎士はまるで凍りついたように動きを途中で止め、少女の横に注意を向けていた。その完全に無防備な姿は、騎士の内面の驚きを強く体現していた。

騎士の視線に引きずられるように、少女も同じ方向に顔を向ける。

そして——絶望を見た。

そこには闇があった。

薄っぺらな、ただ、どこまで行っても終わりが無さそうな深みある漆黒。それが下半分を切り取った楕円の形で、地面から浮かび上がっていた。神秘的であると同時に、言葉に出来ないような強い不安を感じさせる光景。

扉?

少女はそれを見てなんとなく思う。

心臓が一つ鼓動を打った後、それが間違っていなかったことが証明される。

闇の中からズルリと何かが零《こぼ》れ落《お》ちた。

それが何か、認識した瞬間――

「ひぃ！」

――かすれた悲鳴を少女はもらす。


人間では決して勝ちえることのできぬ存在。


白骨化した頭蓋骨の空虚な眼窩《がんか》には、濁った炎のような赤い揺らめきがある。それは少女達に向けられ、生者という獲物を冷たく見据えているようだった。肉も皮も無い、骨の手には、神々《こうごう》しくも恐ろしい、この世の美を結集させたような杖《スタッフ》を握り締めていた。

まるで〝死〟が、細かな装飾の入った漆黒のローブをまとい、異界から闇とともにこの世界に生まれ落ちたようだった。

一瞬で空気が凍りつく。

絶対者の降臨を前に、時すらも凍ったようだった。

少女は魂を奪われたように呼吸を忘れる。

時間の感覚が無くなるような状況の中、少女は呼吸が苦しくなり、えずくように空気を吸い込む。

自分を誘うために、あの世からの使者が姿を現した。少女はそう考え、しかしすぐに違和感を感じ取る。自分たちを狙う後ろの騎士もまた、動きを止めていたために。

「かぁ……」

悲鳴ともいえない呼気が聞こえた。

それは誰が漏らしたものか。自分のようであり、全身を震わせる妹のようであり、眼前で剣を持った騎士のようであった。

ゆっくりと、肉がこそげ落ちた骨しかない指が伸び――そして何かを摑《つか》むように広げられた手は少女ではなく騎士に突きつけられた。

目を離したいのに、怖くて目を離すことができない。離したらもっと恐ろしいものに変化してしまうような気がして。

〈――心臓掌握《グラスプ・ハート》〉

死の体現が何かを握り締める仕草をし、少女のすぐ側で金属のけたたましい音がした。

〝死〟から目を逸らすのは怖いが、心に宿ったほんの少しの好奇心に負け、視線を動かした少女は大地に伏した騎士の姿を捉えた。騎士はもはや動かない。

死んだ。

そう、死んだ。

命を奪わんと少女に迫っていた危険は、笑ってしまうほど簡単に去った。しかし喜ぶことなどできない。なぜなら〝死〟は形を変え、より濃密な姿で顕現《けんげん》しただけ。

少女の怯えた視線を一身に浴びていた〝死〟が少女に向かって動き出す。

視界の中に納まっていた闇が膨れあがる。

そのまま自分を飲み込む。

そんな思いが浮かび、少女は妹を強く抱きしめた。

逃げるなどという考えは、もはや頭のどこにも無かった。

相手が人であれば、もしかしたらという淡い希望を抱いて動くことができる。だが、眼前にいるのはそんな希望を簡単に吹き飛ばしてしまうような存在だ。

せめて痛い思いをせずに死ねますように。

そう願うのがやっとだ。

腰に抱きつきガタガタと恐怖に震える妹。助けてやりたいのに、助けることができない。自分の無力を謝ることしかできなかった。自分が一緒に逝く事で寂しくないように祈るだけだ。

そして——

1章　終わりと始まり

Chapter 1 | End and beginning

1

西暦二一三八年現在、ＤＭＭＯ-ＲＰＧという言葉がある。

〈Dive Massively Multiplayer Online Role Playing Game〉の略称であり、サイバー技術とナノテクノロジーの粋《すい》を集結した脳内ナノコンピューター網――ニューロンナノインターフェイスと専用コンソールとを連結。そうすることで仮想世界で現実にいるかのごとく遊べる、体感型ゲームのことである。

つまりはゲーム世界に実際に入り込んだごとく遊べるゲームのことだ。

数多《あまた》開発されたそんなＤＭＭＯ-ＲＰＧの中に、燦然《さんぜん》と煌《かがや》く一つのタイトルがある。

ＹＧＧＤＲＡＳＩＬ《ユグドラシル》
それは一二年前の二一二六年に、日本のメーカーが満を持して発売したゲームであった。

ユグドラシルは当時の他のＤＭＭＯ-ＲＰＧと比較しても、「プレイヤーの自由度が異様なほど広い」ゲームだった。

基本となる職業《クラス》の数は、基本職と上級職を合わせると、ゆうに二〇〇〇を超える。職業《クラス》はどれも最大で一五レベルまでしかないために、総合レベルの限界である一〇〇レベルに到達するまでに、少なくとも七つ以上を重ねることとなる。さらには前提条件さえ満たしていれば、「つまみ食い」も可能。やろうと思えば、非効率的ではあるが一レベルの職を一〇〇個重ねることだって可能だ。つまりは意図的に作成しない限り、寸分たがわぬキャラクターは出来ないように作られたシステムだった。

外装《ビジュアル》だって、別売のクリエイトツールを使用することで、武器防具の外見や内包するデータ、自らの外装、保有する住居の詳細な設定なども変化させることが出来た。

そんな世界に旅立ったプレイヤーを待ち構えていたのは広大なマップ。アースガルズ、アルフヘイム、ヴァナヘイム、ニダヴェリール、ミズガルズ、ヨトゥンヘイム、ニヴルヘイム、ヘルヘイム、ムスペルヘイムの九つの世界。

広大な世界、膨大な職業《クラス》、幾らでも弄《いじ》れそうな外装《ビジュアル》。

そんな日本人のクリエイト魂にニトロをぶち込むような弄りがいこそ、後に外装人気とも言われる現象を生み出す。そうした爆発的な人気を背景に、日本国内においてＤＭＭＯ－ＲＰＧと言えばユグドラシルを指すものだという評価を得るまでになった。

——しかし、それも一昔前のことである。

部屋の中央には黒曜石《こくようせき》の輝きを放つ巨大な円卓が鎮座《ちんざ》しており、そこを四一人分の豪華な席が囲んでいた。

ただ、ほとんどが空席だ。

かつては全員が座っていた席に今ある影はたったの二つ。

片方の席に座っている者は金と紫で縁取られた、豪奢《ごうしゃ》な漆黒のアカデミックガウンを羽織っていた。襟首の部分など多少装飾過多のようにも見えるが、それが逆に妙に馴染んでいる。

ただ、そのむき出しの頭部は皮も肉も付いていない骸骨《がいこつ》。ぽっかりと開いた空虚な眼窩には赤黒い光が灯っており、頭の後ろには黒い後光のようなものが輝いていた。

もう一つの席に座る者もまた人間ではない。黒色のどろどろとした塊《かたまり》だ。コールタールを思わせるそれの表面はブルブルと動き、一秒として同じ姿を保っていない。

前者は死者の大魔法使い《エルダーリッチ》——魔法詠唱者《マジック・キャスター》が究極の魔法を求めアンデッドとなった存在——の中でも最上位者、死の支配者《オーバーロード》。後者は古き漆黒の粘体《エルダー・ブラック・ウーズ》、スライム種では最強に近い強力な酸能力を有する種族だ。

両者とも最高位難易度のダンジョン内の配置モンスターとして時折姿を見かけ、死の支配者《オーバーロード》各種は最高位の凶悪な魔法を使うことで、古き漆黒の粘体《エルダー・ブラック・ウーズ》は武器防具の劣化能力を保有することで、嫌われ者として名高い。

だが、別に彼らは本当のモンスターというわけではない。

プレイヤーだ。

ユグドラシルでプレイヤーが選べる種族は、人間・山小人《ドワーフ》・森妖精《エルフ》などに代表される基本的な人間種、小鬼《ゴブリン》・豚鬼《オーク》・人食い大鬼《オーガ》といった、外見は醜悪だが人間種よりも性能面で優遇される亜人種、そしてモンスター能力を保有し、能力値も他種族より高いが様々な面でペナルティを受ける異形種《いぎょうしゅ》、と大分類され、これらの上位種族まで合わせれば、最終的な種族はトータルで七〇〇種類にもなる。

当然、死の支配者《オーバーロード》も古き漆黒の粘体《エルダー・ブラック・ウーズ》もプレイヤーがなることのできる異形種の上位種族の一つである。

その二者の内、死の支配者《オーバーロード》が口を動かすことなく言葉を発する。かつての最高峰DMMO-RPGであっても、会話にあわせた表情変化までは技術的に不可能だったためだ。

「本当に久しぶりです、ヘロヘロさん。ユグドラシルのサービス最終日とはいえ、正直本当に来てもらえるなんて思ってもいませんでしたよ」

「いやー、本当におひさーです、モモンガさん」

同じく成人した男性の声が答えるが、前者のものに比べれば覇気《はき》というか生気のようなものが無い。

「リアルで転職をされて以来ですから、どれぐらいになりますかね？　……二年ぐらい前ですかね？」

「あー、それぐらいですねー。うわー、そんなに時間が経ってるんだ。……やばいなぁ。残業ばかりでこのごろ時間の感覚が変なんですよね」

「それかなり危ないんじゃないですか？　大丈夫なんですか？」

「体ですか？　超ボロボロですよ。流石《さすが》に医者にかかるまではいかないですけど、それに近いレベルでやばいっす。むちゃくちゃ逃げたいですよ。とは言っても食べていくには稼がなくてはならないわけで、奴隷のごとく鞭で打たれながら必死に働いていますよ」

「うわー」

死の支配者《オーバーロード》──モモンガは頭を引いて、ドン引き、とリアクションを取る。

「まじ、大変です」

思いっきり引いたモモンガに追撃をかけるよう、ヘロヘロの信じられないほど実感がこもった暗い声が放たれる。

二人の現実世界《リアル》での仕事の愚痴は更に加速していく。

報連相が全然出来ない部下の話。前日とまるで変わる仕様書。ノルマをこなせず受ける上司からの追及。仕事が忙しすぎて家に帰れない毎日。生活時間の狂いから生じる異様な体重増加。増えていく薬。

その内にダムが決壊したようにヘロヘロの愚痴《ぐち》は流れ出し、一方的にモモンガが聞く側へとシフトしていた。

仮想現実の世界で現実世界の話をする。それを忌避《きひ》する者は多い。仮想世界にまで現実のことを持ち出さないで欲しい、という気持ちももっともだろう。

ただ、この二人はそうは思っていなかった。

彼らの所属するギルド——プレイヤー仲間によって構築され、組織運営されるチーム——アインズ・ウール・ゴウンに参加するメンバーの約束事は二つ。一つは社会人であること。そしてもう一つは異形種であることだ。

そんなギルドであるため、現実世界での仕事に対する愚痴が話題になることは多い。そしてギルドメンバー達もそれを受け入れていた。二人の会話はアインズ・ウール・ゴウンの日常的光景ともいえる。

十分な時間が経過し、ヘロヘロから流れ出していた濁流は清流へと変わる。

「……すいません。愚痴ばっかりこぼしちゃって。あんまり言えないんですよね、向こうじゃ」

頭部らしき箇所をブルンとくねらせ、頭を下げたであろうヘロヘロにモモンガは声をかける。

「気にしないでください、ヘロヘロさん。そんなに疲れているのに無理を言って来てもらったんですから。愚痴くらいだったらどんだけでも飲み干せますすって」

ヘロヘロから先ほどに比べれば生気が戻った微かな笑い声が漏れ出る。

「いや、ほんとありがとうございます、モモンガさん。こっちもログインして久しぶりに仲間に会えて嬉しかったですよ」

「そうおっしゃってくれるとこちらとしても嬉しいですね」

「……ですけど、そろそろ」

ヘロヘロの触腕《しょくわん》が空中で何かを操作するように動く。コンソールを操作しているのだ。

「ああ、確かにもう時間ですね……」

「すいません、モモンガさん」

モモンガはそっと息をつく。その内面に浮かんだ感情を悟られないように。

「そうですか。それは残念ですね。……本当に楽しい時間はあっという間ですね」

「本当は最後までご一緒したいんですけど、流石にちょっと眠すぎて」

「あー、お疲れですしね。すぐにアウトして、ゆっくり休んでください」

「本当にすいません。……モモンガさん。いや、ギルド長はどうされるんですか？」

「私はサービス終了の強制ログアウトまで残っていようかと考えています。時間はまだありますし、もしかするとまだどなたか戻ってくるかもしれませんから」

「そうですか。……でも正直ここがまだ残っているなんて思ってもいませんでしたよ」

こういうとき、表情を動かす機能がないことが本当にありがたかった。もし動いていたら、表情を歪めたのが一目瞭然だっただろう。それでも声に感情が表れてしまうので、モモンガは口を開くことが出来ない。一瞬だけこみ上げた感情を殺すために。

皆と共に作ったからこそ、だからこそ必死になって維持してきたというのに、仲間の一人からそんなことを言われれば、混じりあいすぎて形容しがたい感情も生まれるというもの。ただ、そんな感情も次のヘロヘロの言葉で霧散《むさん》する。

「モモンガさんがギルド長として、俺たちがいつ帰ってきても良いように維持してくれていたんですね。感謝します」

「……皆で作り上げたものですからね。誰が戻ってきても良いように維持管理していくのはギルド長としての仕事ですから！」

「そんなモモンガさんがギルド長だからこそ、俺たちはこのゲームをあれほど楽しめたんでしょうね。……次にお会いするときは、ユグドラシルⅡとかだと良いですね」

「Ⅱの噂は聞いたためしがないですが……でもおっしゃるとおり、そうだと良いですね」

「そのときはまたぜひ！　じゃ、そろそろ睡魔がやばいので……アウトします。最後にお会いできて嬉しかったです。お疲れ様です」

「――っ」一瞬だけ、モモンガは口ごもる。しかしすぐに最後の言葉を贈った。「こちらもお会いできて嬉しかったです。お疲れ様でした」

ピョコンと感情《エモーション》アイコンの一つ、笑顔マークがヘロヘロの頭上に浮かぶ。ユグドラシルでは表情は動かない。だからこそ感情を表現したいときは、感情《エモーション》アイコンを操作する。

モモンガもコンソールを操作し、同じエモーションを浮かべる。

ヘロヘロから最後の言葉が投げかけられた。

「またどこかでお会いしましょう」

――来てくれたギルドメンバー三人のうちの最後のメンバーが掻き消える。

静けさが――今まで人がいたとは思えないような静けさが室内に戻ってきた。余韻も残滓《ざんし》も何もなく。

先ほどまでヘロヘロが座っていたイスに視線を送りながら、モモンガは最後に言おうとしていた言葉をポツリと呟いた。

「今日がサービス終了の日ですし、お疲れなのは理解できますが、せっかくですから最後まで残っていかれませんか――」

無論返ってくる言葉はない。すでにヘロヘロは現実世界に帰還《アウト》しているのだから。

「はぁ」

モモンガは心の奥底からため息を一つこぼす。

言えるはずがなかった。

ヘロヘロが非常に疲れているのは短い会話の中や、声に含まれていた雰囲気で十分に理解できた。そんな人物が自分の出したメールに応えて、このサービス終了――ユグドラシル最後の日に来てくれた。それだけで感謝しないといけない。これ以上の願いは厚かましいを通り越し、迷惑というものだ。

モモンガはヘロヘロが先ほどまでいた席を凝視し、それから視線を動かす。その先にあるのは三九席。かつての仲間たちが座っていた場所だ。ぐるっと見渡し、最後に再びヘロヘロの席まで戻ってくる。

「どこかでお会いしましょう……か」

いつかまた会いましょう。

またね。

そういった言葉は幾たびも聞いた。しかしそれが実際に起こることは殆ど無かった。

誰もユグドラシルには戻ってこなかった。

「どこで、何時会うのだろうね——」

モモンガの肩が大きく震える。そして長い間沈殿させていた本心が迸《ほとばし》った。

「——ふざけるな！」

怒号と共に両手がテーブルに叩きつけられる。

攻撃と判断したユグドラシルシステムが、モモンガの素手攻撃能力やテーブルの構造物防御値など無数の事柄を計算。その結果、モモンガが手を叩きつけた辺りに「0」という数字が浮かび上がる。

「ここは皆で作り上げたナザリック地下大墳墓だろ！　なんで皆そんなに簡単に棄てることが出来る！」

激しい怒りの後に来たのは、寂寥感《せきりようかん》だ。

「……いや、違うか。簡単に棄てたんじゃないよな。現実と空想。どちらを取るかという選択肢を突きつけられただけだよな。仕方ないことだし、誰も裏切ってなんかいない。皆も苦渋の選択だったんだよな……」

モモンガは己に言い聞かせるように呟き、席から立ち上がる。向かった先には、壁に一本のスタッフが飾られてあった。

――ヘルメス神の杖《ケーリュケイオン》をモチーフにしたそれは、七匹の蛇が絡み合った姿をしている。のたうつ蛇の口はそれぞれ違った色の宝石を咥《くわ》えていた。握りの部分は青白い光を放つ水晶のような透き通った材質だ。

誰が見ても一級品であるそれこそ、各ギルドにつき一つしか所持できないギルド武器と呼ばれるものであり、アインズ・ウール・ゴウンの象徴とも言える物である。

本来ならギルド長が持つべきそれが何故、部屋に飾られていたのか。

それはこれがギルドを象徴するものに他ならないからだ。

ギルド武器が破壊されれば、ギルドの崩壊を意味する。だからこそ、ギルド武器はその強大な性能を発揮することなく、最も安全な場所に保管されることが多い。そしてそれは最高峰のギルドであるアインズ・ウール・ゴウンであっても例外ではなかった。

ギルド長であるモモンガに合わせて作られたにも関わらず、モモンガが一度も持つことなくここに飾ってきたのは、そういう理由あってのことだ。

モモンガはそれに手を伸ばし、途中で動きを止める。今この瞬間――ユグドラシルサービス終了という最後の瞬間においてなお、皆で作り上げた輝かしい記憶を地に落とす行為に、戸惑いを覚えたためだ。

ギルド武器を作り上げるために皆で協力して冒険を繰り返した日々。

チームに分かれて競うように材料を集め、外見をどうするかで揉め、各員が持ち寄った意見をまとめ上げ、すこしずつ作り上げていったあの時間。

それはアインズ・ウール・ゴウンの最盛期——最も輝いていた頃の話だ。

仕事で疲れた体に鞭打って来てくれた人がいた。家族サービスを切り捨てて、奥さんと大喧嘩した人もいた。有給休暇を取ったぜと笑っていた人がいた。

一日おしゃべりで時間が潰れたことがあった。馬鹿話で盛り上がった。冒険を計画し、宝を漁《あさ》りまくったことがあった。敵対ギルドの本拠地である城に奇襲を掛け、攻め落としたことがあった。世界《ワール》級《ド》エネミーと言われる最強の隠しボスモンスターたちの手にかかり壊滅しかかったことがあった。未発見の資源をいくつも発見した。様々なモンスターを本拠地に配属し、突入してきたプレイヤーを掃討した。

しかし今では誰もいない。

四一人中、三七人が辞めていった。残りの三人は名前こそギルドメンバーとして残っているが、今日より以前にここに来たのがどれだけ前だったかは覚えていない。

モモンガはコンソールを起動させ、公式のデータにアクセスする。そしてその中にあるギルド順位に目をやった。現在八〇〇弱あるギルド数の中、かつては九位につけていた地位は、今では二九位まで落ち込んでいる。サービス最終日でこの位置だ。最も下がったときは四八位まで落ちたものだ。

その程度の地位の下落でとどめることができたのはモモンガの働きではなく、かつての仲間達が残してくれたアイテム――かつての残滓のお陰。

もはや残骸のようになったギルドだが、輝いていた時代はあった。

――そんな頃の結晶。

ギルド武器、スタッフ・オブ・アインズ・ウール・ゴウン。

輝かしい記憶を宿す武器を、今の残骸の時代に引きずり落としたくない。だが、それに反した思いもまたモモンガの内で燻《くすぶ》る。

アインズ・ウール・ゴウンは多数決を重んじてきた。ギルド長という立場にはいたものの、彼が行ってきたのは基本的には連絡係などの雑務だ。

だからだろう。

誰もいなくなった今、ギルド長という権力を使ってみたいと初めて思った。

「この格好じゃ情けないよな」

モモンガは呟き、コンソールを操作しはじめた。最高峰ギルドの長に相応《ふさわ》しいだけの武装にするために。

ユグドラシルの武装は中に宿したデータ容量の大きさによって区分される。大きければ大きいほど上位の武器ということだ。最下級から始まり、下級、中級、上級、最上級、遺産級《レガシー》、聖遺物級《レリック》、伝説級《レジェンド》と続く、その最高レベル――神器級《ゴッズ》といわれる武装で身を包む。

骨しかない一〇本の指には、九個のそれぞれ違った力の籠った指輪がはまる。そしてネックレス、小手、ブーツ、マント、上着、サークレット。全てが神器級《ゴッズ》。いずれも金銭的な面で考えれば、驚くべき価値のある逸品ばかりだ。

胸当てや肩当てからは、先ほどのものよりも立派なガウンが流れる。

揺らめくような赤黒いオーラが足元から立ち上がった。見るからに禍々《まがまが》しく、そして邪悪なオーラだ。これはモモンガの特殊技術《スキル》の発動ではない。ローブの外装《ビジュアル》データに空きがあったから「禍々しいオーラ」エフェクトデータを注入しただけのことである。当然、触ったところで何か起こるわけでもない。

モモンガの視界の隅に、能力が上昇していることを意味するアイコンが複数浮かび上がる。

装備を変更し、完全武装になったモモンガは、ギルド長に相応しいと満足したように頷く。それから手を伸ばし、スタッフ・オブ・アインズ・ウール・ゴウンを摑み取る。

手に収めた瞬間、スタッフから揺らめきながら立ち上がるどす黒い赤色のオーラ。時折それは、人の苦悶の表情を象《かたど》り、崩れ、消えていく。まるで苦痛の声が聞こえてくるようなリアルさで。

「……作りこみ、こだわりすぎ」

作り上げられてから一度も持たれたことの無かった最高位のスタッフは、ついにユグドラシルのサービス終了を迎えるに当たって、本来の持ち主の手の中に納まったのだ。

モモンガはさらに自らのステータスが劇的に上昇するアイコンを確認しながら、寂しさもまた感じていた。

「行こうか、ギルドの証よ。いや——我がギルドの証よ」

2

円卓《ラウンドテーブル》という名を与えられた部屋を、モモンガは後にする。

ギルドメンバーのみに与えられた指輪を持つ者がゲームに入ると、特定条件以外この部屋に自動的に出現するように設定されている。もし誰かが戻ってきてくれるなら、この部屋で待機しているべきだろう。しかしモモンガは他のギルドメンバーが来る可能性が無いに等しいことを心得ていた。この巨大なナザリック地下大墳墓で最後の時を過ごすプレイヤーは、もはやモモンガ一人だけだということを。

波濤《はとう》のごとく押し寄せる感情を押し殺し、モモンガは黙々と居城を歩き出す。

そこは白亜の城を彷彿《ほうふつ》とさせる、荘厳さと絢爛《けんらん》さを兼ね備えた世界。

見上げるような高い天井にはシャンデリアが一定間隔で吊り下げられ、暖かな光を放っている。

広い通路の磨き上げられた床は、大理石のように、天井から舞い降りる光を反射し、星を身に宿しているように輝く。

仮に通路の左右に並ぶ扉を開ければ、その中の調度品の見事さに目を奪われるだろう。

もし、ここに第三者がいれば啞然としたはずだ。

ナザリック地下大墳墓という悪名高き場所、かつて八ギルド連合および関係ギルドや傭兵《ようへい》プレイヤー、傭兵ＮＰＣなど合わせて一五〇〇人というサーバー始まって以来の大軍——討伐隊が制圧を目指し、そして全滅したという伝説を生み出した場所に、これほどの光景が広がっていることに。

かつて六階層より構築されていたナザリック地下大墳墓はアインズ・ウール・ゴウンの支配下に収まるにあたって劇的にその姿を変えた。現在では全一〇階層構成となり、階層ごとに特色を持つ。

一～三階層——墳墓、四階層——地底湖、五階層——氷河、六階層——大森林、七階層——溶岩、八階層——荒野。そして九階層と一〇階層は神城——かつてはユグドラシル上、数千を超えるギルドのうち、最高十大ギルドの一つとして数えられたアインズ・ウール・ゴウンの本拠地である。

神々しいという言葉が相応しい世界に、モモンガの足音が響き渡り、杖が床を叩く硬質な音が追従する。広い通路を歩き、幾たびか角を曲がった辺りで、前方から一人の女性がモモンガの方へと歩いてくるのが見えた。

豊かな金髪が肩から流れ落ちている、顔立ちのはっきりとした美女だ。

着ている服はメイド服で、エプロン部分が大きくスカート部分は長く落ちついたもの。

身長一七〇センチほどで肢体はすらりと伸び、豊かな双丘がメイド服の胸の部分を内側から押しのけんばかりに自己出張していた。

全体の印象としてはお淑《しと》やかそうだった。

やがて両者の距離が近づくと、前方にいた女性は通路の隅に寄り、モモンガに対して深いお辞儀をした。

モモンガはそれに手を軽く上げることで応える。

女性の表情に変化は無い。先ほどから変わらず、あるかないかの微笑を浮かべたままだ。ユグドラシルというゲームでは外装の表情は変化しない。しかしながら彼女の場合は多少意味合いが異なる。

メイドはNon Player Character《N P C》といわれるものだ。実際に人が動かしているのではなく、作られたAI——プログラムによって動いている。つまりは動き回るマネキンと同じだ。どれだけ精巧にできており、お辞儀をされたといっても、全てプログラム上の行為にしか過ぎない。

先ほどのモモンガの返礼も、マネキンへの対応と考えれば愚かとも言える。ただ、モモンガにしてみれば無下《むげ》にしたくない理由があった。

このナザリック地下大墳墓内で働いている四一体のNPCメイドは、すべてが違うイラストを元に作り出されている。原画を描き起こしたのは、当時イラストで食べて、現在は月刊誌で漫画を連載中のギルドメンバーの一人だ。

モモンガはしげしげとメイドを眺める。外見もそうだが、モモンガが観察しているのはメイド服だ。それは驚くほど巧緻《こうち》な作りだった。特にエプロン部分に施された細緻な刺繍は驚嘆の領域だ。流石《さすが》は「メイド服は決戦兵器」と豪語する人物がイラストを起こしただけあって、常軌を逸した綿密な作りであり、外装製作担当の人間が悲鳴を上げていたことをモモンガは懐かしく思い出す。

「ああ……そうだった。この頃から『メイド服は俺の全て《ジャスティス》！』だったっけ……。そういえばいま描いている漫画でもメイドがヒロインでしたね。この作り込みでアシスタントの人を泣かせているんですか、ホワイトブリムさん？」

そして行動AIプログラムを組み立てたのはヘロヘロと、その他五人のプログラマー。

つまりメイドもまた、かつていたギルド員達の協力で出来上がった存在、無視するのは少々寂しい。スタッフ・オブ・アインズ・ウール・ゴウンと同じく、このメイドだって輝かしい記憶の一つなのだから。

モモンガがそんなことを思っていると、頭を上げたメイドはまるで何かありますか、というように小首を傾げる。

ある一定時間以上、近くにいるとこういうポーズを取るのだったか。

モモンガは記憶を手繰《たぐ》り、ヘロヘロの細かなプログラムに感心する。他にも隠しポーズはいくつもあるはずだ。全てを目にしたい欲求に駆られるが、残念ながら時間は差し迫っている。

モモンガは左手首に浮かぶ半透明の時計盤に目をやり、現在の時刻を確認する。

やはりあまりのんびりしている時間は無い。

「仕事、ご苦労」

モモンガは感傷から出る声を投げかけると、その横をすり抜けて歩き出す。返答は当然無い。だが、それでも最後の日ぐらいそうすべきと思ったのだ。

メイドを置き去りにして、モモンガは再び歩を進める。

やがて一〇人以上が手を広げながら降りることも可能な巨大な階段が、モモンガの前に姿を現す。赤を基調とした絨毯《じゅうたん》が敷かれている立派なものだ。そんな階段をゆっくりと下り、最下層——ナザリック地下大墳墓第一〇階層へと到達する。

降りきった周囲は広間になっており、そこに複数の人影があった。

最初に目に入ったのは、オーソドックスな執事服を見事に着こなす老人だ。

髪は完全に白く、口元にたくわえた髭も白一色だ。だが、その背筋はぴんと伸び、鋼《はがね》でできた剣を彷彿とさせる。白人のような彫りの深い顔立ちには皺《しわ》が目立ち、そのため温厚そうにも見えるが、その鋭い目は獲物を狙う鷹のようだ。

そしてその執事の後ろに影のようにつき従うのは六人のメイド。ただ、先のメイドとは装備しているものがまるで違った。

銀や金、黒といった色の金属でできた手甲《てっこう》、足甲をはめ、漫画のようなメイド服をモチーフにした鎧を身に着け、頭にはヘルムの代わりにホワイトブリム。それに各員がそれぞれ違った種類の武器を所持している。メイド戦士と呼ぶに相応しい格好だ。

髪型もシニョン、ポニーテール、ストレート、三つ編み、ロールヘア、夜会巻きと多彩で、共通していえるのは皆、非常に美人だということか。美しさも妖艶、健康美、和風美と多様であるが。

彼らも当然ＮＰＣではあるが、先ほどの遊び半分で作られたメイドとは違い、彼らの存在理由は侵入者の迎撃である。


ユグドラシルというゲームにおいて、城以上の本拠地を所持したギルドには幾つかの特典が与えられる。

その中に自らの本拠地を守るＮＰＣというものがある。

ナザリック地下大墳墓の場合であれば、アンデッドモンスターだ。これら自動的《POP》にわき出《す》る三〇レベルまでのＮＰＣは、殺されてもギルドに出費があるわけではないし、一定時間でまた復活する。

だが、この自動的《POP》にわき出《す》るＮＰＣは自分達の好きなように外装を変えたり、ＡＩを組み替えたりということができないようになっている。

そのため侵入者――他のプレイヤーを撃退するにはあまりに弱い。

一方、これとは別の特典にNPCを完全に一から自作する権利というのがある。これは城程度の弱いギルド拠点を占拠した場合は、最低ポイントの七〇〇レベルを好きなように割り振ってNPCを作っても良いという権利だ。

ユグドラシルの限界レベルは一〇〇なので、一〇〇レベルを五人と五〇レベルを四人、といった具合である。

こうして作れるNPCの場合、外装、AI、武装できる外装なら武装もいじることができる。そうやって自動的《POP》にわき出《す》るものより、遥かに強い警備兵を重要拠点に配置することが可能だった。

別に戦闘を考えて作る必要はない。ある城を占拠したギルド、ネコさま大王国ではNPCをすべて猫、または猫科の動物で作っていたぐらいだ。

そのギルドなりの雰囲気を出すための権利と言っても間違っていないだろう。

「ふむ」

モモンガは顎《あご》に手を当て、自らの前で頭を下げる執事達を眺めた。転移魔法によって部屋から部屋へと移動するモモンガが、この辺りに来ることは滅多に無い。そのため執事達の外見には懐かしさすら覚える。

モモンガはコンソールに指を伸ばし、ギルドメンバーのみに許されているページを開く。そしてそこにあったチェックボックスの一つに印をつけた。途端に、執事達の頭上に名前が浮かぶ。

「そんな名前だったか」

モモンガは軽く笑った。

覚えていないことに対する苦笑であり、記憶の片隅からよみがえってきた名前を決めた際の悶着を懐かしむ微笑であった。

執事――セバスに与えられた設定は、家《ハウス・スチュワード》令の仕事までも行う執事《バトラー》だ。

周辺の六人のメイドはセバス直属の戦闘メイド。チーム名は〝プレアデス〟。この者たち以外にセバスは男性使用人と執事助手を指揮している。

テキストログにはより細かな設定が書かれているはずだが、そこまでは読む気がしない。時間もあまり残されていないし、サービスが終了する時には座していたい場所がある。

ちなみにメイドを含むNPC全員に細かな設定があるのは、アインズ・ウール・ゴウンに設定を細かく作るのが好きな人間がそろっていたからということに他ならない。イラストレイターやプログラマーが多く所属していたため、外装に凝る環境が整っていたのも拍車をかけた。

本来であればこのセバスとメイドたちは、侵入者達を迎撃する最終一歩手前の守り手だ。しかし、ここまで侵入してきたプレイヤーを撃退できるとは思ってはいないので、あくまでも時間稼ぎという意味である。ただ、ここまで攻め込んできたプレイヤーはいまだいないため、彼らはずっとここで出番を待っていたのだ。

誰からの命令も受けることなく、この場所で、いつか来るだろう敵を。

モモンガは手に持ったスタッフを握り締める。

ＮＰＣを哀れに思うなんてバカなことだ。ＮＰＣは所詮データでしかない。もし感情があるように思えたなら、それはＡＩを組んだ人間が優れていたということ。

だが――

「ギルド長たるもの、ＮＰＣを働かせるべきだな」

こぼれ出た偉そうな言葉に内心でツッコミを入れつつ、重ねてモモンガは言葉を口にする。

「付き従え」

セバスとメイドたちは一度頭を下げ、命令を受諾したことを示す。

ここから動かすことは、ギルドの仲間達が想定した目的とは違う。アインズ・ウール・ゴウンは多数決を重んじていたギルド。たった一人の意志で皆が作り上げたものを勝手にしていいわけが無い。

しかし今日は全ての終わる日。そんな日であれば皆も許してくれるだろう。

モモンガはそう考えながら、後ろに複数の足音を引きつれ歩き出す。

やがて半球状の大きなドーム型の大広間に到着した。天井には四色のクリスタルが白色光を放っている。壁には七二個の穴が掘られ、その大半の中には彫像が置かれている。

彫像はすべて悪魔をかたどったもの。その数六七体。

この部屋の名は、ソロモンの小さな鍵《レメゲトン》。有名な魔術書の名前である。

置かれている彫像はその魔術書に記載あるソロモンの七二柱の悪魔をモチーフにした、すべてが超希少魔法金属を使用して作り出されたゴーレムだ。本来であれば七二体いるはずのゴーレムが六七体しかいないのは、作っていた人間が途中で飽きたせいである。

天井の四色のクリスタルはモンスターであり、敵侵入時には地水火風の上位エレメンタルを召喚し、それと同時に広範囲の魔法攻撃による爆撃を開始する。

これら全てを動員すれば一〇〇レベルのプレイヤーパーティー二つ――一二人ほどなら容易く崩壊させられるだけの戦力となる。

この部屋こそ、ナザリック地下大墳墓の心臓部の手前にある最終防衛の間。

モモンガは使用人たちを後ろに引き連れたまま、レメゲトンを横切り、向かいにあった大きな扉の前に立つ。

五メートル以上はあるだろう巨大な両開きの扉の右扉には女神が、左扉には悪魔の彫刻が異様な細かさで施されている。その作り込みは、扉から離れて襲い掛かってきそうなぐらいのリアルさを感じさせた。

ただ、動きそうではあるが、実のところモモンガの知る限りでは動かないはずだ。

――ここまで来たならば、その勇者さまたちを歓迎しようぜ。俺たちを悪とか言う奴が多いけど、ならその親玉らしく俺たちは奥で堂々と待ちかまえるべきだろ。

そう発言した人物の意見が多数決の結果、採用されたために。

「ウルベルトさんか……」

ウルベルト・アレイン・オードル。ギルドメンバーの中でも最も〝悪〟という言葉にこだわった人物。

「厨二病《ちゅうにびょう》だったからなぁ……」

モモンガは大広間を見渡し、しみじみと実感する。

「……さて、襲いかかって来ないよな？」

不安がにじんだ言葉は間違いではない。

流石のモモンガもこの迷宮のすべての作りこみを、完璧に把握しているわけではない。もしかすると引退していった誰かの、変わった置き土産があっても可笑《おか》しくはない。そしてこの扉の製作者はそういうことをやらかすタイプだった。

かつて強いゴーレムを作ったと言われたので、それを起動させてみたら、実は戦闘ＡＩにバグがあって、突然殴りかかられたことがあった。あれは狙っていたのではないか、とモモンガは今でも疑っている。

「ねぇ、るし★ふぁーさん。今日という日に殴りかかってきたら、マジで怒りますからね」

恐る恐る扉に触れたモモンガの心配は杞憂《きゆう》に終わり、自動ドアであるかのように——だが、重厚な扉に相応しいだけの遅さで、ゆっくりと扉は開いていく。

空気が変わった。

今までも神殿のごとき静謐《せいひつ》さと荘厳さを兼ね備えていたのだが、目の前に広がる光景はそれすらも凌《しの》ぐ。雰囲気の変化が圧力となって、全身に伸《の》し掛《か》かってくるような精巧な作りこみだ。

そこは広く、高い部屋――。

数百人が入ってもなお余るような広さ。見上げるような高さにある天井。壁の基調は白で、金を基本とした細工が施されている。

天井から吊り下げられた複数の豪華なシャンデリアは七色の宝石で作り出され、幻想的な輝きを放っていた。

壁にはそれぞれ違った紋様を描いた大きな旗が、天井から床まで、計四一枚垂れ下がっている。

金と銀をふんだんに使った部屋の最奥《さいおう》には十数段の低い階段があり、その頂には巨大な水晶から切り出されたような、背もたれが天を衝《つ》くように高い玉座が据えられていた。背後の壁にはギルドサインが施された真紅の巨大な布がかけられている。

ナザリック地下大墳墓最奥にして最重要箇所、玉座の間である。

「おおぉ……」

モモンガですらこの部屋の存在感には感嘆のため息が漏れる。この作りこみは恐らくユグドラシルにおいても一、二を争うスケールだとモモンガは確信している。

そんな部屋こそ、最後の時を迎えるに相応しい場所だ。

モモンガは足音を全て飲み込むような広大な部屋へと踏み出し、視線を玉座の横に立つ女性型のN

ＰＣへと向けた。

それは純白のドレスをまとった美しい女性だ。僅かな微笑を浮かべた顔は女神のごとく。ドレスと正反対の黒髪は艶やかに流れ落ち、腰の辺りまで届いている。

金色《こんじき》に輝く虹彩と縦に割れた瞳孔《どうこう》が異様ではあるが、非の打ち所の無い絶世の美女。ただ、その左右のこめかみからは、山羊を思わせる太い角が曲がりながら前に突き出している。いや、それだけでは無い。腰の辺りからは黒く染まった天使の翼が広がっていた。

角が僅かに作る影の所為《せい》か、女神のような微笑は、何かを隠す仮面にも見える。

首には蜘蛛《くも》の巣を思わせるような黄金に輝くネックレス――肩から胸元までを大きく覆うようなもの――をかけている。絹のように光沢のある手袋をした細い手に、短杖《ワンド》のような奇怪なものを持っていた。長さにして四五センチほどの短杖《ワンド》の先端、その延長線上に黒い球体が空中に支え無くフヨフヨと浮かんでいる。

彼女の名は流石にモモンガも忘れてはいない。

彼女こそナザリック地下大墳墓階層守護者統括、アルベド。全部で七人いる階層守護者をまとめ上げているＮＰＣだ。それはつまりはナザリック地下大墳墓全ＮＰＣの頂点に立つキャラクターということ。だからこそ、最奥たる玉座の間に控えることを許されているのだろう。

ただ、モモンガの視線は多少の険を持って、アルベドに向けられていた。

「ここに世界級《ワールド》アイテムがあるのは知っていたが、二つもあるというのはいかがなものかな？」

ユグドラシルに二〇〇しかない究極のアイテム、世界級《ワールド》アイテム。

オンリーワンの力を持つアイテムであり、物によっては運営にシステムの一部変更すら要求できるという壊れアイテムである。もちろん、全てがそれほど無茶が利くわけではないが。

それでも個人であれば一つ手にするだけで、ユグドラシルでの知名度は最高位まで上り詰めるだろう。

そんなアイテムをアインズ・ウール・ゴウンは一一個保有する。これは全ギルド中、最高保有数である。それも桁が違うレベルで。続くギルドで保有数三つなのだから。

それら究極のアイテムのうち一つは、モモンガが個人的に持っても構わないとギルドメンバーの許可をもらった上で所持している。それ以外の幾つかがナザリック内に点在しているが、大半は宝物殿の最奥でアヴァタ―ラたちに守られるように眠っていた。

そんな秘宝をモモンガの知らない内にアルベドが所持する理由は一つだけだ。それはアルベドを設定したギルドメンバーが持たせたからにほかならない。

アインズ・ウール・ゴウンは多数決を重視するギルド。皆で集めた宝を自分勝手に動かして良いはずがない。

モモンガは軽い不快感と共に、奪い取るべきかという思いも抱いた。

しかし今日は最終日。アルベドに渡した仲間の思いも汲《く》むべきだろうと判断し、実行には移さない。

「そこまでで良い」

玉座へ続く階段の手前まで来ると、モモンガは後ろに追従するセバスとプレアデスの面々に重々しい口調で命じる。

そして階段に足を踏み出し、数段昇ったところで後ろに続く足音が消えないことに気づき、苦笑した――無論モモンガの外装である骸骨の顔は一切動かないが。

NPCは所詮、融通《ゆうづう》の利かないプログラムだ。所定の文言《もんごん》でなければ命令を受け付けない。そんなことを忘れてしまうほど、自分はNPCを動かしていなかったのかと知って。

ギルドメンバー達がいなくなってから、モモンガは一人で無理をしない程度の狩りを行い、ナザリックの維持資金を集めていた。決してほかのプレイヤーと仲良くすることなく、コソコソと見つからないように、ギルドメンバー達がいた頃であれば行っていたような危険度の高い場所を避けて。

そして稼いだ金を宝物殿に放り込み、帰還《アウト》という毎日。そんな作業にも似た毎日に、NPCと遭遇する場面はなかった。

「――待機」

足音が止まる。

モモンガは正確な命令《コマンド》を発すると、奥の階段を上り、玉座の前まで到着した。

横に立つアルベドをモモンガはじろじろと無遠慮に眺める。この部屋に入らないこともあって、まじまじと目にした記憶が無い。

「どんな設定をしていたかな？」

アルベドの設定で覚えているのは守護者の統括であり、ナザリック地下大墳墓の最上位NPCということぐらいだ。

モモンガは好奇心に心が躍るのを感じながら、コンソールを操作してアルベドの設定を閲覧する。

すると視界に膨大な文字の洪水が降り注いできた。一大叙事詩のごとき長大な文章だ。じっくりと読んでいたら、そのままサービス終了の時刻になるほどの。

もしモモンガの顔が動くなら、完全に引きつっていただろう。なんとなく地雷を踏んだ思いだった。

アルベドを作成したメンバーがやたらこういうことに凝っていた奴だったことを忘れていた自分を叱責したい気持ちで一杯になる。

開いてしまったからには仕方がないという諦めの気持ちで、モモンガは閲覧を開始する。

斜め読みというより、頭文字読みという感じで一気にスクロールしていく。

長い文章を飛ばし、ようやくたどり着いた設定の最後に書かれた文句でモモンガの思考は止まった。

『ちなみにビッチである。』

目が点になる。

「……え？　何これ？」

素《す》っ頓狂《とんきょう》な声が思わず漏れた。何度疑って読んでもそれ以外の文字には読めない。そして幾ら考えても最初に考えた以外の、言葉の意味を浮かべられない。

「ビッチって……罵倒の意味のビッチだよなぁ」

ギルドメンバー四一人は、それぞれが最低でも一人はＮＰＣの設定を作っているが、自分で作り出したキャラクターにそんな設定をつけるかという疑問が浮かぶ。もしかしたらじっくりと文章を読むと深い意味が理解できるのだろうか。

ただ、確かに斜め上の方角に飛んで行ったような設定を考える者もいた。

アルベドを作ったタブラ・スマラグディナというギルドメンバーはその類だ。

「ああ、ギャップ萌えだったっけ？　タブラさんは。……それにしても……」

幾らなんでもこれは酷《ひど》くない？

そんな思いがモモンガに生まれた。各メンバーが作ったＮＰＣはギルドの遺産のようなもの。そのＮＰＣの頂点に立つものがこれでは、なんというか救われない。

「うーむ」

ギルドメンバーが独自のこだわりで作ったＮＰＣを個人の感情で弄《いじ》って良いのか。モモンガは、しばし考え、そして結論を出す。

「変更するか」

ギルド武器を所持した今の自分は、名実共にギルドマスターである。ほとんど使ったことのない特権を行使しても良いだろう。

ギルドメンバーの間違いは正すべきであるというむちゃくちゃな理論で、自らの迷いを打ち砕いて。

スタッフを突きつける。本来であればクリエイトツールでなければ操作できない設定に、ギルド長特権を行使してアクセスする。コンソールの操作でビッチという文字は即座に消えた。

「まぁ、こんなものかな」

それからモモンガは少し考え、アルベドの設定に開いた隙間を眺める。

なにか入れたほうが良いかな……。

「馬鹿だよなぁ」

モモンガは自らの考えを嘲笑しながらも、コンソールのキーボード部分で文字を入力する。記載したのは短い文章だ。

『モモンガを愛している。』

「うわ、恥ずかしい」

モモンガは自分の顔を手で隠す。

自分の理想の恋人の設定を作って恋愛話を書いたような気恥ずかしさに悶絶《もんぜつ》する。もにょもにょする。恥ずかしくてもう一度書きかえようと思ったりもするが、モモンガはまぁ良いかと思い直す。

今日でサービスは終了だ。今の恥ずかしさもすぐに消えてしまうもの。

それに消した文字と書いた文字、両者の数が同じという完璧さ。削除して空白にするには少しばかり勿体無《もったいな》い気もする。

玉座に腰掛け、僅かな満足感と倍する羞恥心から目を逸らし、室内を見渡したモモンガは、眼下でセバスとメイドたちが固まって立っているのに気がつく。棒立ちというのもこの部屋ではすこし寂しいものがある。

確かこんなコマンドがあったような。

モモンガは昔見たことがある命令一式を思い出しながら、片手を軽く上から下へと動かす。

「ひれ伏せ」

アルベドにセバス、そして六人のメイドは一斉に片膝を落とし、臣下《しんか》の礼を取る。

これで良い。

モモンガは左手を持ち上げ、時間を確認する。

23：55：48
ぎりぎり間に合ったというところか。

恐らく今頃ひっきりなしにゲームマスターの呼びかけがあったり、花火が打ちあげられたりしているのだろう。そういったすべてを遮断しているモモンガには分からないが。

モモンガは背を玉座に任せ、ゆっくりと天井に顔を向ける。

討伐隊を壊滅させたギルドの本拠地だからこそ、この最終日に乗り込んでくるパーティーがいるかと思っていた。

待っていた。ギルド長として挑戦を受け入れるために。

かつての仲間達全員にメールを送ったが来てくれたのはほんの一握りだ。

待っていた。ギルド長として仲間を歓迎するために。

「過去の遺物か――」

モモンガは思う。

今では中身は空っぽだ。それでもこれまでは楽しかった。

目を動かし、天井から垂れている大きな旗を数える。合計数四一。ギルドメンバーの数と同じであり、それぞれのサイン。モモンガはその旗の一つに骨の指をむける。

「俺」

そして指を横の旗に動かす。その旗にあるのはアインズ・ウール・ゴウン――いやユグドラシルというゲームにおいて最強の一角であるプレイヤー。このギルドの発起人。そして前身である「最初の九人」をまとめた人物のサイン。

「たっち・みー」

次に動かしたのは現実世界では大学の教授をやっているという、アインズ・ウール・ゴウンの最年長者のサインの入った旗。

「死獣天《しじゅうてん》朱雀《すざく》」

指は徐々に速度を増していく。次はアインズ・ウール・ゴウンのメンバー中、三人しかいない女性の内一人。

「餡《あん》ころもっちもち」

よどみなく、モモンガはサインの持ち主であるギルドメンバーの名前を挙げていく。

「ヘロヘロ、ペロロンチーノ、ぶくぶく茶釜、タブラ・スマラグディナ、武人建御雷《ぶじんたけみかづち》、ばりあぶる・たりすまん、源次郎――」

四〇人の仲間達全員の名を挙げるのにさほど時間は掛からなかった。

今なお、モモンガの脳裏にしっかりと焼きついている。その友人達の名前を。

モモンガは疲れたように玉座にもたれ掛かる。

「そうだ、楽しかったんだ……」

月額利用料金無料にもかかわらず、モモンガは給料の三分の一を課金していた。高給取りというわけではなく、趣味がほかになく金の使い道がユグドラシルぐらいしかなかったからだ。

ボーナスを狙っての課金くじには、貰ったボーナスが吹き飛ぶほど投じた。それだけやって手に入れたレアデータを、ギルドメンバーの一人であるやまいこが昼飯一回分で当てたときには転げまわってくやしがったりもしたものだ。

アインズ・ウール・ゴウン自体、社会人で構成されていたということもあり、ほぼ全員が課金はしていたが、その中でもモモンガはトップクラスだった。サーバー全体でもかなり上位に入るだろう。

それだけはまっていたのだ。冒険も楽しかった。だが、それ以上に友達と遊ぶのが楽しかった。

両親はすでになく、現実世界に友達がいないモモンガにしてみれば、このギルドアインズ・ウール・ゴウンこそ自分と友人達の輝かしい時間の結晶なのだ。

それが今失われる。

なんと悔しく、なんと不快なことか。

スタッフを強く握り締める。単なる一般社会人であるモモンガには、それをどうにかできる財力もなければ、コネクションも無い。終わりの時をただ黙って受け入れるユーザーの一人でしかない。

視界の隅に映る時計には23：57。サーバー停止が0：00。

もう殆ど時間は無い。空想の世界は終わり、現実の毎日が来る。

当たり前だ。人は空想の世界では生きられない。だからこそ皆去っていった。

モモンガはため息を一つ。

明日は四時起きだ。このサーバーが落ちたらすぐに就寝しないと仕事に差し支える。

23：59：35、36、37……

モモンガもそれにあわせ数えだす。

23：59：48、49、50……

モモンガは目を閉じる。

23：59：58、59――

時計と共に流れる時を数える。幻想の終わりを――

ブラックアウトし――

0：00：00……1、2、3

「……ん？」

モモンガは目を開ける。

見慣れた自分の部屋に戻ってきてはいない。ここは変わらずユグドラシル内の玉座の間だ。

「……どういうことだ？」

時間は正確だった。今頃サーバーダウンによって強制排出されているはずなのに。

0：00：38

○時は確実に過ぎている。時計のシステム上、表示されている時間が狂っているとは考えられない。

モモンガは困惑しながらも、何か情報は無いかと辺りをうかがう。

「サーバーダウンが延期になった？」

もしくはロスタイムでもあったのだろうか。

無数の可能性が頭をよぎるが、どれも決定的なものには程遠い。ただ、最も可能性が高いのは、何らかの要因――あまり好ましくないものによって、サーバーのダウンが延期になったというところだろう。もしそうならＧＭが何かを発表している可能性がある。モモンガは慌てて今まで切っていた通話回線をオンにしようとして――手が止まる。

コンソールが浮かび上がらない。

「何が……？」

モモンガは焦燥と困惑を微かに感じながら――意外に冷静な自分に戸惑いつつ――他の機能を呼び出そうとする。コンソールを使わないシステムの強制アクセス、チャット機能、ＧＭコール、強制終了。

どれも一切の感触が無い。まるで完全にシステムから除外されたようだ。

「……どういうことだ！」

モモンガの憤怒を込めた声が広い玉座の間に響き、消えていく。

今日は最終日。全ての締めとなる日にこんな事態とは。ユーザーを馬鹿にしているのか。

モモンガを襲っていたのは、栄光の終わりを綺麗に迎えられなかったことに対する苛立ちだ。その思いが言葉の端々に浮かび上がっていた。そんな八つ当たり気味の声に、本来なら反応が返ってくるはずもない。

――しかし、

「どうかなさいましたか？　モモンガ様？」

初めて聞く女性の綺麗な声。

モモンガは呆気《あっけ》に取られながら声の発生源を探る。そして誰の発したものか理解したとき、唖然とした。

それは顔を上げたＮＰＣ――アルベドのものだった。

3

カルネ村。

帝国と王国の境界線たる山脈――アゼルリシア山脈。その南端の麓《ふもと》に広がる森林――トブの大森林。

その外れに位置する小さな村だ。

人口はおおよそ一二〇人。二五世帯からなる村は、リ・エスティーゼ王国辺境の村としてはそれほど珍しくない規模だ。

森林で取れる森の恵みと農作物が生産の主となっており、薬師が薬草を手に入れるために来ることを除けば、徴税吏《ちようぜいり》が年に一度来るだけの村。ほぼ人が来ない、時が止まったという言葉がまさに相応しい村である。


村の朝は早い。基本的に太陽が出る時刻に村民は起き出す。大都市のように魔法の明かり――〈永続光《コンティニュアル・ライト》〉など無い村において、太陽と共に起き臥しする生活は基本だ。

エンリ・エモットの朝は、家の近くにある井戸で水を汲むことから始まる。水汲みは女の仕事だ。家においてある大甕《おおがめ》に水を満たし、最初の仕事は終わる。その頃になると母親が食事の準備を終え、家族四人そろっての朝食が始まる。

朝食は大麦や小麦のオートミール。野菜を炒めたもの。日によって干し果実がつくこともある。

それから父と母と共に畑に出る。一〇歳になる妹は森の入り口付近で薪を集めたり、畑仕事の手伝いをしたりと働く。村の中央――広場の外れの鐘が鳴る、正午ごろ。一旦仕事の手を休め昼食となる。

昼食は数日前に焼いた黒パン。干し肉の切れ端が入ったスープ。

それから再び畑仕事。空が赤く染まりだす頃、畑から帰り夕食となる。

夕食は昼食と同じ黒パン。豆のスープ。これに村の猟師が動物を獲ったなら、肉のおすそ分けが入る場合がある。食事の後は厨房《ちゅうぼう》の明かりで家族でおしゃべりをしながら、服のほつれを縫ったりと働く。

寝るのは一八時ごろだろう。

エンリ・エモットという少女は、この村の一員として生まれてから一六年間、そうやって暮らしてきた。

そんな変化の乏しい毎日が、何時までも続くものだと思っていた。


その日、いつものようにエンリは朝を迎え、井戸に水を汲みに行く。

水をくみ上げ、小さな甕に移す。家の大甕が一杯になるまでにおおよそ三往復する必要がある。

「よいしょ」

エンリは腕をまくる。肌の日に焼けていない部分が露出し、驚くほどの白さが顕《あら》わになった。ただ畑仕事で鍛えられた腕はほっそりとしているが、しっかりと引き締まり、筋肉が微かに盛り上がってさえいる。

甕は水が入っているため結構な重量だが、いつものように持ち上がる。

もう一回り大きい甕なら往復回数が減って楽ができるのでは？　でも流石に持てないか。そんなことを思いながらエンリは帰路についたとき、何か聞こえた気がして顔をそちらに向けた。空気が煮立つような、胸中にあわ立つ何かが生まれる。

微かに聞こえる、木でできた何かが打ち砕かれる音。そして――

「悲鳴――？」

絞められる鳥のようで、しかしそれとはまったく違うもの。

エンリの背筋に冷たいものが走った。信じられない。気のせい。間違い。不安を打ち消す言葉がいくつも生まれ、はじけ消えていく。

慌てて駆け出す。悲鳴のあった方角に自らの家がある。

壺は放り出した。こんな重いものを持っていられない。

長いスカートが足に絡まり転びそうになるが、運良くバランスを維持し走る。

再び、聞こえてくる声。

エンリの心臓が激しく鼓動を打つ。

人の悲鳴だ。間違いない。

走る。走る。走る。

こんなに速く走った記憶は無い。足がもつれ転びそうになるほどのスピードで走る。

馬のいななき。人の悲鳴。叫び声。

大きくなっていく。

エンリの視界、かなり遠いが鎧を着た者が村人に剣を振るうのが見えた。

村人は悲鳴をあげ、崩れ落ちる。そのあと止《とど》めを刺すように剣が突き立てられた。

「……モルガーさん」

こんな小さな村に見知らぬ村人はいない。全員が親戚のようなものだ。今殺された人物だって当然よく知っている。ちょっと騒がしいが気立てのいい人だ。あんな風に殺されていい人ではない。立ち止まりそうになって――歯をかみ締め、足により力を入れる。

水を運んでいるときはさほど感じられない距離が、今では非常に長く感じられる。

怒号や罵声《ばせい》が風に乗って聞こえ始める。そんな中、ようやく家が目に入った。

「お父さん！　お母さん！　ネム！」

家族の名を叫びながら、家のドアを開ける。

そこには見慣れた三人が怯えたような顔をしてかたまっていた。その顔はエンリが入ってくると一気に崩れ、中から安堵が姿を現した。

「エンリ！　無事だったか！」

父の農作業で固くなった手がエンリを強く抱きしめた。

「ああ、エンリ……」

母の温かい手もエンリを抱きしめる。

「さぁ、エンリも来た。早く逃げるぞ！」

現在のエモット家の状況はかなり悪い。エンリとすれ違いになるのを恐れて家から出ることができなかったため、逃げる時間を失った。危険はかなり近くまで迫っているはずだ。

そしてその恐れは現実のものとなる。

揃って逃げ出そうとしたとき――玄関口に一つの影が差し込む。日光を背に立っていたのは全身を完全に鎧で覆った騎士。胸元にはバハルス帝国の紋章。手には抜き身の刃物――ロングソードを持っていた。

バハルス帝国――リ・エスティーゼ王国の隣国であり、侵略戦争を時折仕掛ける国。だが、その戦争は城塞都市《じょうさいとし》エ・ランテルを中心に起こり、この村までその手を伸ばしたことは無い。

だが、その平穏もついには破られた。

面頬付き兜《クローズド・ヘルム》の隙間から、エンリたちの数を数えているのが凍てつくような視線で感じられる。舐《な》め回すようないやな視線をエンリは感じた。

騎士が剣を持つ手に力を入れていくのが、小手の部分の金属がきしむ音で伝わってくる。

そして家に入ろうとして――

「うおぉ!!」

「ぬ!」

――父が入ろうとしていた騎士にタックルする。そのままもつれあいながら二人とも外に転がり出た。

「はやくいけ!!」

「きさま!」

父の顔に血が薄くにじんでいる。突撃をかけたとき、どこかを切ったのだろう。

父と騎士は二人でもみ合いながら、大地を転げまわる。父の持つナイフを片手で押さえながら。騎士の抜いた短剣を片手で押さえながら。

家族の血を目《ま》の当たりにして、エンリの頭の中は完全に真っ白になった。父に加勢した方がいいのか、それとも逃げた方がいいのか。

「エンリ！　ネム！」

母の叫びに意識を戻すと、母が悲痛な顔を横に振る。

エンリは妹の手を握ると駆け出した。ためらいと後ろめたさが後ろ髪を引く。だが早く、少しでも早く大森林まで逃げ込まなくては。

馬のいななきや悲鳴、怒声、金属音。そして――焦げ付くような臭い。

村のあちらこちらからエンリの耳に鼻に目に――飛び込んでくる。どこからのものなのか。それを必死に感じ取ろうとしながら走る。広い場所を走るときは背を小さくして。家の陰に隠れるように。

体が凍りつくような恐怖。心臓が激しく鼓動を打つのは、走ったせいだけではない。それでも動けたのは手の中にある小さな手。

――妹の命だ。

多少先行し走っていた母が、角を曲がろうとして硬直、そして急に後退《あとずさ》る。

後ろ手にあっちに行けのサイン。

その理由に思い至った瞬間、エンリは唇をかみ締め、こぼれそうになった泣き声を殺す。

妹の手を握って少しでもその場から離れようと走る。次に起こる景色を目にしたくないから。

4

「何か問題がございましたか、モモンガ様?」

アルベドが問いを繰り返す。モモンガはそれに上手く答えるすべを持たなかった。不可解な事態の連続に、思考回路がどこかでショートしていた。

「失礼いたします」

アルベドが立ち上がり自らのすぐそばに立つのを、モモンガはぼんやりと眺める。

「何かございましたか?」

覗き込むようにその美しい顔をモモンガに向けるアルベド。

モモンガの鼻腔を、控えめだが芳《かぐわ》しい香りがくすぐった。その香りがモモンガの思考回路を修復させたのか、どこかに飛んでいた思考がゆっくりと戻ってくる。

「いや……なんでもないで……いや、なんでもない」

モモンガは例えばマネキン人形に敬語で語りかける類の、ある種の純粋さは持ち合わせてはいない。だが……このアルベドに語りかけられるとつい答えてしまう。彼女の仕草や口調には、無視しえない人間性が垣間見えたからだ。

モモンガはアルベドと自分を取り巻く環境に途方もない違和感を覚えていたが、その正体を掴みかねていた。そんなあやふやな理解の中、必死に混乱や驚愕《きょうがく》といった余分なものを押し殺そうと努力する。しかし一般人であるモモンガにそんなことは出来そうにもない。

わめきたくなったその瞬間、ギルドメンバーの一人がよく言っていた言葉が閃く。

──焦りは失敗の種であり、冷静な論理思考こそ常に必要なもの。心を鎮め、視野を広く。考えに囚われることなく、回転させるべきだよ、モモンガさん。

その言葉ですっと、モモンガの元に冷静さが戻ってきた。

アインズ・ウール・ゴウンの諸葛孔明《しょかつこうめい》。そう言われた男──ぷにっと萌えにモモンガは感謝の念を送る。

「……いかがされましたか?」

やけに近い。お互いの吐息が重なり合うほどの距離まで接近したアルベドは、美しい顔を可愛らしく傾けて問いかけてくる。間近に迫った美貌に、せっかくモモンガの元へ戻ったはずの冷静さが、再びどこかへ飛んでいきそうになった。

「…………GMコールが利かないようだ」

アルベドの潤《うる》んだような瞳に吸い込まれ、ついNPCに相談してしまう。

これまでのモモンガの人生で、これほどまでに異性にそんな表情で迫られたことは無い。特にこれほどの淫靡《いんび》な雰囲気を漂わせて。作り物のNPCだと知っているはずなのに、まるで生きているような自然な表情の動きが、モモンガの心を揺さぶった。

しかしそんな自らの感情の動きは、また抑圧されるように沈静化していく。

モモンガは大きな起伏が起こらなくなった自分の心に一抹の不安を感じる。先ほどはかつての仲間の言葉のお陰だと考えた。

しかし本当にそうなのだろうか？

モモンガは頭を振る。今はそんなことを考えている場合ではない。

「……お許しを。無知な私ではモモンガ様の問いであられる、GMコールというものに関してお答えすることが出来ません。ご期待にお応えできない私に、この失態を払拭《ふっしょく》する機会をいただけるのであれば、これに勝る喜びはございません。何とぞなんなりとご命令を」

……会話をしている。間違いない。

その事実を理解したとき、モモンガは体が硬直するような驚愕に襲われていた。

ありえない。

これは決してあってはいけないことだ。

ＮＰＣが言葉を発する。いや、言葉を発するように自動化処理を組む《マクロをくむ》ことはできる。雄叫《おたけ》びデータや歓声データなどは配布されているのだから。だが、会話ができるように組むことなんて不可能だ。現にさきほどのセバスたちは、簡単なコマンドワードによる命令以外受け入れなかった。

ではどうしてそれが今、起きている？　アルベドだけが特別なのだろうか？

アルベドに下がれと手で合図を送る。モモンガの視線は名残惜しげな表情を一瞬だけ浮かべたアルベドから、いまだ頭を下げている執事と六人のメイドに移る。

「セバス！　メイドたちよ！」

『はっ！』

全員の声が見事に重なり、すっと執事とメイド全員の頭が上がる。

「玉座の下まで」

『畏《かしこ》まりました』

再び全員の声が合わさり、セバスとメイドたちはすっくと立ち上がる。そして背筋をぴんと伸ばした綺麗な姿勢で玉座階段の下まで歩み寄り、そこで再び片膝を落とし、頭を下げる。

これで二つのことが理解できた。

一つは、わざとコマンドワードも用いずに命令を下したのに、その真意を受け止め実行したということ。

もう一つは、言葉を発するのがアルベドだけではないこと。

最低でもこの玉座の間にいるNPC全員に異常事態が発生していると考えて良いだろう。

そこまで考え、モモンガは自らに、そして眼前のアルベドに対して先ほどと同じ違和感を覚える。

モモンガはその違和感の正体を掴もうと、アルベドを鋭く見つめた。

「――いかがされましたか？　私が何か失態でも……？」

「……ぁ！」

違和感の発生源を認識したモモンガの口から、喘《あえ》ぎとも絶句ともしれない、言葉にならない言葉が漏れる。

その正体は表情の変化。口元が動いて、そして言葉が聞こえる――。

「……あり……な！」

モモンガは慌てて、自らの口元に手を当てる。そして声を発する。

――口が動いている。

それはDMMO-RPG上の常識から考えればありえないことだ。口が動いて言葉を発するなんて。外装の表情は固定され動かないのが基本。でなければ感情《エモーション》アイコンが作られるはずがない。

それにモモンガの顔は骸骨であり、舌も喉も無い。手を見下ろせば肉も骨も無い手だ。そのままで考えれば肺をはじめ内臓だって無いだろう。なのに、何故言葉が出るのか。

「ありえない……」

今まで長い時間を掛けて構築されてきた自らの常識がバラバラと壊れていくのをモモンガは感じて

いた。そして同等の大きさの焦り。

喚《わめ》きたくなるのをぐっと堪《こら》える。予期できたように、熱せられた心に突如、冷静さが戻ってきた。

モモンガは、手を玉座の肘掛けに叩きつける。ダメージ数値は予見したようにやはり出てこない。

「……どうすれば良い……。何が最善だ……？」

理解できない状況だが、八つ当たりをしても誰も助けてはくれない。

まず最初にすべきは――情報だ。

「――セバス」

頭を上げるセバスから垣間見える表情は真剣そのもの。その姿はまるで本当に生きているようだった。

命令しても問題は無いだろうか？　何が起こっているかは不明だが、この墳墓のすべてのＮＰＣに自分に対する忠誠心はあると思ってよいのだろうか？　そもそも目の前の者たちは本当に皆で作ったＮＰＣなのだろうか？

無数の疑問が浮かび、それに付随して不安がにじり寄ってくるが、それらをモモンガは全て押さえ込む。どうであれ、情報収集に送り出すのにセバス以上の適任者はいない。一瞬だけ横に控えるアルベドに目をやるが、モモンガは意を決し、セバスへと命令を与える。

会社で重役が平社員に命令を与えるようなイメージを頭に浮かべつつ、自らは偉いという演技をしながら。

「大墳墓を出て、周辺地理を確認せよ。もし仮に知的生物がいた場合は交渉して友好的にここまで連れてこい。交渉の際は相手の条件をほぼ聞き入れても構わない。行動範囲は周辺一キロに限定。戦闘行為は極力避けろ」

「了解いたしました、モモンガ様。直《ただ》ちに行動を開始します」

本拠地を守るために創造されたＮＰＣが外に出られるという、ユグドラシルでは絶対に不可能なことが可能になっている。

いや、それはセバスが本当にナザリック地下大墳墓の外に出られた時にハッキリすることだ。

「……プレアデスから一人だけ連れて行け。もしお前が戦闘に入った場合は即座に撤退させ、情報を持ち帰らせろ」

ひとまずはこれで一つ目の手を打った。

モモンガはスタッフ・オブ・アインズ・ウール・ゴウンから手を離す。

スタッフは地面に転がらず、まるで誰かが持っているかのように空中に浮く。物理法則を完全に無視したような光景だが、これはゲームのままだ。手放すと空中停滞するアイテムは、ユグドラシルでは珍しくない。

苦悶の表情を浮かべるオーラが、名残惜しそうにモモンガの手に絡みつくがそれを平然と無視する。見慣れた……わけではないが、そんなマクロを組んでいても可笑しくなさそうだから、モモンガはスナップを利かせて追い払う。

モモンガは腕を組み、思案する。

次の一手。それは――

「……運営との連絡だよな」

モモンガが置かれた異常事態に対して最も情報を持っているのは、確実に運営だ。

問題は連絡を取る手段。本来であればシャウトなりGMコールなりですぐに連絡は取れたはずだ。

しかしながらその手段が効かないとすると――。

「〈伝言《メッセージ》〉？」

魔法の一つに連絡を取り合うためのものがある。

特殊な状況や場所でしか本来は使われないが、今なら効果的に働くのではないだろうか。ただ、問題は基本的には他のプレイヤーと連絡を取り合うのに使われる魔法であり、GMに届くかどうかは不明確だ。

さらにこの非常事態に魔法が普通に働く保証もない。

「……しかし……」

調べなくてはならない。

モモンガは一〇〇レベルの魔法職。魔法が使えなければ、その戦闘力はもちろん、行動範囲も情報収集能力も格段に落ち込んでしまう。現在どういう状況かは皆目検討がつかない。だからこそ魔法が使えるかどうかは確認する必要がある。それも早急《さっきゅう》に。

そうなると魔法を使うに相応しい場所――そう考えたモモンガは玉座の間を見渡し、頭を振る。非常事態ではあるが、静謐にして崇高な場所である玉座の間で、魔法の実験はしたくない。ではどこですべきかと考え、お誂《あつら》え向《む》きの場所を一つ思い出す。

それに、自らの力の確認とあわせてやらなければならないことがある。

それは自らの権力のチェックだ。アインズ・ウール・ゴウンのギルド長という権力は、いまだ維持されているのかを確かめる必要がある。

現在までに会ったNPCは皆、忠誠心を持っているようだった。だが、ナザリック大地下墳墓内にはモモンガに匹敵するだけのレベルを持つNPCが幾人かいる。それらの忠誠心を確認する必要がある。

しかしながら――。

モモンガは跪《ひざまず》いているセバスとメイドたちを見下ろす。そして自らの横にいるアルベドを眺める。

アルベドは何かといわんばかりに顔に微笑を浮かべていた。美しいのだが、角によって顔に陰影が出来、内に何かを秘めたような笑みに見える。それがモモンガに不安を感じさせた。

今NPC達が持つ忠誠心は不可侵にして不変のものなのだろうか？　現実世界であれば馬鹿な行動ばかり取る上司への忠誠心なんかすぐに消えてしまう。彼らも同じだろうか？　それとも一度忠誠心を入力されたなら、裏切らないのだろうか？

もし仮に忠誠心が変動するなら、どうすれば彼らの忠誠心を維持できる？

褒美《ほうび》？　莫大な財宝が宝物殿にはある。かつての仲間たちの残してくれた物に手を付けるのは心が痛むが、このような非常事態にアインズ・ウール・ゴウンを存続させるためならば許してくれるだろう。無論、彼らに支払うべき額までは分からないが。

はたまた上に立つものとしての優秀さ？　しかし何を以て優秀というかは不明だ。このダンジョンを維持することだというならなんとかなりそうな気がする。

それとも——。

「——力か？」

広げた左手にスタッフ・オブ・アインズ・ウール・ゴウンが自動的に飛んで納まる。

「圧倒的な力か？」

スタッフに組み込まれた七つの宝石が輝きだす。まるで込められた莫大な魔力を行使せよと訴えるかのように。

「……まぁ、その辺は後で考えるか」

モモンガはスタッフを手放す。スタッフはふらりと揺らぎ、不貞寝《ふてね》をするようにごろんと床に転がった。

とりあえずは上位者として行動しておけば、即座に敵意を見せることは無いだろう。弱点を晒さなければ牙を剝かれにくいのは動物のみならず人間でも同じだ。

モモンガは声を張り上げた。

「プレアデスよ。セバスについていく一人を除き、他の者たちは九階層に上がり、八階層からの侵入者が来ないか警戒に当たれ」

「畏まりました、モモンガ様」

セバスの後ろに控えたメイドたちが了解の意志を示す。

「直ちに行動を開始せよ」

「承知いたしました、我らが主《あるじ》よ！」

声が響き、セバスと戦闘メイドたちは玉座に腰掛けるモモンガに跪拝《きはい》すると、一斉に立ち上がり歩きだす。

巨大な扉が開き、閉まる。

セバスとメイドの姿は扉の向こうに消えていった。

嫌です、とか言われないで本当に良かった。

モモンガは安堵しつつ、最後に残った者へと視線を向ける。すぐ側に控えていたアルベドだ。アルベドは優しい微笑みを浮かべ、モモンガに問いかけてくる。

「ではモモンガ様。私はいかがいたしましょうか？」

「あ、ああ……そうだな」モモンガは玉座から身を乗り出しスタッフを拾い上げる。「私の元まで来い」

「はい」

心の奥底から嬉しげな声を上げて、アルベドがにじり寄ってくる。モモンガはアルベドが手に持つ黒い球体を浮かべた短杖《ワンド》に一瞬だけ、警戒の念を抱くがとりあえずは忘れることとする。その間に先ほどよりも近く、抱きつかんばかりに近寄ってきたアルベド。

良い香りが──何を考えているんだ。

再び持ち上がったそんな思考をモモンガは即座に追い払う。いまはそんな無駄なことを考えている場合ではない。

モモンガは手を伸ばし、アルベドの手に触れる。

「……っ」

「ん？」

痛みをこらえるような顔をするアルベド。モモンガは電流でも流れたように、手を離した。

一体何があったのだろう。もしかすると気持ち悪がられているのか？

幾多の悲しい思い出──天空釣り銭落とし、など──が脳裏を過《よ》ぎる中、モモンガは答えに行き着く。

「……あー」

死の支配者《オーバーロード》の下位職、死者の大魔法使い《エルダーリッチ》はレベルアップで得られる特殊能力の中に、接触した相手──通常、攻撃した相手に負《ネガティブ》のダメージを与えるというものがある。それではないかと。

ただ、その場合はやはり疑問が残る。

ユグドラシルというゲームでは、ナザリック大地下墳墓に出現するモンスターとNPCは、アインズ・ウール・ゴウン所属という判定が、システム上、行われている。そして同じギルドに所属していれば、同士討《フレンドリイ・ファイア》ちは受けないと設定されているはずだ。

ではギルドに所属していないということ？　それとも、同士討《フレンドリイ・ファイア》ちの禁止が解除されている？

——後者の可能性が高い。

モモンガはそう判断し、アルベドに語りかける。

「すまないな。負の接触《ネガティブ・タッチ》を解除することを忘れていた」

「お気になさらずに、モモンガ様。あの程度のダメージはダメージではありません。それにモモンガ様でしたらどんな痛みも……きゃ！」

「……あ……うん……そうか……。だ、だが、すまなかったな」

可愛らしい悲鳴と共に照れたように頬に手を当てるアルベドに対して、どのような態度を取れば良いか分からず、モモンガは言葉を濁し答える。

やはり負の接触《ネガティブ・タッチ》によるダメージのようだ。

破瓜の痛みがどうのこうのと言っているアルベドから視線をおもいっきり逸らしつつ、モモンガは常時発動の能力の一時的解除手段について思案し——その切り方を唐突に悟る。

死の支配者《オーバーロード》として保有していた様々な能力の行使。これは今のモモンガからすれば、人が呼吸するのと同じように自然に使用できる能力となっていた。

思わず今の自分が置かれている異常な状況に、モモンガは笑った。これだけ異常事態が続けばこの程度は驚くには値しない。慣れというものは本当に恐ろしい。

「触るぞ」

「あっ」

能力を解除してから手を伸ばし、アルベドの手を触る。細いとか、白いなとかの無数の思いが持ち上がるが、男として生まれた感情をモモンガは追い払う。知りたかったのは手首の脈だ。

――ある。

トクントクンと繰り返される鼓動。それは生物なら当たり前のものである。

そう、生物なら。

手を離し、モモンガは自らの手首を見る。それは肉も皮も何も無い真っ白な骨だ。血管が無いのだ、当然だが鼓動なんて感じない。そう、死の支配者《オーバーロード》はアンデッド。死を超越した存在。あるわけが無い。

視線を逸らし、目の前のアルベドを見つめた。

アルベドの濡れたような瞳の中に自らの像が浮かんでいるのが分かる。その頬はやけに紅潮している。体温が急上昇しているのだろう。そんなアルベドの変化はモモンガを動揺させるには十分だった。

「……なんだこれは」

これはＮＰＣ、単なるデータではないのか？　それが本当に生きているような――どんなＡＩがこんなことを可能に出来るのだろう。それよりはまるで、ユグドラシルというゲームが現実になったような……。

　あり得ない。

　モモンガは頭を振る。そんなファンタジーがあるわけが無い。しかしどれだけ払ってもこびり付いたものは簡単には落ちない。アルベドの変化に微妙な座り心地の悪さを感じながら、モモンガは次にすべきことを迷う。

　次の……最後の一手。これを確認すれば、すべての予感が確信に変わる。いま自分が置かれた状況、現実と非現実の狭間《はざま》から、その天秤がどちらかに傾く。

　だから、これはしなくてはならないことだ。手に持った武器で攻撃されても仕方が無いのだが……それでも……。

「アルベド……む、胸を触っても良いか？」

「え？」

　空気が凍ったようだった。

　アルベドが目をぱちくりとさせている。

　モモンガも言ってから、悶絶したい気分に襲われていた。

　仕方無いとはいえ、女性に向かって何を言っている。自分は最低だと叫びたい気分だった。いや、上司としての権威を利用したセクハラなど最低で当然だ。

　しかし仕方が無い。そう。これは必要なことだ。

自分に強く言い聞かせ、精神の安定を高速で取り戻したモモンガは、上位者としての威圧を精一杯に込めて言う。

「構わにゃ……ないな？」

全然無理でした。

そんなモモンガのおどおどした言葉に、アルベドは花が咲いたような輝きを持って、微笑みかける。

「もちろんです、モモンガ様。どうぞ、お好きにしてください」

アルベドがぐっと胸を張る。豊かな双胸がモモンガの前に突き出された。もし唾を飲むということが出来たのなら、モモンガは確実に何度も飲み込んでいただろう。

大きくドレスを持ち上げている胸。今からそれを触る。

異様な緊張と動揺の反面、頭の片隅では妙に冷静な部分が自らの姿を客観的に観察していた。モモンガは自分が馬鹿のような気がしてたまらなかった。なぜこんな手段を思いつき、実行に移そうと考えたのか。

ちらりとアルベドを窺うと、なぜか目をキラキラとさせながら、さぁどうぞといわんばかりに胸を何度も突き出してくる。

興奮なのか、はたまた羞恥なのか。震えそうになる手を意志の力で押さえ込み、意を決し、モモンガは手を伸ばす。

ドレスの下には僅かに固い感触があり、その下で柔らかいものが形を変えるのがモモンガの手に伝わる。

「ふわぁ……あ……」

濡れたような声がアルベドから漏れる中、モモンガはまた一つ実験を終了させた。

自分が正気であると仮定した場合、いま現在の状況をモモンガなりに考えて出た答えは二つ。

一つは新しいDMMORPGの可能性。つまりユグドラシルが終了すると同時に、ユグドラシルⅡとも言うべき新しいゲームが始まった可能性だ。

しかしながら可能性は今回の一件で非常に薄くなったといえよう。

ユグドラシルでは一八禁に触れる行為は厳禁だ。下手したら一五禁も。違反すれば公式ホームページ上に違反者の名前を公開した上で、アカウントの停止という非常に厳しい裁定が下される。

これはログを公表すれば風営法に引っかかる可能性があるからだ。今回の行為は通常であれば、違法行為と取られてもおかしくは無い。

もし、今でもゲームの――ユグドラシルの世界ならこのような行為はできないよう、何らかの手段がとられているはずだ。第一、GMや運営会社が監視しているなら、モモンガの行為を止めるだろう。

だがその気配は無かった。

それにDMMO-RPGなどの基本法律、電脳法において、相手の同意無く強制的にゲームに参加させることは営利誘拐と認定されている。無理にテストプレイヤーとして参加させることはすぐに摘発される行為だ。特に強制終了ができないなんて監禁と取られてもおかしくない。

もしそうだとしたら、専用コンソールで一週間分の記録は取るよう法律により義務付けられているため、摘発自体は簡単に進む。モモンガが会社に来なければ誰かが様子を見に来るだろうし、警察が専用コンソールを調べれば問題は解決だ。

しかし、すぐに捕まるような犯罪行為を、組織ぐるみで犯す企業があるだろうか。

確かに「ユグドラシルⅡの先行体験版です」だとか「追加プログラム《パッチ》を当てただけです」といえばグレーかもしれないが、そんな危険なことをするメリットが製作会社や運営会社にあるとは思えない。

ならばこの事態には製作会社側の意図は無く、別の何かが進行していると考える他ない。とすると考え方を根本的に切り替えないと足を掬《すく》われる結果になるだろう。

問題は何に切り替えれば良いのかが不明だということだ。そしてもう一つの可能性の方なのだが……。

……仮想現実が現実になったという可能性。

ありえない。

モモンガは即座に否定する。そんな無茶苦茶な、そして理不尽なことがあるわけが無いと。

だが、その反面、それこそが正しいのではという考えは、時間が経過するごとに強くなっていく。

それに――先ほどのアルベドから漂ってきた香りを思い出す。

電脳法によって、五感の内、味覚と嗅覚は仮想世界では完全に削除されている。ユグドラシルには飲食というシステムがあるが、どちらもシステム的に消費するだけのものだ。そして触覚もある程度制限されている。これは現実世界と混同しないようにという理由あってのことだとされている。そんな制限があるために、仮想世界を使用した性風俗があまり流行らない結果となっていた。

しかしそれが今ではある。

この事実は「明日の仕事はどうしよう」「このままだったらどうしよう」、そんな無数の不安を完全に吹き飛ばしてしまうだけのインパクトをモモンガに与えた。

「……仮想世界が現実にでもならない限り……データ容量的にありえない……」

モモンガは鳴らない喉をグビリと動かした。頭では理解できないが、心では理解してしまったために。

モモンガはようやくアルベドのふくよかな胸から、力なく手を下ろす。

十分すぎる時間揉んでいたような気がするが、確かめるために仕方が無かったことだとモモンガは自らに言い聞かせる。決して柔らかかったから手が離せなかった、とかいう理由ではない。……おそらく。

「アルベド、すまなかったな」

「ふわぁ……」

頬を完全に真っ赤に染め上げたアルベドが体内の熱を感じさせるような、息を吐き出す。それからモモンガに問いかけてきた。

「ここで私は初めてを迎えるのですね？」

顔を僅かに逸らしつつ発された言葉に、モモンガは思わず素っ頓狂な声を返す。

「……え？」

モモンガは言葉の内容が一瞬だけ理解できなかった。

ハジメテ？　何ガ？　何ノコト？　トイウカ、ナンデコノ娘ハコンナ表情シテルノ？

「服はどういたしましょうか？」

「……は？」

「自分で脱いだ方がよろしいでしょうか？　それともモモンガ様が？　着たままですとあの……汚れて……いえ、モモンガ様がそれが良いと仰《おっしゃ》るのであれば、私に異存はございませんが」

脳にようやく言葉が染み込む。いや、今のモモンガに脳みそがあるのかという疑問はあるが。

そしてアルベドの反応や行為が、どのような理由から生じているかに思いいたったモモンガはきしむような感情を覚える。

「よせ、よすのだ。アルベド」

「は？　畏まりました」

「今はそのような……いや、そういうことをしている時間は無い」

「も、申し訳ありません！　何らかの緊急事態だというのに、己が欲望を優先させてしまい」

ばっと飛びのくと、アルベドはひれ伏そうとする。それをモモンガは手で抑える。

「よい。諸悪の根源は私である。お前の全てを許そう、アルベド。それよりは……お前に命じたいことがある」

「なんなりとお命じください」

「各階層の守護者に連絡を取れ。六階層のアンフィテアトルムまで来るように伝えよ。時間は今から一時間後。それとアウラとマーレには私から伝えるので必要は無い」

「畏まりました。復唱いたします。六階層守護者の二人を除き、各階層守護者に今より一時間後に六階層のアンフィテアトルムまで来るように伝えます」

「よし。行け」

「はっ」

すこし早足でアルベドは玉座の間を後にする。

その後ろ姿を見ながらモモンガは疲れたようなため息を一つ漏らした。そしてアルベドの姿が玉座の間から消えてから、苦悶のうめきをあげた。

「……なんてこった。あれはつまらない冗談だったのに……。こんなことになると知っていたら、あんなことはしなかった。俺は……タブラさんの作ったＮＰＣを汚してしまったのか……」

アルベドがあんな反応を示す理由を考えれば、答えは一つしか思い当たらない。

あの時、アルベドの設定テキストを変換し、書き込んだ文字「モモンガを愛している」。

それがアルベドの反応に繋がっていると思われた。

「……ああ、くそ……！」

モモンガは呻《うめ》く。

白紙のキャンパスにタブラ・スマラグディナが必死になって描いた名作がアルベドだ。それをモモンガが自分の都合だけで勝手に上から絵の具で描き替えてしまった。その結果があれだ。

名作を汚してしまったようなそんなひどい気分に襲われる。

だが、顔を歪ませながら――骸骨の頭部では表情ははっきりと出ないが――モモンガは玉座から立ち上がった。

ひとまずはその問題は後回しだ。今しなくてはならないことを順次片付けてから考えればよいと言い聞かせて。

2章　階層守護者

Chapter 2 | Floor guardians

「戻れ、レメゲトンの悪魔たちよ」

モモンガの言葉に従い、超希少鉱石で作り出されたゴーレムたちは体軀《たいく》の割には軽そうな足音を立て、己の席へと戻っていく。そして先ほどと同じように警戒の姿勢を取った。

仮想現実が現実になったのではという疑惑を正式採用する覚悟をしたモモンガが最初に行ったのは、身の安全の確保だ。今しがた出会ったＮＰＣたちはとりあえず自分に対して従順な様子だったが、これから会う者たちも一様に味方であるとは限らない。また、たとえそうでなかったとしても、これから先どんな危険があるかわからない。

ナザリック内の設備、ゴーレム、アイテム、魔法……それらが機能するか否かを確認するのは、彼の生存に関わる急務であった。

「ひとまずの問題は解決か」

安堵からモモンガは独り言を呟きながらゴーレムを見渡す。追加で自分以外の命令を聞かないようにという指令を与えたことによって、最悪の状態——ＮＰＣが反旗を翻《ひるがえ》したときに身を守るための武器は手に入ったと考えても良いはずだった。

ゴーレムの屈強な姿に満足感を得てから、己の骨の指を見下ろした。

一〇本ある指には全部で九つの指輪がはまっており、左手薬指のみその姿は無い。

ユグドラシルでは通常であれば指輪は左右の手に一つずつしかはめられない。しかしモモンガは恒久的効果を持つ高額な課金アイテムの力を使うことによって、一〇本の指全てに指輪をはめることを可能にし、更にはその全ての力を引き出すことが出来た。

これはモモンガが特別というわけではなく、これぐらいの課金はある程度の強さを重視するプレイヤーなら当たり前のようにしていたことだ。

その九つの指輪の中でモモンガが眺めていた指輪は、玉座の背後の壁にかけられた真紅の布に施された刺繡と同じ紋様を象《かたど》ったものだ。

それは——リング・オブ・アインズ・ウール・ゴウン。

モモンガの右手薬指にはめられた指輪であり、アインズ・ウール・ゴウンのメンバーすべてが保有していたマジックアイテムである。

一〇個の指輪全ての力を引き出せるといっても、課金アイテムを使用した際に選択しなければならない。後から変えることは不可能なのだ。にもかかわらず——左手薬指の指輪は外して宝物殿に置いてあるが——モモンガの持つ他の指輪からすれば弱い力しか無いその指輪の力を、常時引き出せるようにしている理由は、特定状況下での使用頻度が群を抜いているためだ。

その指輪の力はナザリック地下大墳墓内の名前のついている部屋であれば、回数無制限に自在に転移できるというもの。さらに外から一気に内部に転移することすら可能だ。特定箇所間以外の転移魔法を阻害しているこの大墳墓内においては、これほど便利なものは無い。

転移できないのは玉座の間やギルドメンバー個々の部屋等ごく少ない。そしてこの指輪無くして、宝物殿に入ることは不可能となっている。だからこそ決して手放すことは出来ない。

モモンガは大きく息を吐く。

これからこの指輪の力を行使する。今は未知の状況下。この指輪の力が期待通りの効果を発揮するか、不安は拭えないが試みる必要はある。

指輪の力を解放し――瞬くように視界が黒く染まる。

そして――先ほどまでの光景は一変し、周囲は薄暗い通路へと変貌していた。伸びた先には巨大な格子戸が落ちていた。隙間からは白色光にも似た人工的な明かりが入り込んでいる。

「成功だ……」

転移の成功に、安堵の呟きがもれた。

モモンガは広く高い通路を、先ほどの巨大な格子戸に向かって歩く。

石造りの通路は、モモンガの足音を大きく、そして幾たびも反射させる。

通路に掲げられた松明《たいまつ》の炎の揺らめきが陰影を作り、影が踊るように揺らめく。それらが合わさって、モモンガが幾人もいるようだった。

格子戸に近寄ると、虚ろな穴しかないはずの鼻腔《びこう》に様々な匂いが入り込んできた。足を止め、モモンガは呼吸を繰り返す。強い青臭さと大地の匂い――それは深い森の匂いだ。

仮想現実では働かないはずの嗅覚がアルベドのときと同様にリアルに働いていることで、モモンガは今いる場所が現実であるという思いをより一層強める。

しかし肺も気道も無い体なのに、どうやって呼吸の真似事が出来るというのだろう。

モモンガは頭を悩ませ、真面目に考えるのも馬鹿馬鹿しいとすぐに考えることを放棄した。

格子戸はモモンガの接近に合わせ、自動ドアを思わせる完璧なタイミングで、勢い良く上に持ち上がった。潜り抜けたモモンガの視界に映ったのは、何層にもなる客席が中央の空間を取り囲む場所――円形闘技場《コロッセウム》。

長径一八八メートル、短径一五六メートルの楕円形で、高さは四八メートル。ローマ帝政期に造られたコロッセウムそのものである。

様々な箇所に〈永続光《コンティニュアル・ライト》〉の魔法が掛かり、その白い光を周囲に放っていた。そのため真昼のごとく周囲が見渡せる。

無数の客席に座った、数多くの土くれ――ゴーレムに動く気配は無い。

この場所につけられた名前は円形劇場《アンフィテアトルム》。俳優は侵入者であり、観客はゴーレムであり、貴賓席《きひんせき》に座るのはアインズ・ウール・ゴウンのメンバーである。無論、演劇内容は殺戮《さつりく》。一五〇〇人の大侵攻以外では、どんなに屈強な侵入者もここで最期を遂げたものだ。

モモンガは闘技場の中央に歩を進めながら、空を眺める。そこには真っ黒な夜空があった。もし周囲の白色を放つ明かりが無ければ、空に浮かぶ星すらも見えたことだろう。

勿論、この場所はナザリック地下大墳墓の第六階層。地中であり、天空に浮かんでいるのは偽りの空だ。ただ、かなりのデータを割り振っているために、時間の経過と共に変化するし、日光と同じ働きを持つ太陽すら浮かぶ。

偽りのものだとしても、心の重みが取れてほっとするような気分に包まれるのは、外装とは違いモモンガの中身が人間だからか。そして、かつてのギルドメンバーのこだわりを感じるからだろう。

このままここでのんびりしていたいという気持ちも浮かぶが、置かれた状況がそれを許してくれない。

モモンガは周囲に目をやる。

いない。ここは確かあの双子の管理下のはずだが……。

その時、ふと何か視線を感じた。

「とあ！」

掛け声と共に貴賓席から跳躍する影。

六階建ての建物に匹敵する高さから飛び降りた影は、空中で一回転すると翼でも生えているような軽やかさで大地に舞い降りる。そこに魔法の働きは無い。単純な肉体能力での技巧だ。

足を軽く曲げるだけで衝撃を完全に受け殺したその影は、自慢げな表情を見せた。

「ぶぃ！」

両手にピースを作る。

飛び降りて来たのは一〇歳ほどの子供。太陽のような、という形容詞が相応しい笑顔をその顔に浮かべている。幼い子供特有の少年とも少女ともとれる可愛らしさが同居していた。

金の絹のような髪は肩口で切りそろえられており、周囲の白色光を反射し、天使の輪を浮かべている。森《グリーン》と海《ブルー》という左右違う瞳が子犬のように煌いていた。

耳は長く尖っており、薄黒い肌。森妖精《エルフ》の近親種、闇妖精《ダークエルフ》と言われる人種だ。

上下共に皮鎧の上から赤黒い竜王鱗を貼り付けたぴっちりとした軽装鎧をまとっている。その上に羽織った白地に金糸の入ったベストの胸の部分には、アインズ・ウール・ゴウンのギルドサイン。そのベストにあわせた白色の長ズボン。大きな黄金色に輝くドングリをあしらったネックレス。甲の部分などに魔法金属のプレートが付けられた手袋で身を包んでいる。

腰、右肩にそれぞれ鞭を束ね、背中には巨大な弓――ハンドル、リム、グリップ部に異様な装飾がつけられたものだ――を背負っていた。

「アウラか」

モモンガは登場した闇妖精《ダークエルフ》の子供の名前を呟く。

ナザリック地下大墳墓第六階層の守護者であり、幻獣や魔獣等を使役《しえき》する魔獣使い《ビーストテイマー》兼野伏《レンジャー》――アウラ・ベラ・フィオーラ。

アウラは小走りにモモンガに近づいてくる。小走りとはいえ、獣の全速力に近い、とてつもないスピードだ。瞬時に二者の距離は近づく。

アウラは足で急ブレーキ。

緋緋色金《ひひいろかね》合金板を上面にはめ込んだ運動靴が、ザザザと大地を削り土煙を起こす。モモンガまでその土煙が届かないように計算しているなら見事なものだ。

「ふぅ」

汗もかいていないのに、アウラは額を拭う振りをする。そして子犬がじゃれついてくるような笑顔を浮かべた。その後、子供特有の多少高い声でモモンガに挨拶する。

「いらっしゃいませ、モモンガ様。あたしの守護階層までようこそ！」

アルベドやセバスと比べると、敬服というよりは親しみが強い挨拶だが、モモンガからするとそちらの方が肩が凝らないですむ。あんまり畏まられても、そういう経験の無いモモンガは困惑するばかりだ。

アウラのニコニコと満面の笑みに敵意は感じられないし、〈敵感知《センス・エネミー》〉にも反応は無し。

モモンガは右手首に巻いたバンドから目を離し、スタッフを握る手に込めていた力を抜く。

非常事態時には全力での攻撃を仕掛け、即座に撤退しようかと思っていたのだがその必要は無いようだ。

「……ああ、少しばかり邪魔させてもらおう」

「何を言うんですかー。モモンガ様はナザリック地下大墳墓の主人。絶対の支配者ですよ？　そのお方がどこかをお訪ねになって邪魔者扱いされるはずがないはずですよー」

「そういうものか……？　……ところでアウラはここにいたみたいだが……？」

モモンガのその言葉にピンときたのか、アウラがぐるっと振り返り、貴賓室を睨み、大きな声を上げた。

「モモンガ様が来てるんだよ！　早く来なさいよ！　失礼でしょ！」

貴賓室の暗がりの中に、何かがぴょこぴょこ動いているのが確認できた。

「マーレもあそこにいたのか？」

「はい。そうです、モモンガ様。あの子ったら弱虫なんだから……。とっとと飛び降りなさいよ！」

その声に、消え入るような声が返ってくる。貴賓席との距離を考えれば声が聞こえるのは奇跡だが、実のところこれはアウラが装備しているネックレスの魔法的な働きによるものだ。

「む、無理だよぉ……お姉ちゃん……」

はぁ、とアウラはため息をつくと、頭を抱える。

「あ、あのモモンガ様。あの子はちょっと臆病なんです。わざとこのような失礼な態度をとってるわけじゃないんです」

「無論、了解しているともアウラ。私はお前たちの忠義を疑ったことなぞ、一度も無い」

社会人たるもの本音と建前は重要である。そして時には嘘も方便だ。モモンガは大きく頷くと、安心させるように優しくそう答えを返した。

見るからにほっとした様子のアウラだったが、すぐさま貴賓室にいる人物に怒りの表情を向けた。

「最高位者であるモモンガ様が来てらっしゃるのに、すぐに階層守護者が出迎えられないなんてどれだけ最低なのか、あなただって分かるでしょうが！　もし怖くて降りられないなんて言うなら、勇気の代わりにあたしの蹴りを代用するからね！」

「う、うう……階段で降りるから……」

「モモンガ様をこれ以上待たせるって言うの！　とっとと来なさい！」

「わ、分かったよぉ……え、えい！」

気合を入れたにしては抜けたような声と共に、ぴょこんと何かが飛び降りる。

やはり闇妖精《ダークエルフ》だ。その闇妖精《ダークエルフ》は両足で着地すると、よろよろとよろめく。先ほどのアウラとは雲泥の差だが、それでも落下によるダメージを受けた気配は無かった。落下による衝撃は単純な肉体能力で中和したのだろう。

それからテッテッテという擬音が似合いそうな速度で走ってくる。当然、本気で走っているのだろうが、アウラと比べると余りにも遅い。同じことを思ったであろうアウラの眉間がピキピキと痙攣《けいれん》していた。

「早くしなさい！」

「は、は、ははい！」

現れたのはアウラとそっくりな子供。髪の色や長さ、瞳の色、顔の造形、双子以外の何ものでもない。ただ、アウラが太陽なら、この子は月の輝きだ。

オドオドとし、今にも怒られるのではないかと身構えているようだった。

二人のそんな姿にモモンガは軽い驚きを抱く。

モモンガが知っているマーレはこんなキャラではない。というのもＮＰＣは基本表情固定で棒立ちだ。たとえどれだけ長い設定を作ったとしても、人格として表れることはない。

しかし、モモンガの前で表情をくるくると変える、二人の闇妖精《ダークエルフ》の子供達。

「――これが茶釜さんの本当に望んだ、アウラとマーレなんだろうな」

ぶくぶく茶釜。二人の闇妖精《ダークエルフ》を設定したギルドメンバー。

彼女にこの光景を見せてやりたかった。

「お、お待たせしました、モモンガ様……」

びくびくと、モモンガを窺うように、上目遣いをする子供。

青というよりは藍色の竜王鱗で出来た胴鎧。それと深い緑色をした、まるで森の葉のような短めのマントを羽織っている。

アウラと同じような白色が主の服装ではあるが、やや短めのスカートからは僅かに素肌が覗いていた。僅かというのは、白色のストッキングをはいているためだ。ネックレスはアウラのものに酷似しているが、銀色のドングリ。

アウラに比べれば武装は少ない。絹製のような光沢を持つほっそりとした白の手袋をした手で、ねじくれた黒い木の杖を握っているのみだ。

マーレ・ベロ・フィオーレ。

アウラと同じくナザリック地下大墳墓第六階層のもう一人の守護者だ。

モモンガは目を細め——空虚な眼窩であり、眼球はないが——二人をジロジロと眺める。アウラは胸を張って、マーレはおどおどとモモンガの視線をその身に浴びる。

己の前に立つ者の姿形が、かつての仲間の思いの結晶であるという事実に満足し、モモンガは数度頷き、そして口を開く。

「二人とも元気そうでなによりだ」

「元気ですよー。ただ、このごろ暇でしょうがないです。侵入者も久々に来てくれても良いのに」

「ぼ、ぼくは会いたくなんかないよぉ……こ、怖いもの……」

マーレの言葉にあわせ、アウラの表情が無表情へと変化する。

「……はぁ。ちょっとモモンガ様、失礼します。マーレ、ちょっと来なさい」

「い、いたいよ。お、お姉ちゃん、痛いよぉ」

モモンガが軽く頷くと、マーレの尖った耳を摘まんで、アウラがモモンガから少し離れる。そしてアウラがマーレにボソボソと言い始めた。遠目でもアウラがマーレを叱責しているのが分かる。

「……侵入者か。俺もマーレと同じで会いたくはないものだがな……」

せめて足場を少しぐらいは固めてからにして欲しい。そんなことを思いながら、モモンガは双子を眺める。

気付けば、マーレはいつの間にか正座をしており、前に立ったアウラにガンガン攻められている。

その姿はかつての仲間である二人の姉弟の力関係を彷彿とさせ、モモンガは苦笑を浮かべた。

「やれやれ。マーレはペロロンチーノさんが作ったはずじゃないのに。それとも茶釜さんに『姉には従うべし』という思いがあったのかな？　……しかし、考えてみるとアウラもマーレも一度死んだはずなんだよな……。そのことはどうなっている？」

かつて一五〇〇人もの大軍が攻めてきたとき、八階層まで侵入された。つまりアウラとマーレは死亡したのだが、そのときの記憶はどうなっているのだろう。

死という概念は現在の二人にはどのような意味合いを持つのか。

ユグドラシルで死んだ場合、五レベルダウンと装備アイテムの一つをドロップする設定だ。つまり、もともと五レベル以下の場合はキャラクター消滅だ。しかしプレイヤーは特別な加護によって消滅は免れ、レベルが一でストップする。そのためあくまでも設定上の話だ。

レベルダウンも〈蘇生《リザレクション》〉や〈死者復活《レイズ・デッド》〉に代表される復活魔法であれば緩和される。さらに課金アイテムなどを使えば経験値が多少ダウンする程度ですむ。

ＮＰＣの場合はもっと手軽だ。ギルドが復活の資金、それもレベルに応じたものを支払えばペナルティ無く復活する。

こうして死というレベルダウンは、キャラクターを作り直したい人間が愛用する手段のひとつに成り下がっていた。

確かに膨大な経験値を必要とするゲームであれば、一レベルでもダウンすることは桁外れなペナルティだろう。しかしユグドラシルではレベルはある程度――九〇台後半まではかなりの速度で上がっていく。そのためにレベルダウンをさほど恐れることはない仕様となっていた。これはレベルダウンに怯えて未開地を開拓しないのではなく、勇気を持って飛び込んで新たな発見をすべしという製作会社の願いがあったためといわれている。

そんな死亡ルールの中、ここにいる二人は一五〇〇人に攻め込まれた時に死亡した者とは別人なのか、それとも死んで蘇った二人なのか。

確かめたい気持ちもあるが、無理に藪をつつく必要も無い。大侵攻は彼女にとって恐怖の体験であったかもしれない。敵意が無いであろうアウラを、己の好奇心のためにどうこうするのもどうかと思われる。そして何よりアインズ・ウール・ゴウンのメンバーが作った愛すべきＮＰＣだ。

彼女自身の考え方等は懸案事項が全て終わってから聞いても良いだろう。

それに現状と過去とでは死という概念が大きく違っている可能性がある。現実の世界なら死んでしまえば当然終わりだ。しかしもはや違うかも知れない。その内実験した方が良いとは思うが、他の様々な情報を得ないことには優先順位を決めることはできない。ひとまずは凍結事案の一つという程度に留めておくのが正解だろう。

結局のところ、モモンガが知っているユグドラシルと、いま現在がどれだけの変貌を遂げているのかが分からないが故の疑問が大量にあるということだ。

モモンガがそんなことをぼんやりと考えている間も、アウラの説教は続いていた。モモンガは流石にマーレに哀れみの感情を覚える。別にそんなに叱られることは言っていないと考えて。

かつての仲間の姉弟喧嘩のときは、黙って様子を見ているだけだったが、今のモモンガは違う。

「それぐらいにしてやったらどうだ？」

「モモンガ様！　で、ですがマーレも守護者として──」

「──問題ないとも。アウラ、お前の気持ちはよく分かっている。階層守護者としての地位にあるマーレが臆すような言葉を、特に私の前で発するというのが不味いという気持ちも。しかし、だ。私はアウラもマーレもこのナザリック地下大墳墓に何者かが攻めてきたときには、勇気を持って、死を恐れずに戦ってくれると信じているとも。すべき時にするのであれば、さほど叱る必要もなかろう」

二人の元まで歩いたモモンガは手を伸ばし、マーレの手を引っ張って立ち上がらせる。

「そしてマーレ。優しい姉に感謝すべきだぞ。あれだけ叱られているところを見せられれば、たとえ私が不快に思っていても、許すしかないのだからな」

マーレが少し驚いた表情で自らの姉を見る。アウラが慌てて声を上げた。

「え？　いや、違い、違うんです。モモンガ様に対してそういう思いを抱いて、叱ったわけじゃないです！」

「アウラ、構わないとも。たとえ真意がどこにあろうと、お前の優しい気持ちは十分に理解している。……ただ、私はマーレの階層守護者としての地位に、不安を抱いてはいないと知って欲しいのだ」

「え、あ、は、はい！　ありがとうございます、モモンガ様」

「あ、ありがとうございます」

二人のお辞儀を受けて、モモンガはむずがゆい気持ちに襲われる。特に二人ともがキラキラとした目で見つめてくるために。こんな尊敬の目で見られることなんか殆ど無いモモンガは、照れ隠しを含みつつ誤魔化すように咳払いを一つ。

「ん、それよりだ。アウラ少し聞きたいのだが、侵入者が来ないと暇か？」

「――あ、いえ。あの、その」

アウラのオドオドとした態度に、モモンガは自らの言葉が少々悪かったことに思い至る。

「いや、別に責めているわけではない。正直なところを教えてくれ」

「……はい、ちょっと暇です。この辺りで五分に戦える相手なんていませんし」

ちょんちょんと左右の人差し指をつつき合わせながら、上目づかいで答えるアウラ。

守護者であるアウラのレベルは当然一〇〇。それに匹敵する者なんてこのダンジョン内にはさほどいない。NPCであればアウラ、マーレを含め全部で九人。と例外が一人。

「相手にマーレはどうだ？」

隠れようとするように身を小さくしていたマーレがビクンと体を震わす。その目は潤み、プルプルと頭を左右に振る。完全に怯えている。そんなマーレを見て、はぁーとため息をつくアウラ。

それにあわせ、やけに甘い香りが周囲に立ち込めた。アルベドのものとは違い、どこか絡み付いてくるような甘い匂い。そこで彼女の能力を思い出したモモンガは、その空気から下がるよう一歩、後退した。

「あ、すみません、モモンガ様！」

それに気がついたアウラはパタパタと空気を拡散しようと手を振る。

アウラの持っている魔獣使い《ビーストテイマー》系の常時発動型特殊技術《パッシブスキル》の一つに、強化《バフ》と弱体化《デバフ》を同時に発動させるものがある。それは吐く息によって空中を漂い半径数メートル、場合によっては数十メートル、特殊技術《スキル》を使えば信じられない距離までもその効果範囲内に収める。

ユグドラシルであれば強化《バフ》効果、弱体化《デバフ》効果アイコンが視界内に現れているために発動していることにはっきりと気がつくが、現在の状況ではそういった一切の変化が視界内に現れないために非常に厄介だ。

「えっと、もう大丈夫ですよ、切っておきましたから！」

「そうか……」

「……でもモモンガ様はアンデッドですから、精神作用の効果は意味がないんじゃないですか？」

ユグドラシルではそうだ。アンデッドは精神作用効果は良い効果も悪い効果も受けない。

「……今の私はその効果範囲に入っていたか？」

「え」

アウラが怯えたように首を縮め、横にいたマーレまでもが首を縮めた。

「……怒ってはいないさ、アウラ」なるべく優しくモモンガは問いかける。「アウラ……それほど畏まるな。お前の本気でもない特殊技術《スキル》にこの私が影響など受けると思っているのか？　私がお前の特《ス》殊技術《キル》の範囲内だったか否かを単純に尋ねているだけだ」

「はい！　えっと、あたしの能力の範囲内でした」

安堵の色濃いアウラの返答を受け、モモンガは自分の存在がどれだけアウラに恐れられているかを十分に悟る。

モモンガは服の下のどこにもない胃がしくしくと痛むようなプレッシャーに襲われた。もしこれで自分が弱かったらどうしよう。そんなことを考えるたびに、全力で逃げ出したくなる。

「それでどのような効果を与えるものだった？」

「えっとさっきのは……確か恐怖です」

「ふむ……」

恐怖というものは感じなかった。ユグドラシルであれば同じギルドに所属するものやチームを組むものへの同士討《フレンドリイ・ファイア》ちは無効にされる。今はそれが解除されている可能性が高いが、ここではっきり確認しておくべきだろう。

「昔はアウラの力は同じギ……組織に所属するものにはネガティブな効果はなかったと思ったがな」

「え？」

きょとんとするアウラ。そしてすぐ傍のマーレも同じ表情。モモンガはそうではなかったという事を理解した。

「気のせいだったか？」

「はい。ただ、効果範囲は自分で自在に変化させられますから、それと勘違いされたんじゃないでしょうか？」

やはり同士討《フレンドリィ・ファイア》ちは解禁されている。近くにいるマーレに影響が見受けられないのは、精神作用無効系のアイテムを装備しているからだろう。

それに対してアンデッドであるモモンガが装備している神器級《ゴッズ》アイテムには、精神作用への耐性効果を持つデータは組み込んでいない。とすると、モモンガが恐怖を感じなかったのは何故か。

二つの推測が成り立つ。

基本的な能力値による抵抗《レジスト》。もしくはアンデッドの特殊能力として、精神作用効果無効が発揮されている。

そのどちらかは不明なため、だからこそモモンガは一歩踏み込む。

「他の効果を試してくれないか？」

首を傾げながら、アウラは奇妙な疑問の声を上げる。モモンガは再び子犬を思い出し、思わず手を伸ばすとアウラの頭を撫でる。

絹糸のようなさらさらとした感触が心地よい。アウラに嫌がる素振りがないため、このままずっと撫でていたい、そんな気分にもなる。が、じっと見つめるマーレの視線が怖くて、モモンガは手を止めた。

そこにはどんな感情が宿っているのだろう。

しばし考え、スタッフを手放しモモンガはもう片手を伸ばす。そしてマーレの髪も撫でる。マーレの髪の毛の質のほうが良いような気がする。そんなことをボンヤリと思いながら、モモンガは十分に満足するまで頭を撫でる。それからすべきことをようやく思い出す。

「さて、頼む。今現在色々と実験中でね。……アウラの協力を仰ぎたい」

最初は困惑した面持ちの二人だったが、手を離すころには恥ずかしいような嬉しいような、まんざらでもない表情に変わっていた。

アウラは嬉々として返事をする。

「はい、分かりました！　モモンガ様、お任せください」

では、と腕まくりしそうなアウラを止める。

「その前に――」

モモンガは空中に浮かんでいたスタッフを握り締める。

先ほどと同じだ。指輪の力を使用したときと同じように、スタッフに意識を集中。無数に宿る力の中で、モモンガが選んだのはスタッフにはめ込まれた宝石の一つ。

神器級《ゴッズ》アーティファクト「月の宝玉」に宿っている力の一つ。

――月光の狼の召喚《サモン・ムーン・ウルフ》。

召喚系魔法の発動にあわせ、空中からにじみ出るように三匹の獣が姿を見せた。

召喚魔法の発動によるモンスターの登場はユグドラシルと同じエフェクトだったため、モモンガが驚くことはない。

月光の狼《ムーン・ウルフ》はシベリアオオカミに酷似しているが、その身はほのかな銀光を放っている狼だ。そんなモンスターとの間に、モモンガは支配者と被支配者の明確な関係を示すような、奇妙なつながりを感じとった。

「月光の狼《ムーン・ウルフ》ですか？」

アウラの声には、こんな弱いモンスターを何故召喚したのか、理解できないという疑問が含まれていた。

月光の狼《ムーン・ウルフ》は移動速度が非常に速いために奇襲要員として使われるが、レベル二〇クラスのモンスター。モモンガやアウラなどからすれば弱すぎるモンスターだ。しかし、今回の目的にはこの程度で十分。逆に弱いということが重要だ。

「そうだ。私ごと吐息の効果範囲に入れてくれ」

「え？　いいんですか？」

「構わない」

未だ納得していないアウラに無理強いする。

ゲームと完全には同じでない今、可能性として無視できない問題がある。アウラの能力が正しく起動していないという場合だ。それを避けるためには第三者と同時に影響を受ける必要がある。そのための月光の狼《ムーン・ウルフ》だ。

それからしばらくアウラが息を何度も大きく吐き出すが、モモンガは何かしらの影響を受けた気がしなかった。途中、後ろを向いたり、精神を弛緩《しかん》させたりしたがやはり効果は無し。同じように範囲に入った月光の狼《ムーン・ウルフ》には影響があったようなので、アウラの力が発動していないわけではない。

したがっておそらくモモンガには精神作用効果は無効なのだろう。それはつまり——


ユグドラシルでは亜人種や異形種が規定の種族レベルに到達した際、種族的特殊能力を得られる。

死の支配者《オーバーロード》まで極めたモモンガがモンスター的に現在保有しているのは——

上位アンデッド創造／一日四体、中位アンデッド創造／一日一二体、下位アンデッド創造／一日二〇体、負の接触《ネガティブ・タッチ》、絶望のオーラV（即死）、負の守り、暗黒の魂、漆黒の後光、不死の祝福、不浄なる加護、黒の叡智《えいち》、邪悪言語理解、能力値ダメージIV、刺突武器耐性V、斬撃武器耐性V、上位退散耐性III、上位物理無効化III、上位魔法無効化III、冷気・酸・電気属性攻撃無効化、魔法的視力強化／透明看破。

これに職業《クラス》レベルから来るもの——即死魔法強化、暗黒儀式習熟、不死のオーラ、アンデッド作成、アンデッド支配やアンデッド強化などが加わる。

そしてアンデッドの基本的な特殊能力。

クリティカルヒット無効、精神作用無効、飲食不要、毒・病気・睡眠・麻痺・即死無効、死霊魔法に耐性、肉体ペナルティ耐性、酸素不要、能力値ダメージ無効、エナジードレイン無効、負《ネガティブ》エナジーでの回復、闇視《ダークヴィジョン》等だ。

無論、弱点もある。正・光・神聖攻撃脆弱《ぜいじゃく》Ⅳ、殴打武器脆弱Ⅴ、神聖・正属性エリアでの能力値ペナルティⅡ、炎ダメージ倍加などだ。


——これらアンデッドが基本的に持っている能力や、レベルアップの途中で得た特殊能力等も保持している可能性が非常に高いと確認が取れた。

「なるほど。十分な結果だ。……礼をいうぞ、アウラ。そちらは何か問題はあったか？」

「いえ。何も無いです」

「そうか。——帰還」

三匹の月光の狼《ムーン・ウルフ》の姿が、時を巻き戻すように消えていく。

「……モモンガ様が今日、あたし達の守護する階層に来られたのは、今のが目的なんですか？」

こくこくとマーレも頷いている。

「ん？　ああ、そうか、いや違う。今日来たのは訓練をしようと思ってな」

「訓練？　え？　モモンガ様が⁉」

アウラとマーレの目が、転がり落ちんばかりに見開かれる。最高位の魔法詠唱者《マジック・キャスター》であり、このナザリック大地下墳墓を支配し、あらゆる者達の頂点に君臨する存在が何を言っているのかという驚きがあった。それを予見していたモモンガの行動は早い。

「そうだ」

簡素な返事と共にモモンガがスタッフを地面に軽く叩きつけるのを見て、アウラの表情に理解の色が浮かぶ。予想通りの反応にモモンガは内心で満足していた。

「あ、あ、あの、そ、それがあの最高位武器、モモンガ様しかさわることを許されないという伝説のアレですか？」

伝説のアレとはどんな風な意味なんだろう。

モモンガは微妙な疑問を覚えるが、マーレの瞳の輝きを見れば、それが悪い意味ではないことは察知できる。

「その通りだ。これが……これこそが我々全員で作り上げた、最高位のギルド武器。スタッフ・オブ・アインズ・ウール・ゴウンだ」

モモンガがスタッフを掲げると、スタッフが周囲の光を反射して見事なまでに美しく輝く。スタッフがまるで自己を自慢するような、そんな煌《きら》びやかな輝きだった。ただ、問題は禍々しい黒の揺らめきも同時に放っているため、邪悪な雰囲気しか無いことだが。

モモンガの無い鼻が一段以上高くなり、声に熱がこもる。

「スタッフの七匹の蛇が咥える宝石はそれぞれが神器級《ゴッズ》アーティファクト。シリーズアイテムであるために、すべてを揃えることによってより強大な力が引き出されている。これらをすべて集めるには、多大な努力と莫大な時間を費やさなければならない。実際、私達の間でもやめようという意見が出たことが数え切れないほどあった。どれほどドロップするモンスターを狩り続けたか……。そしてさらに、このスタッフ本体に込められた力も神器級《ゴッズ》を超越し、かの世界級《ワールド》アイテムに匹敵するレベルだ。特に凄いのは組み込まれた自動迎撃システ……ゴホン」

……つい我を忘れて語ってしまった。

かつての仲間達と共に作り出しながら、外に持ち出すことが無かったため、自慢したくても出来なかった。しかし、今その対象が現れたことによって爆発してしまった。まだ自慢したいという欲求を、モモンガはなんとか押さえ込む。

結構恥ずかしいし……。

「まぁなんだ、そんなわけだ」

「す、スゴい……」

「スゴいです、モモンガ様！」

二人の子供のきらきらとした目に、モモンガは思わずにやけそうになる。崩れそうになる表情をぐっと堪え——元々、骸骨の顔に表情は浮かばないが——言葉を続ける。

「そういうわけでここでスタッフの実験を行いたい。色々と準備をして欲しいのだが？」

「はい！　かしこまりました。すぐに準備をします。それで……あたしたちもそれを見てよろしいのですか？」

「ああ、構わない。私しか持つことを許されない、最高の武器の力を見るが良い」

やったーと喜んでいるアウラ。ぴょこぴょこと可愛らしく飛び跳ねている。

マーレも喜色が隠しきれていない。その証拠に長い耳がピコピコと動いている。

やばい。我が威厳たっぷりの表情よ、崩れるな。モモンガはそう自分に言い聞かせ、意志力を動員する。

「……それとアウラ。全階層守護者をここに呼んでいる。予定ではあと一時間もしないうちに集まるぞ」

「え？　な、なら歓迎の準備を――」

「いや、その必要は無い。時間が来るまでここで待っていれば良い」

「そうですか？　ん？　全階層守護者？　――シャルティアも来るんですか⁉」

「全階層守護者だ」

「……はぁ」

途端にしょんぼりと長い耳が垂れ下がるアウラ。

マーレはそれほどでもない。設定ではアウラとシャルティアはそれほど仲が良くないということになっていたが、マーレは別ということなのだろう。

一体どんなことになるやら。モモンガは小さく呟いた。

2

草原の中、総数五〇名強ほどの一団が馬で駆けていた。

皆が皆、一様にたくましい肉体を持つ者たちだが、その中にひときわ目立つ男がいた。

屈強という言葉以上に似合う言葉は無い男だ。胸当《ブレストプレート》ての上からでもその体が分厚い筋肉で覆われているのが分かる。

年齢は三十代。日に焼けた顔はしかめられ、深い皺《しわ》を作り出している。黒髪は短く刈り揃えられ、黒い瞳には鋭い剣の輝きが宿っていた。

そんな男に、並んで馬に乗っていた者から声が掛かった。

「戦士長。そろそろ巡回の最初の村ですな」

「ああ、そうだな、副長」

リ・エスティーゼ王国の誇る戦士長、ガゼフ・ストロノーフの向けた視線の先にいまだ村は見えない。

はやる心を押さえつけ、ガゼフは馬の速度をある一定で保つ。馬を疲弊させない程度とはいえ、かなりの強行軍で王都からここまで歩を進めてきた。微かな疲労がガゼフの体の芯にこびりついている。そしてそれは馬にも言えることだ。これ以上、馬に負担をかけるわけにはいかない。

「しかし、何事もないと良いのですが」

副長が口を開く。

その中に含まれた感情は不安。そしてガゼフも同じ感情を抱いていた。

ガゼフたちが王より与えられた任務は「王国国境で目撃された帝国騎士たちの発見。及びそれが事実だった場合の討伐」である。

本来であれば近郊都市であるエ・ランテルより兵を出せば早い。しかし帝国の騎士たちは強く、武装の充実度も高い。徴兵された兵士とでは差は歴然だ。王国内で互角以上の戦いが出来る者たちは、ガゼフ直轄の兵士に限られてくる。ただガゼフたちに全て任せるという現状は、愚劣きわまりない。

ガゼフたちが目的地に到着するまでの間だけでも兵士達を動員し、村の警護に当たらせればそれだけで十分な抑止になるだろう。それ以外にも取れる手は幾らでもある。しかしそういった手を一切取らずに、いや取れない状況。

理由を知るが故にガゼフの苛立ちは収まらない。手綱を握りしめる手にこもる力を必死に抜く。しかしそれでも内心で燃え上がる感情の鎮火《ちんか》は難しい。

「戦士長。我々が到着し、それから捜索を開始するというのはあまりにも馬鹿な話です。さらに隊の全員を連れてくれば、手分けするなどの手も取れたでしょう。いや、エ・ランテルで冒険者でも雇って、騎士たちを発見するよう依頼するなどでも構いません。何ゆえにこのような手段を取るのですか？」

「……言うな、副長。帝国の騎士たちが王国領内を闊歩しているなど知られれば、あまり愉快な結果にはならないだろう」

「戦士長、この場に耳はありません。建前ではなく真実を聞かせてほしいのです」

副長の顔に薄い笑みが浮かぶ。それは好意的なものとは、全くの逆。

「貴族どもから横槍が入ったのですね？」

吐き捨てるような言葉に、ガゼフは返答しない。それが事実であるために。

「糞貴族どもにすれば民の犠牲もまた権力闘争の道具か！　その上、この辺が王の直轄領ですので、被害が出れば王に対する嫌味に使えると」

「……貴族全ての考えではない」

「中には確かに戦士長の言うように、民のことを考える者もいましょう。かの黄金の姫のように。ですがそれはどの程度ですか。……帝国の皇帝のように全権力を掌握していれば、糞貴族どもを無視して民のことを考えてもらえるんでしょうな」

「強引にことを進めれば、国を二分した争いになるだろう。帝国という領土拡大を狙う隣国がある中、そのようなことをすればそちらの方が民の不幸となろう」

「それは分かっていますが……」

「それぐらいにし……」

そこまで口にしたガゼフは、唇を引き締め、前を鋭く見据える。

先にある小高い丘の向こうから微かな黒煙が立ち上っている。それも一つや二つという数ではない。

それが何を意味するのか悟れない者は、この場にはいない。

ガゼフは舌打ちすると、馬の横腹に拍車をかける。

小高い丘に急ぎ駆け上ったガゼフたちの視界に飛び込んできたのは予測された光景。焦土と化した村跡。焼け残った家屋の残骸が僅かに墓標のごとく立つ。

ガゼフは鋼のごとき声音で命令を下す。


「総員、行動を開始しろ。早急にだ」

●

村は焼き尽くされ、崩壊した家の残滓《ざんし》のみに、かつての姿を宿していた。

残骸《ざんがい》の中を歩くガゼフの元まで届くのは、焦げた臭い。そしてそれに紛れこんでいる血の臭いだ。

ガゼフの顔は平坦で、感情は一切みえない。しかし、そのことが何よりもはっきりとガゼフの心中を物語っていた。そしてガゼフの横を歩く副長も。

一〇〇人を超える村人のうち、生き残ったのはたったの六人。それ以外は撫で斬りにされていた。女だろうと子供だろうと、そして赤子だろうと。

「副長。数人で生存者を警護し、エ・ランテルまで帰還せよ」

「おやめ下さい！　その手は最も……」

「そうだな。愚かな手段だな。しかし、このままにしておくことはできまい」

エ・ランテルは王の直轄領であり、周辺の村を守るのは王の務めだ。ここで生き残った村人を見捨てた場合、王の大きな傷となるだろう。そして王を追い詰めようとしている貴族派閥の者たちが騒ぎ出すのは目に見えている。

それに何より――。

「お考え直しください。生存者が帝国騎士を複数目にしてます。これで王より賜《たまわ》った、第一の命はこなしました。一度、後退し、エ・ランテルで準備を整えてからのほうが良いかと考えます」

「それは無理だ」

「戦士長！　お気づきでしょう。これは確実に罠です。村が襲撃された時期と我々のエ・ランテルに到着したタイミングが余りにも重なりすぎます。これは確実に我々を待ってからの非道。さらにあえて、皆殺しにしなかった時点で、罠以外の何ものでもない」

生存者は逃げ隠れして、騎士達の手から逃れたのではない。襲撃者があえて殺さなかったのだ。おそらく生存者を保護させ、兵力を分散させることが狙いだろう。

「まさか戦士長。罠だと理解した上で、なおもこれから追うとおっしゃるのですか⁉」

「……そのつもりだ」

「本気ですか！　戦士長。確かに貴方は強い。一〇〇人程度ならば騎士を相手に回しても勝利は間違いが無いでしょう。ですが帝国であればかの魔法詠唱者《マジック・キャスター》がいます。あの老人が待ち構えていれば、戦士長でも危ない。帝国の誇る四騎士がいても、今の武装が完全ではない戦士長であれば負けるやも知れません。だからお願いです、引いてください。あと幾つの村が犠牲になったとしても、戦士長を失うほうが王国にとっては損失が大きい！」

黙ったままのガゼフに対し、副長は血を吐くように呟く。

「それが出来ないのであれば……生存者を見捨て、全員で追いましょう」

「それが最も賢い選択だろう……な。しかし、それは助けられる命を手放すことだ。生存者をここに残して、彼らは生き残れると思うか？」

副長からの言葉は無い。生き残れる確率が低いことを彼も知っているからだ。

彼らは警護をつけなければ、そして安全な場所まで連れて行かなければ、数日内に命を失う。

それでも副長は言う。いや言わなくてはならない。

「……戦士長。この辺りで最も命の価値が高いお方は貴方です。村人の命ごときどうなろうと構わないではないですか」

副長が身を切る思いで訴えていることを十分理解しているガゼフは、こんなことを言わせてしまった自身に怒りを感じていた。しかし、それでも認めることは出来ない。

「私は平民出身だ。そしてお前もそうだったな」

「そうです。戦士長に憧れて目指したんですから」

「確かどこかの村の出身だったな？」

「そうです。ですから……」

「村での生活は下手すれば死との隣りあわせだ。モンスターに襲われて、多くの犠牲が出るというのだって珍しい話ではない。違うか？」

「……そうです」

「モンスターが相手ともなれば単なる兵士では厳しい。モンスター退治のエキスパートとも言える冒険者たちを雇う金がなければ、頭を低くしてモンスターが通り過ぎてくれるのを待つしかない」

「……そうです」

「ならば期待しなかったか？　助けを求めた時に、現れてくれる貴族を。力持つ者が助けてくれることを」

「……期待しなかったと言えば嘘になりますが、実際は誰も現れなかった。少なくとも、私の村を領地にしていた貴族は金を出しませんでしたね」

「ならば……そうではないことを示そう。今、我々が村人を救う」

副長が言葉に詰まる。自分の体験を思い出して。

「副長。見せてやろうじゃないか。危険を承知で命を張る者たちの姿を。弱き者を助ける強き者の姿を」

ガゼフと副長の視線が交差し、無数の感情が行き交う。

やがて疲れたように、しかし燃え上がるものを感じさせる声で副長が返答する。

「……では私が部下を連れて行きましょう。私の代わりはいても、戦士長の代わりはいない」

「馬鹿を言うな。私がいれば生還率は高くなるはずだ。私達は死にに行くのではない。王国の民を助けるために向かうのだ」

副長は口を数度開け、そして閉ざす。

「すぐに村人をエ・ランテルまで警護する者を選抜します」

•

赤く染まりだした草原にポツポツと人影が湧き出た。

その数は四五名。

何もないところから湧き出るように姿を見せた彼らの偽装手段は通常のものではなく、魔法によるものだ。

彼らが単なる傭兵《ようへい》や旅人、冒険者で無いのは一目瞭然だ。

格好は統一されたものであり、身にまとっているのは特殊な金属糸を編み上げることで、機動性と防御性を重視した作りの衣服鎧。ただし強力な魔化により一層、防御効果を増幅しているそれらは、全身鎧《フルプレート》を超える防御効果を持つ。

背負った皮袋の膨らみは小さく、旅をする人間の持ち物とは思えない。その背負い袋が魔法によるものでない限りは。腰の特殊な形状をしたベルトにはポーション瓶が複数収められ、背中につけたマントからも魔法のオーラが漂う。

これほどの魔法のアイテムを人数分揃えるのは、かなり困難を伴う。金額的にも手間暇という点においても。にもかかわらずそれらの装備で身を包んでいるということが、彼らの後ろに国家レベルの支援があることを証明していた。

しかし彼らの装備する物に、身分や所属などを示すものは一切存在しない。つまりは意図して隠さなければならない者たち——非合法の部隊である。

彼らの眼差しの先にあるのは廃村。血と焦げた臭い立ち込める村を見ながらも、瞳に感情の色は灯らない。その光景が当たり前であるような、そんな冷徹さ。

「……取り逃がしたか」

微かな失望を込めた静かな声が流れる。

「……仕方ない。囮《おとり》にはそのまま村を襲ってもらおう。獣を檻《おり》まで誘導してもらわねばならん」

男は鋭い視線をガゼフたちの去っていった方角に向ける。

「次の囮の行動する村の位置を示せ」

3

モモンガは魔法を放とうと、闘技場の隅に立てられた藁人形《わらにんぎょう》にゆっくりと指を伸ばす。

モモンガの習得魔法は、単純なダメージを与える魔法よりは即死などの副次効果を与える魔法に特化している。そのため無生物には効き目が弱い。この場合は単純なダメージ系魔法を放つべきだが、モモンガは職業《クラス》も死霊系統を選んで、よりそちら系の魔法を強化してきた。結果、単純なダメージ力という面では、戦闘特化系の魔法職には数段劣る。

モモンガは横目で、好奇心という名の輝きが瞳からもれ出ている子供達二人を窺う。その期待に応えられるだろうか、という不安で、プレッシャーを感じもする。

モモンガが次に盗み見た先には二体の巨大なモンスター。

三メートルの巨体は逆三角形。

人間とドラゴンを融合させたような骨格を覆う筋肉は隆々と盛り上がっていた。その筋肉を覆うのは鋼鉄以上の硬度を持つ鱗。そしてドラゴンを思わせる顔。大木を思わせる尻尾。翼こそ無いが、直立したドラゴンに良く似ていた。

男性の胴体以上の太さの上腕で、長さが自らの身長の半分ほどのぶ厚い――剣なのか盾なのか良く分からない武器を持つ。

ドラゴン・キン《ドラゴン・キン》の血縁の名を持つモンスターであり、アウラの魔獣使い《ビーストテイマー》としての能力によって使役されている闘技場の片付け係だ。

レベルは五五と大して高くなく、特殊能力も殆ど持っていないが、その豪腕の一撃となかなか尽きない体力はより上位のモンスターに匹敵する。

モモンガは小さく息を吐きながら視線を動かし、再び藁人形へと向ける。

あれほどまでの期待に満ちた目で見られても正直困る。今回の目的は魔法が本当に発動するかどうか確かめることである。

アウラとマーレに魔法の発動実験への参加を許可したのは、他の守護者が来る前に自らの力を見せ、自分と敵対することの愚を教える狙いが一つ。

確かに裏切るような気配はまるで無く、それどころかあの二人の子供がそんなことをするようには到底思えない。ただ、自らの魔法の力が仮に失われていた場合、二人が変わらず忠誠を尽くしてくれるかどうか、モモンガは自信がなかった。

アウラは前々から面識があるかのようにモモンガに接してくるが、モモンガからすれば初めて会ったに等しい相手だ。確かにキャラクターの設定等にはギルド皆のアイデアが詰まっており、二人ともギルドメンバーが作り出した宝だ。

だがあらゆる状況への反応、行動様式について完璧に定められているわけではない。必ず設定の隙間とでもいうべき部分がある。

彼らが一つの知性体として存在し、自律的に思考して行動した場合、その隙間を埋める設定以外の面が必ず出てくるだろう。そこに弱い相手にも忠義を尽くす、というものが無かった場合はどうなるだろうか。というか、忠誠心に関する設定が明記された者の方が少ない。となれば、命令に従うか従わないかは結局個々の判断となる。従わないだけならまだしも、ギルド長に実力がなければ反旗を翻すような性格だったら……?

必要以上に疑って掛かるのも問題だが、信頼しきって動くのは馬鹿のすることだ。

石橋を叩いて渡る。それが現状のモモンガにとって当たり前の考え方だ。

そしてもう一つの狙いは、魔法が発動しなかった場合にアウラとマーレを相談相手とすることだった。

二人はスタッフの力を確かめに来たと思い込んでいる。ならばマジックアイテムの力が発動するのは実証済みなのだから、いくらでもごまかしは利くだろう。

狙いは完璧だ。

モモンガは自画自賛し、こんなにも自分が冷静で頭の回る人間だったかと、疑問を覚える。しかしそれに答えてくれる者はどこにもいない。

モモンガは疑問を頭から追い払うと、ユグドラシルでは使えた魔法のことを考える。

ユグドラシルに存在する魔法の数は、行使レベル第一位階から第一〇位階、それに超位を加えて総数六〇〇〇をゆうに超える。これらが複数の系統に分かれて存在するのだが、その中でモモンガが使える魔法の数は七一八。これは通常の一〇〇レベルのプレイヤーが使えるのが三〇〇だから破格の数である。

それらもはや暗記さえしている数々の中から、この場面に最も適したものを求める。

まずは同士討《フレンドリィ・ファイア》ちが解除されているので、効果範囲がどのように現れるか知らなければならない。そのために効果対象が対個ではなく範囲から選択。次に標的があれだということも考えると——。

ユグドラシルでは魔法は浮かび上がるアイコンをクリックするだけで良かった。しかしそれが出ない今、別の手段をとる必要がある。

おそらくだがその一端はすでに掴んでいる。

己の中に埋没している能力。負の接触《ネガティブ・タッチ》を遮断したときと同じように、それに意識を向ける。アイコンがまるで空中にあるかのように——。

そしてモモンガはうっすらと笑った。

分かるのだ。

効果範囲がどの程度か、発動したら次の魔法発動までどれだけ時間を必要とするかを完璧に把握できた。そういった自分の能力への確信が、吹き上がるような高揚をもたらす。魔法が自分の力だという満足感であり、充実感だ。こんな気分はユグドラシルでも味わったことがない。

心の内に浮かび上がった歓喜の形を変え——急速に冷静になっていく心が、高揚を強く感じさせる——るように、指先に集め、そして力ある言葉を紡ぐ。

〈火球《ファイヤーボール》〉

藁人形へと突きつけた指の先で、炎の玉が膨れ上がり打ち出される。

狙い通りに藁人形に着弾。火球を形成していた炎はぶつかった衝撃で弾け飛び、内部に溜め込んだ炎を一気に撒き散らす。広がった炎が周辺の大地を含め、瞬時に嘗《な》め尽《つ》くした。

すべて一瞬の出来事。焼け焦げた藁人形以外に何も残りはしない。

「ふふふふ……」

思わず含み笑いを漏らしたモモンガを、アウラとマーレが不思議そうに窺っている。

「——アウラ。別の藁人形を準備せよ」

「あ、はい、ただいま！　早く準備して！」

ドラゴンの血縁《ドラゴン・キン》の一体が置いてあった藁人形を黒焦げになった人形の横に立てる。

モモンガは横にぶらぶらと歩き、それから藁人形に向き直り、魔法を発動させる。

〈焼夷《ナパーム》〉

藁人形から逸れてほんの僅か横。突如、周囲を包み込みながら火柱が天空めがけ吹き上がる。モモンガは一拍の呼吸を置き、残骸にも等しい藁人形に魔法を放つ。

〈火球《ファイヤーボール》〉

着弾し、藁人形が完全に破壊される。

再詠唱時間《リキャストタイム》の間隔もユグドラシルと同じ。逆に発動させるまでの流れは、範囲魔法の場合は魔法を選択し、範囲を表すカーソルを移動させないですむ分、もしかすると早いかもしれない。

「完璧だ」

満足感は呟きという形になって、モモンガの口から勝手にこぼれる。

「モモンガ様。藁人形をもっと準備した方がよろしいでしょうか？」

アウラはやはり不思議そうだった。アウラにしてみれば、モモンガが強力な術者であることは前から知っていることであり、これくらいの芸当は特に目新しいとも思わないのだろう。

だがそれこそモモンガが双子に与えたかった印象であり、彼女らが浮かべた表情はこの行為の成功を物語っていた。

「……いや、それには及ばない。もっと別の実験を行いたいからな」

モモンガはアウラに断りを入れると、目的に取りかかる。

〈伝言《メッセージ》〉

連絡する相手はまずはＧＭだ。〈伝言《メッセージ》〉の魔法はユグドラシルであれば相手がゲームに入ってきている場合は携帯電話のコール音のようなものが聞こえ、入ってない場合はコール音すらしないですぐに切れる。

今回はその中間とも言うべきものか。糸のようなものが伸び、何かを探っているような感じがする。モモンガが生きてきて初めて味わった形容しがたい感覚だ。

その感覚はしばらく続き、やがて〈伝言《メッセージ》〉はつながる気配無く、効果時間を終わらせる。

失望は強い。

モモンガは同じ魔法を繰り返す。次に選んだ対象はGMではない。

かつての仲間――アインズ・ウール・ゴウンのギルドメンバーだ。

一分の期待と九割九分の諦めが入りまじった気持ちで発動させた魔法には、予測のとおり何の反応も無い。四〇人全員、いや、四一人にかけ終わり、誰にも繋がらないことを確認すると、モモンガは小さくかぶりを振った。

たとえ、諦めていたとはいえ、事実を突きつけられたことでの落胆は大きい。

最後にモモンガはセバスへと魔法を飛ばす。

――繋がる。

これで〈伝言《メッセージ》〉は働いているという、残念な結果が明らかになった。〈伝言《メッセージ》〉はこの世界で会った対象にしか発動しないという可能性も僅かに残っているが。

『これはモモンガ様』

頭の中に響くように聞こえる、深い敬意を示す声。モモンガは〈伝言《メッセージ》〉の向こうで、現実社会の会社のように、セバスも頭を下げているのだろうかなどと考える。

そんな無駄な想像が浮かんでいる間の無言をどのように受け止めたのか、セバスの不思議そうな声が再び聞こえる。

『……どうかなさいましたか？』

「あ、ああ、すまないな。ちょっとぼうっとしてしまったようだ。ところでどうだ、周辺の様子は？」

『はい。周辺は草原になっており、知性を持つ存在の確認は出来ておりません』

「草原……沼地ではなく？」

かつてのナザリック地下大墳墓は、ツヴェークと呼ばれる蛙人間にも似たモンスターが住居とする大湿地の奥。周辺には薄い霧が立ち込め、毒の沼地が点在する中にぽつんと存在したはずだった。

『はい。草原です』

思わずモモンガは軽く笑った。

もう、何がなんだか……。

「つまりはナザリック自体がどこか不明な場所に転移したということか？　……セバス。空に何か浮かんでいたり、メッセージが流れていたりということは無いか？」

『いえ、そのようなことはございません。六階層の夜空と同じものが広がっております』

「な！　夜空だと？　……他に周辺に気になるようなものは何か無いか？」

『いえ……特別にはございません。ナザリック地下大墳墓を除き、人工的な建築物すらも見受けられません』

「そうか……そうか……」

何を言えばよい？　もはやモモンガには頭を抱えるしか道は残されていなかった。ただ、心のどこかでそんな可能性もあるだろうと思っていたのは事実だ。

セバスの沈黙が、こちらの指示を待っていることを伝えてくる。モモンガは左手首のバンドに視線をやった。時間からすると他の守護者達が来るのはあと二〇分程度。ならばここで命令すべきは一つだ。

「あと二〇分で戻って来い。ナザリック地下大墳墓に戻ったら、アンフィテアトルムまで来ること。守護者全員を集めているので、そこでお前が見たものを説明してもらう」

『畏まりました』

「ではそれまで出来る限り情報を収集せよ」

了解の意を聞くと、モモンガは〈伝言《メッセージ》〉を解除する。

ここですべきことは大体終わったか、とモモンガが一息つきかけた時、二人の期待を込めた視線を思い出した。

スタッフの力を確かめると言った以上、その力の解放を見せてやる必要がある。モモンガはスタッフを手に、何を発動させるべきか迷う。

そんなモモンガにスタッフ・オブ・アインズ・ウール・ゴウンに込められた無数の力が、自らを使えと語りかけるようだった。

ここはやはりある程度派手な方が良いだろう。

そんな思いから選択したのは、火の宝玉。込められた力のうち、発動するのは〈根源の火精霊召喚《サモン・プライマル・ファイヤーエレメンタル》〉。

モモンガの意識に従うように、蛇のくわえる宝石の一つに、力の揺らめきが起こる。十分な力の流動を知覚したモモンガは、スタッフ・オブ・アインズ・ウール・ゴウンを突きつける。その先に巨大な光球が生じ、それを中心に桁外れな炎の渦が巻き起こった。

巻き起こった渦は加速度的に大きくなり、直径四メートル、高さ六メートルまで膨らむ。

紅蓮《ぐれん》の煉獄が周囲に熱風を巻き起こす。

視界の隅で二体のドラゴンの血縁《ドラゴン・キン》が巨体を以て、その熱風からアウラとマーレを庇《かば》おうとしている。

熱波に煽られバタバタとモモンガのローブがはためく。火傷ぐらいしても可笑しくはない熱量だが、モモンガはアンデッドとしての弱点を打ち消すために炎への絶対耐性を有しているので影響は無い。

やがて周囲の空気を食らい十分に大きくなった炎の竜巻が、融解した鉄のような輝きを放ちながら揺らめき、人のような形を取る。

根源の火精霊《プライマル・ファイヤーエレメンタル》——元素精霊《エレメンタル》の限りなく最上位に近い存在。八〇レベル後半という高さを持つモンスターだ。やはり月光の狼《ムーン・ウルフ》のときと同じ結びつきをモモンガは感じた。

「うわー……」

アウラが感嘆の声を漏らしながら見上げている。

召喚魔法では決して呼び出すことのできない最上位クラスの精霊を前に、望んでいたおもちゃをもらった子供のような表情を浮かべていた。

「……戦ってみるか？」

「え？」

「え、え？」

一瞬ほうけてから、アウラは無邪気な子供の笑みを浮かべる。子供のものにしては少々――いや、かなり歪んでいる。すぐ横のマーレが浮かべているものの方が子供らしい。

「良いんですか？」

「かまわんよ、別に倒されたところで問題は無いからな」

肩をすくめるモモンガ。スタッフの力では一日一体しか召喚できない。ただ、言いかえればまた明日になれば召喚できる程度の存在ということ。別にこれが倒されてもなんら問題は無い。

「あ、あのボク、しなくちゃいけないことを思い出した……」

「マーレ」

逃げ出そうとするマーレをがっしりと掴む手。姉は逃がす気はさらさら無いようだった。アウラの微笑みがマーレを捕らえる。モモンガからすると可愛らしい少女の微笑だが、同じ顔を持つ者からするともっと別のものに見えたのか、マーレの横顔がはっきりと凍りつく。

ズリズリと引きずられて、根源の火精霊《プライマル・ファイヤーエレメンタル》の前に連れて行かれるマーレ。目が助けを求めるように、キョロキョロと動き、モモンガに行き着く。

花が咲くように満面に浮かんだ笑みに対して、モモンガは合掌を向けた。

花は一気に萎《しお》れた。

「まぁ、二人ともほどほどに頑張れ。怪我をしてもしょうがないからな」

「はーい」

陽気なアウラの声。それに消されるように暗いマーレの声も重ねて聞こえた。モモンガはマーレがいれば怪我も無いだろうと判断して、先ほど感じた繋がりを経由して根源の火精霊《プライマル・ファイヤーエレメンタル》に双子を攻撃するよう命令を下す。

炎が荒れ狂うような勢いで襲い掛かる根源の火精霊《プライマル・ファイヤーエレメンタル》に対して、アウラが前衛、マーレが後衛という形で迎え撃つ。

アウラの両手に持った鞭が空気ごと根源の火精霊《プライマル・ファイヤーエレメンタル》を打ち据え、マーレの魔法が着実にダメージを与えていく。

「流石に余裕だな、これは」

圧倒的とも言える戦闘から目を離さず、モモンガはほかに調べなくてはならないことについて思案を巡らせる。

魔法、アイテムの起動確認は終わった。ならば残るは持ち物だろう。特に重要なのは巻物《スクロール》、杖《スタッフ》、短杖《ワンド》というアイテム群だ。これらは魔法が込められており、巻物《スクロール》は使い捨て、杖《スタッフ》、短杖《ワンド》は決められたチャージ回数だけ魔法を発動させることが可能なアイテムだ。

モモンガもそれらをかなりの数、保有している。性格上、消費アイテムはもったいなくて使えない派だ。最高級品の回復剤などはラスボス戦ですら使わないタイプの。慎重というより貧乏性の類だろう。そのため貯まる一方であった。

そんなモモンガの保有するアイテム。ユグドラシルであればアイテムボックスに入っていたアイテムは現在どこにあるのだろう？

モモンガはアイテムボックスを開くときのことを思い出しながら、中空にその骨しかない手を伸ばしてみた。手が湖面に沈むように何かの中に入り込む。端《はた》から見ればモモンガの腕が途中から空間に消えたように見えたに違いない。

そのまま窓を開けるときのように横に大きくスライドさせる。空間に窓のようなものが開き、そこには何本もの杖《スタッフ》が綺麗に並んでいた。これこそまさにユグドラシルのアイテムボックスだ。

手を動かし、アイテム画面ともいうべきものをスクロールさせていく。巻物《スクロール》、短杖《ワンド》、武器、防具、装飾品、宝石、ポーションに代表される消費アイテム……。膨大な数の魔法の道具。

モモンガは安堵感から笑みをこぼす。

これならこの大墳墓内のほとんどの存在が敵に回ったとしても、己の安全は守りきれる。

未だ激戦を繰り広げるアウラとマーレをぼんやりと視界におさめつつ、モモンガは今まで得た情報をまとめ上げていた。

今まで会ってきたＮＰＣはプログラムか？

否。意識を持った人間と変わらない存在だ。これだけの細かな情動をプログラミングで表現することなどできるわけが無い。何らかの事態でプログラムではなく人間と同等の存在になったと仮定すべきだ。


次にこの世界はなんだ？

不明。ユグドラシルの魔法が存在するということを考えると、ユグドラシルのゲーム内と考えるのが妥当だが、前の疑問をあわせて考えるとゲームとはとうてい思えない。ゲーム内、はたまたは異世界。そのどちらかだろうか。あり得ないような話であるが。


自らはこれからどのように構えるべきか？

ユグドラシル内での力を使えるということは確認できた。したがってこのナザリック地下大墳墓内のモンスターやＮＰＣの能力はユグドラシル上のデータを基本に考えれば、敵はいない。問題はユグドラシルのデータ以外の何かがあった場合だが、そのときは開き直るしかないだろう。とりあえずは上位者として威厳をもって——威厳があるならだが——行動するほか無い。

これからの行動方針は？

情報収集に努める。この世界がなんなのか不明だが、いま現在、モモンガは単なる無知の旅人にしか過ぎない。油断無く、慎重に情報を収集すべきだ。

仮に異世界だとして、元の世界に戻るよう努力すべきか？

疑問だ。

もし友達がいたなら帰る努力をしただろう。もし両親が生きていたなら、死に物狂いで戻る方法を探しただろう。養うべき家族がいたら、恋人がいたら……。

だが、そんなものは無い。

会社に行き、仕事して、帰って寝る。今までなら帰ってからユグドラシルに入り、いつ仲間が来ても良い準備をしていたが、それももはやない。そんな世界に帰る価値はあるのだろうか？

ただ、戻れるなら戻れる努力をした方が良い。選択肢は多いに越したことは無い。外が地獄のような世界である可能性も十分にありえるのだから。

「さてどうするか……」

モモンガのさびしげな独り言が空中に散っていた。

4

空中に溶けるように根源の火精霊《プライマル・ファイヤーエレメンタル》の巨体が消えていく。周囲に巻き散らされていた熱気も急速に薄れていった。それに合わせ、モモンガが僅かに感じていた支配関係も。

桁外れの破壊力と耐久力を持つ根源の火精霊《プライマル・ファイヤーエレメンタル》だったが、周囲にいるだけでも受ける炎ダメージを完全に無効にし、見事な回避を披露したアウラの前では巨大なマトだったようだ。

逆に一撃でも当たれば、アウラの体力のそこそこは奪っただろうが、マーレという森祭司《ドルイド》がそんなことを許すはずがない。強化《バフ》、弱体化《デバフ》を効率よく使いわけ、アウラを支援していた。

前衛と後衛の役割分担をしっかりこなした見事な戦い方。それと同時にモモンガに実戦という言葉を感じさせる、ゲームとは違う生の戦いだった。

「見事な……。二人とも……素晴らしかったぞ」

モモンガの心からの感嘆の言葉に、二人の子供たちは嬉しそうな笑みを向ける。

「ありがとうございました、モモンガ様。こんなに運動したのは久しぶりです！」

二人とも無造作に顔に付いた汗を拭う。しかし拭った先から汗が珠を作り、薄黒い肌を流れ落ちる。

モモンガは黙って、アイテムボックスを開く。そこから最初に取り出したのは、魔法のアイテム――無限の水差し《ピッチャー・オブ・エンドレス・ウォーター》。

食事や喉の渇きというユグドラシルのシステムは、アンデッドであるモモンガには関係がなく、個人では一切使わなかったアイテムだ。使用していたのは騎乗動物などに対してである。

ガラスと思われる透き通った材質でできたピッチャーには、新鮮な水がなみなみと入っており、中に入っている水の冷たさのためか、容器には水滴が無数についていた。

次に取り出した綺麗なグラスに水を注ぐと、二人に差し出す。

「アウラ、マーレ。飲みなさい」

「え？　そんな悪いです、モモンガ様に……」

「そ、そうですよ。水ぐらいならボクの魔法でも」

パタパタと手を顔の前で振るアウラ、プルプルと顔を横に振るマーレ。そんな二人にモモンガは苦笑を浮かべた。

「この程度気にするな。いつも良く働いてくれていることへのささやかな感謝の表れだ」

「ふわー」

「ふえー」

照れたように顔を赤らめるアウラとマーレが恐る恐る手を伸ばして、グラスを受け取った。

「あ、ありがとうございます、モモンガ様！」

「モ、モモンガ様に注いでもらえるなんて！」

そんなに喜ぶことだろうか。

今度は断らずに、アウラはそれを両手で受け取り一気に飲み干す。喉が大きく動き、唇の端からこぼれた水滴が艶やかな喉を流れ、胸元に消えていった。それに対してマーレは両手で抱えてから、コクコクと少しずつ飲んでいる。飲み方一つにしても二人の性格の違いが如実に現れていた。

モモンガはそれを見ながら自らの喉に手を当てた。頚椎《けいつい》に薄皮がついたような感触。

この体になってから喉の渇きを覚えていない。睡眠欲もだ。死人《アンデッド》がそんなものを感じるわけが無いのは理解できるが、それでも気がついたら人間をやめていたというのは冗談にしか思えない。

モモンガは更に手で自らの体を触る。皮膚、肉、血管、神経、内臓。あらゆるものが一切無い、骨のみの肉体。分かってはいたが実感無く、まさぐる。

触覚は人間のときと比べて若干鈍い。触れても薄い布が途中にあるような鈍さ。その反面、他の感覚はかなり優れている。視力も聴力も非常に鋭い。

骨で構築されたすぐにも折れそうな体なのに、骨の一本一本が鋼よりも頑丈そうにも感じる。

そして以前の体とは全く違うのに、これが自分の本当の体だという奇怪な満足感とも充実感ともいえるものがあった。だからこそ骨の体になったにもかかわらず恐怖を感じないのだろう。

「もう一杯いるか？」

無限の水差し《ピッチャー・オブ・エンドレス・ウォーター》を持ち上げ、飲み干した二人に尋ねる。

「えっとー。うん！　もう満足です！」

「そうか。ではマーレはどうだ？　いらないか？」

「えっ！　え、えっと、ボ、ボクも大丈夫です。も、もう喉が潤いましたから」

モモンガは了解の意として頷くと、二人からグラスを受け取り、再び空間の中に仕舞い込む。

アウラがボソリと呟いた。

「……モモンガ様ってもっと怖いのかと思ってました」

「うん？　そうか？　そっちの方が良いならそうするが……」

「今のほうがいいです！　絶対いいです！」

「なら、このままだな」

勢いあるアウラの返答に目を白黒させながらモモンガは答える。

「も、もしかしてあたしたちにだけ優しいとかー」

ぼそぼそと呟くアウラに何を言えば良いのかわからず、モモンガはアウラの頭を軽く数度、ぽふぽふと撫でるように叩く。

「えへへへ」

大好物を前にした子犬の雰囲気を撒き散らすアウラに、羨ましげなマーレ。そこに声がかかる。

「おや、わたしが一番でありんすか？」

言葉遣いの割には若々しい声が聞こえると同時に、大地から影が膨らみ、吹き上がる。影はそのままるで扉のような形を取る。そんな影からゆっくりと姿を現す者がいた。

全身を包んでいるのは柔らかそうな漆黒のボールガウン。スカート部分は大きく膨らみ、かなりのボリューム感を出している。フリルとリボンの付いたボレロカーディガンをすっぽり羽織り、レース付きのフィンガーレスグローブをつけていることによって、殆どの肌が隠れている。

そんな中、絶世という言葉が相応しい端整な顔のみが外へ出ており、その白蠟《はくろう》じみた白さの肌を晒していた。長い銀色の髪を片方に集め、持ち上げてから流しているため顔には一切かかっていない。真紅の瞳には奇妖な愉悦の色が宿っていた。

年齢は一四、もしくはそれ以下。まだ幼さが完全には抜け切れてない。可愛らしさと美しさが交じり合ったことによって生まれた、そんな美の結晶だ。ただし胸のみは年齢には不釣合いなほど大きく盛り上がっている。

「……転移が阻害されてるナザリックで、わざわざ〈転移門《ゲート》〉なんか使うなって言うの。闘技場内まで普通に来たんだろうから、そのまま歩いてくればいいでしょうが、シャルティア」

モモンガのすぐ側から呆れたような声が聞こえる。その凍りつかんばかりの感情を含んだ声音に、先ほどまでの子犬の雰囲気は無い。あるのは満ちすぎて零《こぼ》れだした敵意だ。

その横ではマーレが再び、ブルブルと震えだしている。少しずつ姉のそばから離れていっているのはなかなか賢い。実際、アウラの豹変《ひょうへん》には、モモンガもちょっとばかり引いていた。

最上位の転移魔法を使ってこの場に姿を現したシャルティアと呼ばれた少女は、モモンガの横で顔を歪めるアウラには一瞥もくれず、体をくねらせるように動かしながらモモンガの前に立つ。

体から立ち上る香水の良い香り。

「……くさ」

アウラがボソリと呟く。続けて、アンデッドだから腐ってるんじゃない、と。

モモンガが思わず自分の腕を持ち上げ、匂いをかいでしまうのを見ていたのか、シャルティアがピキリと眉間に青筋を立てる。

「……それは不味いでしょ。モモンガ様もアンデッドなのだから」

「はぁ？　何を言っているの、シャルティア。モモンガ様が単なるアンデッドなはずがないじゃん。多分、超《スーパー》アンデッドとか神《ゴッド》アンデッドだと思うけど」

シャルティアとマーレから、「ああ」とか、「うん」とか納得したような声が漏れるのを聞き、今はどうだか不明だが、ユグドラシルでは単なるアンデッドだったけどなぁ……少し肩身狭くモモンガは思う。

というより超《スーパー》アンデッドとか神《ゴッド》アンデッドなんて奇天烈《きてれつ》な存在はいない。

「で、でもお姉ちゃん、今のは少し不味いよ」

「そ、そうかな？　よし、ではテイク2。ゴホン……屍肉《しにく》だから腐ってるんじゃないの？」

「それなら……まぁ、良いでありんしょう」

アウラのテイク2に納得すると、シャルティアはすらりとした手をモモンガの首の左右から伸ばし、抱きつくかのような姿勢を取る。

「ああ、我が君。わたしが唯一支配できぬ愛《いと》しの君」

真っ赤な唇を割って、濡れた舌が姿を見せる。舌はまるで別の生き物のように己の唇の上を一周する。開いた口から芳《かぐわ》しい香りがこぼれ落ちる。

妖艶な美女がやれば非常に似合っただろうが、彼女では年齢的に足りないものがあり、ちぐはぐ感が微笑ましくさえある。だいたい、身長が足りないので、伸ばした手も抱きつくというより首からぶら下がろうとしているようにしか見えない。

それでも女性に慣れていないモモンガには十分な妖艶さだ。一歩後退しそうになるが、意を決しその場に踏みとどまる。

こんなキャラだっけ、という心中に沸きあがる思いは消せない。しかしながらこの少女を設定したかつての仲間、ペロロンチーノならばやりかねない。エロゲーをこよなく愛し、「エロゲーイズマイライフ」を自身のテーマと豪語する人物だったのだから。

そんな駄目人間に設定された彼女こそ、シャルティア・ブラッドフォールン。

ナザリック地下大墳墓第一階層から第三階層までの守護者であり、〝真祖《トゥルーヴァンパイア》〟だ。

そしてエロゲーにありがちな設定を、てんこ盛りにされた少女でもある。

「いい加減にしたら……」

重く低い声に初めてシャルティアは反応し、嘲笑を浮かべながらアウラを見た。

「おや、チビすけ、いたんでありんすか？　視界に入ってこなかったから分かりんせんでありんした」

さっき喋っていたじゃんとか、突っ込もうという気もモモンガには起きない。

ぴきりとアウラは顔を引きつらせ、それを無視するようにシャルティアはマーレに声をかける。

「ぬしもたいへんでありんすね。こな頭のおかしい姉を持って。こな姉からは早く離れた方がいいでありんす。そうしないとぬしまでこなになってしまいんすよ」

マーレの顔色が一気に悪くなる。シャルティアが自分を出汁《だし》に姉に喧嘩を売っていると悟っているためだ。

だが、アウラは微笑む。そして――

「うるさい、偽乳」

――爆弾が投下された。

「……なんでしってるのよー！」

あ、キャラ崩壊。

モモンガはぼそりと言葉を発する。

素を出したシャルティアに、先ほどの間違いだらけの廓《くるわ》言葉はどこにもない。

「一目瞭然でしょー。変な盛り方しちゃって。何枚重ねてるの？」

「うわー！　うわー！」

発せられた言葉をかき消そうとしているのか、ばたばたと手を振るシャルティア。そこにあるのは年相応の表情だ。それに対してアウラは邪悪な笑みを浮かべる。

「そんだけ盛ると……走るたびに、胸がどっかに行くでしょ⁉」

「くひぃ！」

びしっと指を突きつけられ、シャルティアが奇妙な声を上げる。

「図星ね！　くくく！　どっかに行っちゃうんだー！　だから急ぎ、かつ走らない方法で〈転移門《ゲート》〉なんだー」

「黙りなさい！　このちび！　あんたなんか無いでしょ。わたしは少し……いや、結構あるもの！」

シャルティアの必死の反撃。その瞬間、さらに邪悪な笑みを浮かべるアウラ。シャルティアは押されるように一歩後退する。さりげなく胸をかばっているのがなんというか悲しい。

「……あたしはまだ七六歳。いまだ来てない時間があるの。それに比べてアンデッドって未来が無いから大変よねー。成長しないもん」

シャルティアはぐっ、と呻《うめ》き、さらに後退する。言い返せない。それが表情に強く出ていた。アウラはそれを確認し、亀裂のような笑みをさらに吊り上げた。

「今あるもので満足したら――ぷっ！」

シャルティアからぷっちーんという音が、モモンガには聞こえた気がした。

「おんどりゃー！　吐いた唾は飲めんぞー！」

シャルティアのグローブに包まれた手に黒い靄《もや》のようなものが揺らめきながらにじみ出《だ》す。アウラは迎え撃たんと先ほど使用していた鞭を手に持つ。そしてそんな二人を前におろおろとするマーレ。

モモンガはかつての光景を目にしたようで、両者を止めるべきか迷った。

シャルティアを設定したペロロンチーノと、アウラとマーレを設定したぶくぶく茶釜は姉弟だった。その二人は時折、仲の良い喧嘩をしていたものだ。こんな風に。

モモンガには喧嘩する二人の後ろに、かつての仲間の姿が浮かんでいるように思えた。

「サワガシイナ」

モモンガがかつての仲間達の記憶に浸っていると、人間以外のモノが無理やり人の声を出している、そんな歪んだ硬質な声が二人の諍《いさか》いを断ち切った。

声の飛んできた方、そこには何時からいたのか、冷気を周囲に放つ異形が立っていた。

二・五メートルはある巨体は二足歩行の昆虫を思わせる。悪魔が歪めきった蟷螂《かまきり》と蟻《あり》の融合体がいたとしたらこんな感じだろうか。身長の倍はあるたくましい尾や全身からは、氷柱《つらら》のような鋭いスパイクが無数に飛び出している。左右に開閉する力強い下顎は、人の腕すらも簡単に断ち切れるだろう。

二本の腕で白銀のハルバードを持ち、残りの二本の腕でどす黒いオーラを撒き散らすおぞましくも見事な作りのメイスと、鞘《さや》に収まるとは思えない歪んだ形のブロードソードを保持している。

冷気がまとわり付き、ダイヤモンドダストのように煌めく、ライトブルーの硬質な外骨格は鎧のようだった。肩口や背中の辺りに氷山のような盛り上がりがある。

それはナザリック地下大墳墓第五階層の守護者であり、〝凍河の支配者〟コキュートス。

手にしたハルバードの刀身を地面に叩きつけると、その周辺の大地がゆっくり凍り付いていく。

「御方《おおんかた》ノ前デ遊ビスギダ……」

「この小娘がわたしに無礼を働いた――」

「事実を――」

「あわわわ……」

再びシャルティアとアウラがすさまじい眼光を放ちながら睨み合い、マーレが慌てる。モモンガはさすがに呆れ、意図的に低い声を作ると二人に警告を発した。

「……シャルティア、アウラ。じゃれ合うのもそれぐらいにしておけ」

びくりと、二人の体が跳ね上がり、同時に頭を垂れた。

『もうしわけありません！』

モモンガは鷹揚《おうよう》に頷き謝罪を受け入れると、現れた者に向き直る。

「良く来たな、コキュートス」

「オ呼ビトアラバ即座ニ、御方」

白い息がコキュートスの口器からもれている。それに反応し、空気中の水分が凍りつくようなパキという音がした。根源の火精霊《プライマル・ファイヤーエレメンタル》の炎に匹敵する冷気。周辺にいるだけで低温による様々な症状が襲い、肉体損傷を受ける。しかしながらモモンガには何も感じられない。というよりもこの場で炎や冷気、酸という攻撃に対しての耐性や対抗手段を持たない者は存在しない。

「この頃、侵入者も無く暇ではなかったか？」

「確カニ――」

下顎をカチカチと鳴らす。スズメバチの威嚇音《いかくおん》に似ているが、笑っているのだろうとモモンガは思うこととする。

「――トハイエ、セネバナラヌコトモアリマスノデ、然程《さほど》、暇トイウコトモゴザイマセン」

「ほう。せねばならぬこととは？　教えてくれるか？」

「鍛錬デゴザイマス。イツイカナル時デモオ役ニ立テルヨウ」

コキュートスは――外見からは想像できないが――武人という設定である。性格もコンセプトデザインも。そのため、このナザリック地下大墳墓において、武器の使い手という区分では、第一位の攻撃能力保持者でもある。

「それは私のためにご苦労」

「ソノ言葉一ツデ報ワレマス。オヤ、デミウルゴス、ソレニアルベドガ来タヨウデスナ」

コキュートスの視線を追いかけると、そこには闘技場入り口から歩いてくる影が二つ。先に立つのはアルベドだ。その後ろに付き従うように一人の男が歩く。十分に距離が近づくと、アルベドは微笑み、モモンガに対して深くお辞儀する。

男もまた優雅な礼を見せてから、口を開いた。

「皆さんお待たせして申し訳ありませんね」

身長は一・八メートルほどもあり、肌は日に焼けたような色。顔立ちは東洋系であり、オールバックに固められた髪は漆黒。かけた丸メガネの奥には、糸目というよりは閉ざしたような目があった。

着ているものは三つ揃えであり、ネクタイまでしっかりと締めている。やり手のビジネスマン、もしくは弁護士などの職に就いているような切れ者という雰囲気がある。

ただ、紳士の姿を見せていても、その邪悪な雰囲気は決して隠しきれない。後ろからは銀のプレートで包んだ尻尾が伸び、先端には棘《とげ》が六本はえていた。周囲に揺らめくような浅黒い炎を撒き散らす、その男こそ〝炎獄の造物主〟デミウルゴス。

ナザリック地下大墳墓第七階層の守護者であり、防衛時におけるＮＰＣ指揮官という設定の悪魔だ。

「これで皆、集まったな」

「――モモンガ様、まだ二名ほど来ていないようですが？」

人の心に滑り込むような深みと、引き込まれるような張りのある声。

デミウルゴスの言葉には常時発動型特殊技術《パッシブスキル》が込められている。その名も「支配の呪言」。心弱きものを瞬時に自らの人形へと変える効果のある力だ。

とはいえ、この場にいるものにその特殊能力は効果を発揮しない。効果を発揮するのは相手が四〇レベル以下の場合で、この場にいるものにとっては、せいぜい耳あたりの良い声程度にしか過ぎない。

「その必要は無い。あの二人はどちらも特定状況下での働きを優先して配属された守護者。今回のような場合には呼ぶ必要は無い」

「左様でしたか」

「……我ガ盟友モ来テイナイヨウデスナ」

ぴたりとシャルティア、アウラが動きを止める。アルベドですら微笑が固まったようだった。

「……あ、あれは、あくまでもわた……わらわの階層の一部の守り手にしか過ぎぬ」

「そ、そうだよね～」

シャルティアに引きつるような笑みを浮かべ、アウラが同調し、アルベドはコクコクと頷いていた。

「……恐怖公か。そうだな領域守護者にも知らせた方が良いな。では紅蓮《ぐれん》やグラントなどの領域守護者にも伝達しておけ。それは各階層守護者に任せる」

ナザリック地下大墳墓内の役職、守護者には二種類ある。

一つがモモンガの目の前に今いる、一つまたは複数の階層を任されている階層守護者である。そしてもう一つが各階層の一部分を任されている領域守護者だ。簡単に言えば領域守護者は階層守護者の管理下で、一区画を守っている者である。その数はある程度いるため、ありがたみが無いということで、基本的に守護者と言えば、それは階層守護者を指す言葉とナザリックでは決まっている。

モモンガの指令を受け、各階層守護者が了解の意を示すと、アルベドが口を開く。

「では皆、至高の御方に忠誠の儀を」

一斉に守護者各員が頷き、モモンガが口を挟めぬうちに隊列を整えだす。アルベドを前に立て、少し下がった辺りで守護者各員は一列になって並ぶ。守護者たちの表情は硬く畏まっており、もはやおどけたような雰囲気は皆無。

端に立っていたシャルティアが一歩前に進み出る。

「第一、第二、第三階層守護者、シャルティア・ブラッドフォールン。御身の前に」

跪くと胸元に片手を当て、深く頭を下げる。臣下の礼を取ったシャルティアに続き、前に一歩踏み出したのはコキュートスだ。

「第五階層守護者、コキュートス。御身ノ前ニ」

シャルティアと同じように、臣下の礼を取ってモモンガに対して頭を下げる。次に二人のダークエルフが前に出る。

「第六階層守護者、アウラ・ベラ・フィオーラ。御身の前に」

「お、同じく、第六階層守護者、マーレ・ベロ・フィオーレ。お、御身の前に」

やはり跪くと頭を深く下げる。シャルティア、コキュートス、アウラ、マーレ。体格の違いがあるため一歩の差があるはずなのに、跪いた位置は見事なまでに綺麗な横並びだ。

そしてデミウルゴスが優雅に踏み出す。

「第七階層守護者、デミウルゴス。御身の前に」

涼しげな声色と共に、優雅な姿勢を崩さずに、それでいて非常に心のこもった礼をみせた。最後に残ったアルベドが一歩進み出る。

「守護者統括、アルベド。御身の前に」

かすかな笑顔をモモンガに向けつつ、他の守護者と同じように跪く。ただ、アルベドだけはそこでは終わらない。頭を下げたままだが、通る声でモモンガに最後の報告を行う。

「第四階層守護者ガルガンチュア及び第八階層守護者ヴィクティムを除き、各階層守護者、御身の前に平伏し奉る。……ご命令を、至高なる御身よ。我らの忠義全てを御身に捧げます」

六つの下がった頭を前に、モモンガの鳴らないはずの喉がごくりと音を立てるようだった。漂う緊張感。いやピリピリとした空気を感じているのはモモンガだけだろう。

――どうすればよいか分からない。

こんな場面は普通は生涯、一度も経験することはないだろう。モモンガは混乱から誤って特殊能力を一部解放し、オーラを周囲に放ったり、後光を背負ったりもしてしまう。

解除する余裕すらなく、モモンガは映画やテレビなどで見た光景を必死に記憶から呼び覚まし、それらしい行動を取ろうと苦心する。

「面《おもて》を上げよ」

ザッという擬音が似合いそうな動きで、全員の頭が一斉に上がる。その動きも一糸乱れず、モモンガは練習でもしているのかと問いかけたくなった。

「では……まず良く集まってくれた、感謝しよう」

「感謝などおやめください。我ら、モモンガ様に忠義のみならずこの身の全てを捧げた者たち。至極当然のことでございます」

アルベドの返答にほかの守護者に口を挟もうという気配はない。流石は守護者統括という地位に就いているだけのことはある。

真剣な面持ちでこちらを窺う守護者達の顔を見て、モモンガはないはずの喉に何かが詰まっているような感覚に襲われた。支配者らしく、という縛りが重圧となってモモンガを襲う。

それだけではない。自分の命令が今後を左右するのだ。決定するということに迷いが生まれる。己の決定で、ナザリック地下大墳墓は崩壊するのではと、そんな不安が頭をよぎって。

「……モモンガ様はお迷いのご様子。当然でございます。モモンガ様からすれば私たちの力など取るに足らないものでしょう」

微笑をかき消し、決意に表情を固めた凜々《りり》しい顔でアルベドは告げる。

「しかしながらモモンガ様よりご下命いただければ、私たち――階層守護者各員、いかなる難行《なんぎょう》といえども全身全霊を以て遂行いたします。造物主たる至高の四一人の御方々――アインズ・ウール・ゴウンの方々に恥じない働きを誓います」

『誓います！』

アルベドの声にあわせて、階層守護者全員の声が唱和する。その声は力に満ち、何人《なんぴと》たりともそれを押しとどめることができない――NPCが裏切る可能性を考えていたモモンガを、嘲笑する金剛石のごとき忠誠心が。

まるで目の前の闇が朝日の中、消え去っていくような気分で、モモンガは感動に打ち震える。アインズ・ウール・ゴウンの仲間達が作ったNPCが、これほど素晴らしいと知って。

あの、黄金の輝きは今なおここにある。

皆の想いの結晶、苦労して作った実がここにあることに喜びを覚え。

モモンガは破顔した。もちろん、骨の顔に大きな表情の変化は無い。しかし、その眼窩に宿る輝きは綺麗な赤みを強く宿す。

先ほどまでの不安は跡形もなく、モモンガの口からは簡単にギルド長としての言葉が滑り落ちた。

「素晴らしいぞ。守護者達よ。お前たちならば私の目的を理解し、失態なくことを運べると今この瞬間、強く確信した」モモンガは守護者全員の顔をもう一度見渡す。「さて多少意味が不明瞭な点があるかも知れないが、心して聞いて欲しい。現在、ナザリック地下大墳墓は原因不明かつ不測の事態に巻き込まれていると思われる」

守護者各員の顔は真剣で、決して微妙にも崩れたりはしない。

「何が原因でこの事態が誘発されたかは不明だが、最低でもナザリック地下大墳墓がかつてあった沼地から草原へと転移したことは間違いが無い。この異常事態について、何か前兆など思い当たる点がある者はいるか？」

アルベドがゆっくりと肩越しに各階層守護者の顔を見据える。全員の顔に浮かんだ返事を受けとり、口を開く。

「いえ、申し訳ありませんが私達に思い当たる点は何もございません」

「では次に各階層守護者に聞きたい。自らの階層で何か特別な異常事態が発生した者はいるか？」

その言葉に初めて各階層守護者が口を開く。

「第七階層に異常はございません」

「第六階層もです」

「は、はい。お姉ちゃんの言うとおり、です」

「第五階層モ同様デス」

「第一階層から第三階層まで異常はありんせんでありんした」

「――モモンガ様、早急に第四、八階層の探査を開始したいと思います」

「ではその件はアルベドに任せるが、第八階層は注意をしていけ。もしあそこで非常事態が発生していた場合、お前では対処出来ない場合がある」

了解の意として深く頭を下げたアルベドに続き、シャルティアが声を発する。

「では地表部分はわたしが」

「いやすでにセバスに地表を捜索させている最中だ」

当然あの場にいたアルベドの顔に驚きはないが、ほかの守護者の顔に押し殺せなかった動揺が一瞬だけ浮かぶ。

ナザリック地下大墳墓において、肉弾戦では最強レベルのＮＰＣは四人いる。武器を持たせれば最高の攻撃能力を持つコキュートス。重装甲に身を包み、守護するという意味では他に比肩を許さないアルベド。純粋な格闘戦では最も優れ、真の姿を見せればトータルとしての戦闘能力で先の二者を凌《しの》ぐだろうセバス。そしてこれら三人をさらに凌ぐのが一人。

守護者たちの動揺はそんな絡め手無しの真っ向勝負においては無類の強さを誇るセバスを、偵察という簡単な任務に出したことに対してだろう。モモンガの異変に対する警戒心の強さを理解し、危機感を覚えたと思われた。

「時間的にはそろそろなのだが……」

そこに小走りで向かってくるセバスの姿をモモンガは発見する。姿を見せたセバスはモモンガの元まで来ると、ほかの守護者同様ゆっくりと片膝をつく。

「モモンガ様、遅くなり誠に申し訳ありません」

「いや、構わん。それより周辺の状況を聞かせてくれないか？」

セバスは顔を上げると跪く守護者に一瞬だけ視線を送る。

「……非常事態だ。これは当然、各階層の守護者が知るべき情報だ」

「了解いたしました。まず周囲一キロですが――草原です。人工建築物は一切確認出来ませんでした。生息していると予測される小動物を何匹かは見ましたが、人型生物や大型の生物は発見できませんでした」

「その小動物というのはモンスターか？」

「いえ、戦闘能力がほぼ皆無と思われる生き物でした」

「……なるほど。では草原というのも、草が鋭く凍っており、歩くたびに突き刺さる、などのことはないのだろ？」

「はい、単なる草原です。特別に何かがあるということはありません」

「天空城などの姿も無い？」

「はい、ございません。空にも地上にも人工的な明かりのようなものは一切ございませんでした」

「そうだったな。星空だったな。……ご苦労だった、セバス」

モモンガはセバスを労《ねぎら》いながら、あまり情報は手に入らなかったなと暗澹《あんたん》たる気分になった。

ただ、もはや自分がいる場所がユグドラシルというゲームの世界ではないと、なんとなく理解していた。何故、ユグドラシルの装備が使え、魔法も普通に発動するのかという疑問はあるが。

どのような理由でどこに転移したのかは不明だが、ナザリック内の警戒レベルを上げた方が良いのは事実だろう。もしかすると誰かの敷地内かもしれないのだから。他人の敷地にいきなり無断で住居を構えたりしたら、怒られるのが当たり前だ。いや、怒られる程度で済めば幸運だろう。

「各守護者よ。まず各階層の警備レベルを一段階上げろ。何が起こるか不明な点が多いので、油断はするな。侵入者がいた場合は殺さず捕らえろ。できれば怪我もさせずにというのが一番ありがたい。言うまでも無く何も分からない状況下で厄介ごとはゴメンだからな」

守護者たちは一斉に、了解の言葉と共に頭を下げる。

「次に組織の運営システムについて聞きたい。アルベド。各階層守護者間の警備情報のやり取りはどうなっている？」

ユグドラシルのときはあくまでも単なるＮＰＣであり、プログラムに従って動くだけだった。階層間の情報やモンスターのやり取りなんかあるわけが無い。

「各階層の警護は各守護者の判断に任されておりますが、デミウルゴスを総責任者とした情報共有システムは出来上がっております」

モモンガは僅かに驚き、それから満足そうに頭を振る。

「それは僥倖《ぎょうこう》。ナザリック防衛戦の責任者であるデミウルゴス。それに守護者統括としてのアルベド。両者の責任の下で、より完璧なものを作り出せ」

「了解いたしました。それは八、九、一〇階層を除いたシステム作りということでよろしいでしょうか？」

「八階層はヴィクティムがいるので問題は無い。いや、八階層は立ち入り禁止にする。さきほどのアルベドに与えた命令も撤回だ。あそこには原則、私が許可した場合のみ進入を許す。七階層から直接九階層へと来れるよう封印を解除しておけ。次に九階層、一〇階層も含んだ警備を行う」

「よ、よろしいのですか？」

アルベドから驚愕に彩られた声が上がる。後方ではデミウルゴスもまた、大きく目を見開き、その内心を吐露している。

「至高の方々の御座《おわ》します領域に、シモベ風情の進入を許可してもよろしいのでしょうか？　そ、それほどまでに」

シモベというのはアインズ・ウール・ゴウンのメンバーが作っていないモンスター、自動的《POP》にわき出《す》るものたちだ。確かに思い出してみると第九階層と第一〇階層にはごく一部の例外を除きシモベは存在しない。

モモンガは口の中でもごもごと言葉を転がす。

アルベドはそれを聖域だからと考えているようだが、実際はまるで違う。

第九階層にモンスターを配置していないのは、単純に最強の存在たちを配置している第八階層を突破された時点で、アインズ・ウール・ゴウン側の勝算は低く、ならば玉座で悪役らしく待ちかまえようという考えだからだ。

「……問題は無い。非常事態だ、警護を厚くせよ」

「畏まりました。選りすぐりの精鋭かつ品位を持つ者たちを選出いたします」

モモンガは頷くと視線を動かし、双子に向ける。

「アウラとマーレだが……ナザリック地下大墳墓の隠蔽は可能か？　展開できる幻術だけでは心許《こころもと》ないし、その維持費用のことまで考えると頭が痛いからな」

アウラとマーレが顔を見合わせ、考え込む。しばらくして口を開いたのはマーレだ。

「ま、魔法という手段では難しいです。地表部の様々なものまで隠すとなると……。ただ、例えば壁に土をかけて、それに植物をはやした場合とか……」

「栄光あるナザリックの壁を土で汚すと？」

アルベドが背中越しにマーレに語りかける。口調は甘く柔らかいが、そこに含まれた感情は対極のもの。

マーレがびくっと肩を動かす。周囲の守護者達も声は発してはいないが、アルベドに賛同する雰囲気を漂わせていた。

ただ、モモンガからすれば余計な茶々入れだった。そんなことを考えている事態ではない。

「アルベド……余計な口を出すな。私がマーレと話しているのだ」

モモンガ自身、驚いてしまうような低い声。

「はっ、申し訳ありません、モモンガ様！」

深く頭を下げたアルベドの顔は、恐怖で凍りついていた。守護者やセバスの表情が一気に引き締まったものへと変わる。アルベドへの叱責を、自らにも宛てたものと受け止めたからだろう。

守護者達の空気の急激な変化に、モモンガは強く言い過ぎたかと後悔をしながら、マーレに問いかける。

「壁に土をかけて隠すことは可能か？」

「は、はい。お、お許しいただけるのでしたら……ですが……」

「だが遠方より観察された場合、大地の盛り上がりが不自然に思われないか？　セバス。この周辺に丘のようになった場所はあったか？」

「いいえ。残念ですが、平坦な大地が続いているように思われました。ただ、夜ということもあり、もしかすると見過ごした可能性が無いとは言い切れません」

「そうか……。しかし確かに壁を隠すとなると、マーレの手が妙案。であれば周辺の大地にも同じように土を盛り上げ、ダミーを作れば？」

「そうであれば、さほどは目立たなくなるかと」

「よし。マーレとアウラで協力してそれに取り掛かれ。その際に必要なものは各階層から持ち出して構わない。隠せない上空部分には後ほど、ナザリックに所属する者以外には効果を発揮する幻術を展開しよう」

「は、はい。か、畏まりました」

取りあえず頭に浮かぶものはこれぐらいだった。抜けている部分は多々あるだろうが、それらは追々取り上げていけば良い。何より今は非常事態が起こってまだ数時間程度なのだから。

「さて、今日はこれで解散だ。各員、休息に入り、それから行動を開始せよ。どの程度で一段階つくか不明である以上、決して無理をするな」

守護者各員が一斉に頭を下げ、了解の意を示す。

「最後に各階層守護者に聞きたいことがある。まずはシャルティア——お前にとっての私とは一体どのような人物だ」

「美の結晶。まさにこの世界で最も美しいお方であります。その白きお体と比べれば、宝石すらも見劣りしてしまいます」

打てば響くようにシャルティアが答える。その迷いの無い答えの速さは、事実シャルティアがそう思っているからだろうと伝わってくる。

「――コキュートス」

「守護者各員ヨリモ強者デアリ、マサニナザリック地下大墳墓ノ絶対ナル支配者ニ相応シキ方カト」

「――アウラ」

「慈悲深く、深い配慮に優れたお方です」

「――マーレ」

「す、凄く優しい方だと思います」

「――デミウルゴス」

「賢明な判断力と、瞬時に実行される行動力も有された方。まさに端倪《たんげい》すべからざる、という言葉が相応しきお方です」

「――セバス」

「至高の方々の総括に就任されていた方。そして最後まで私達を見放さず残っていただけた慈悲深き方です」

「最後になったが、アルベド」

「至高の方々の最高責任者であり、私どもの最高の主人であります。そして私の愛しいお方です」

「……なるほど。各員の考えは十分に理解した。それでは私の仲間達が担当していた執務の一部まで、お前達を信頼し委《ゆだ》ねる。今後とも忠義に励め」

再び大きく頭を下げ、拝謁の姿勢をとった守護者達の元からモモンガは転移することで移動する。瞬時に視界が変化し、闘技場からゴーレムが並ぶレメゲトンへと変わった。周囲を見渡し、誰もいないことを確認するとモモンガは大きく息を吐いた。

「疲れた……」

肉体的な疲労は一切無いが、心の疲労のようなものが肩にのしかかる。

「……あいつら……え、何あの高評価」

全くの別人だろ。

守護者達の話を聞いていて、笑いながらそう突っ込みたかった。あははは、と乾いた笑い声を上げ、それからモモンガは頭を振った。あれは冗談を言っている表情でも雰囲気でもない。

つまり――本気《マジ》だ。

守護者各員のあの評価を崩した場合、失望される可能性がある。考えれば考えるほど、モモンガの体力は奪われていくようだった。そしてもう一つの問題がある。ここでモモンガは大きく表情を歪める。変化の無い骸骨の顔が、変化するのではと思えるほど。

「……アルベドはどうしよう……。このままじゃ、タブラさんに顔向けできない……」

幕間

頭を大地につけんと押し寄せてくる重圧が掻き消える。

自分達の創造者であり崇拝すべき主人が去ったと知ってなお、立ち上がる者はいなかった。それからしばしの時間が経過し、誰かが安堵の息を漏らす。張り詰めていた空気が弛緩《しかん》する。

最初に立ち上がったのはアルベドだ。白いドレスの膝の部分が若干土で汚れているが、それを気にする様子は一切ない。ふわりと翼がはためき羽根についた汚れを払う。

アルベドに勢いづけられたように、他の者たちも立ち上がる。そして誰とも無く口を開いた。

「す、すごく怖かったね、お姉ちゃん」

「ほんと。あたし押しつぶされるかと思った」

「流石はモモンガ様。私達守護者にすらそのお力が効果を発揮するなんて……」

「至高ノ御方デアル以上、我々ヨリ強イトハ知ッテイタガ、コレホドトハ」

口々にモモンガの印象を守護者達は言い合う。

守護者全員を大地に押し付けていた重圧。それはモモンガが周囲に発散していたオーラだ。

絶望のオーラ。

それは恐怖効果を有すると共に能力ペナルティという効果を発揮する。本来ならば同格の一〇〇レベルNPCには効果を発揮しないはずのそれだが、スタッフ・オブ・アインズ・ウール・ゴウンによって強力化された結果である。

「あれが支配者としての器をお見せになられたモモンガ様なのね」

「ですね。私たちが地位を名乗るまではモモンガ様は決してお持ちだった力を行使しておられませんでした。ですが、守護者としての姿を見せた瞬間から、その偉大な力を一部解放されていました」

「ツマリハ、我々ノ忠義ニ応エ、支配者トシテノオ顔ヲ見セラレタトイウコトカ」

「確実にそうでしょうね」

「あたしたちと一緒にいた時も全然、オーラを発してなかったしね。すっごくモモンガ様、優しかったんだよ。喉が渇いたかって飲み物まで出してくれて」

アウラの発言に対して、各守護者からピリピリとした気配が立ち込める。それは嫉妬。その濃厚さは目視できる気がするほど。特に大きかったのはアルベドだ。手がプルプルと震え、爪が手袋を破りそうな気配すらある。

びくりと肩を震わしたマーレが若干大き目に声を発する。

「あ、あれがナザリック地下大墳墓の支配者として本気になったモモンガ様なんだよね。凄いよね！」

即座に空気が変わった。

「全くその通り。私たちの気持ちに応えて、絶対者たる振る舞いを取っていただけるとは……流石は我々の造物主。至高なる四一人の方々の頂点。そして最後までこの地に残りし、慈悲深き君」

アルベドの言葉に合わせ、守護者各員が陶然とした表情を浮かべる。マーレのみ安堵の色が強く混じっていたが。

自らの造物主である至高の四一人。絶対的忠誠を尽くすべき存在の真なる態度を目にすることができ、これ以上は無いと言う喜びが全身を包み込む。

守護者のみならず、至高の四一人によって生み出されたものたちにとっての最大の喜びは、役に立つということだ。それに続いて、相手にしてもらえるということ。

これは至極当然の理《ことわり》。

至高の四一人の役に立つために創造された存在にとって、これに勝る喜びがあるはずが無い。

そんな愉悦で緩んだ空気を払拭するかのように、セバスが口を開いた。

「では私は先に戻ります。モモンガ様がどこにいかれたかは不明ですが、お傍に仕えるべきでしょうし」

アルベドが指でも咥えていそうな顔をするが、それを飲み込む。

「分かりました、セバス。モモンガ様に失礼が無いように仕えなさい。それと何かあった場合はすぐに私に報告を。特にモモンガ様が私をお呼びという場合は即座に駆けつけます。他の何を放ってでも！」

聞いていたデミウルゴスが困ったものだという表情を微かに取る。

「ただ、寝室にお呼びという場合はそれとなくモモンガ様に時間が必要だということを伝えなさい。湯浴《ゆあ》みなどの準備が必要でしょうから。勿論、そのままでいいから来いという事であれば私は全然構いません。いついかなる時に呼び出されてもお応えできるように、身は可能な限り清めていますし、着ている物も細心の注意を払っています。つまりは当然のことですが、モモンガ様の御意志こそ最優先し――」

「――了解しました。アルベド。あまり時間を無駄に費やした場合、お傍に仕える時間が減ってしまいます。それはモモンガ様に大変に失礼かと思いますので、申し訳ありませんがこれで失礼します。では守護者の皆様も」

呆れ顔をしている守護者の各員にセバスは別れの挨拶をすると、小走りで走り出す。

アルベドの話し足りなそうな顔を振り切るような形で。

「ところで……静かですね。どうかしましたか、シャルティア？」

デミウルゴスの言葉に合わせ、全員の視線がシャルティアに向けられる。見れば、シャルティアのみがいまだ跪いている状態だ。

「ドウシタ、シャルティア」

再び声がかけられ、初めてシャルティアが顔を上げた。

その目はとろんと濁り、夢心地であるように締りが無い。

「……何カアッタノカ？」

「あ、あの凄い気配を受けて、ゾクゾクしてしまって……少うし下着がまずいことになってありんすの」

静まり返る。

全員が何を言うべきか、そんな顔で互いを窺う。守護者の中でも最も歪んだ性癖を多数持つシャルティアの性癖の一つ、死体愛好癖《ネクロフィリア》を思い出した守護者各員は処置無しと手を額に当てる。マーレのみ理解できず、不思議そうな顔をしていたが。そしてもう一人、それで終わらない守護者がいた。

アルベドだ。

嫉妬にも酷似した感情が、その口を開かせる。

「このビッチ」

投じられた軽蔑の声に、シャルティアは敵意に唇を吊り上げて、妖艶な笑みを浮かべる。

「はぁ？　至高の方々のお一人であり、超美形なモモンガ様からあれほどの力の波動――ご褒美をいただけたのよ。それで濡りんせん方が頭おかしいわ。清純に作られたのではなく、単に不感症なんではないの？　ねぇ、大口ゴリラ」

「……ヤツメウナギ」

両者が睨み合う。周囲で見ている他の守護者たちが、本気で殺し合いに発展する可能性は低いと知りながらも、不安を感じてしまうような眼光で。

「わたしの姿は至高の方々によって作っていただけた姿でありんすぇ。それに対して不満は一切ないのでありんすが、ぬし？」

「それはこっちも同じことだと思うけど？」

シャルティアがゆっくりと立ち上がることで、二人の距離が迫る。それでもお互いの視線は逸れない。両者の距離はどんどんと詰まり、最後は互いの体がぶつかり合う。

「守護者統括といわす立場でありんすからってモモンガ様のお近くにいて勝ったとか思ってありんすわけでありんすか？　でありんしたらちゃんちゃらおかしいのでありんすが？」

「はん。そうね、貴方が最も遠い場所を守ってくれている間に完全なる勝利を得るつもりですけどね」

「……完全なる勝利ってどういう意味を含んでいるのか、教えて欲しいな、守護者統括様ぁ」

「ビッチな貴方なら理解できているでしょ。そういうことよ」

言葉を交わしながらも、両者の視線は微動だにしない。無表情に互いの瞳の奥を覗き込んだままだ。

バサリと音を立てて、アルベドの翼が威圧するように広がる。それに呼応しシャルティアからは黒い靄が立ち上がる。

「あー、アウラ。女性は女性に任せるよ。もし何かあったら止めに入るから、そのときは教えてくれるかい？」

「ちょ！　デミウルゴス！　あたしに押し付ける気なの？」

デミウルゴスは手をピラピラと振り、睨み合う二人から少し離れる。それに追従し、コキュートスとマーレが続いた。巻き込まれたくないとばかりに。

「全ク。喧嘩スルホドノ事ナノカ？」

「個人的には結果がどうなるかは非常に興味深いところですね」

「ナニガダ、デミウルゴス？」

「戦力の増強という意味でも、ナザリック地下大墳墓の将来という意味でもね」

「ど、どういう意味ですか、デミウルゴスさん？」

「ふむ……」

問いかけてきたマーレに対して、デミウルゴスはどういうべきか思案する。一瞬、この無垢《むく》なる者を汚すがごときオトナの知識を吹き込んでやりたいというサディスティックな欲求が頭をもたげるが、それを迷うことなくかき消す。

悪魔という種族らしく、残忍かつ冷酷なデミウルゴスだが、それはナザリック外の存在に対してだ。至高の四一人によって生み出された存在に対しては、デミウルゴスは共に忠義を捧げる大切な仲間とみなしている。

「偉大なる支配者の後継はあるべきだろう？　モモンガ様は最後まで残られた。だが、もしかすると我々に興味を失い、他の方々と同じ場所に行かれるかもしれない。その場合、我々が忠義を尽くすべきお方を残していただければとね」

「えっと、そ、それはどちらかがモモンガ様の御世継ぎを？」

「ソレハ不敬ナ考エヤモシレンゾ？　ソウナラナイヨウモモンガ様ニ忠義ヲ尽クシ、ココニ残ッテ頂ケルヨウ努力スルノガ守護者デアリ創ラレタ者ノ責務ダ」

横から口を挟んできたコキュートスに向き直る。

「無論、理解しているとも。コキュートス。ただ、モモンガ様のご子息にも忠義を尽くしたくはないかね？」

「ムゥ……ソレハ確カニ憧レル……」

コキュートスは脳内でモモンガの子供を背に乗せて走る光景を思い浮かべる。

それだけではない。

剣技を教えるところ。迫り来る敵に対して、守るために剣を抜き払うところ。そして大きくなった子供に命令を受けるところまでも。

「……イヤ、素晴ラシイナ。素晴ラシイ光景ダ。……爺ハ……爺ハ……」

爺という立場になって、モモンガの子供に仕えている光景を幻視し始めたコキュートスから、デミウルゴスは若干辛そうに視線を逸らす。

「それにナザリック地下大墳墓の強化計画としても、私たちの子供がどの程度役に立つかは興味深いね。どうだね、マーレ。子供を作ってみないかね？」

「え？　ええ？」

「とはいえ、流石に相手がいないか。……もし人間や闇妖精《ダークエルフ》、森妖精《エルフ》などの近親種がいたら捕まえてくるから、どうだね？」

「え？　ええ？」しばらく考えてから、マーレは頷く。「そ、それがモモンガ様の役に立つなら……いいですよ。でもどうやって子供を作るんですか？」

「ああ、そのときが来たら教えてあげよう。しかし、勝手に繁殖実験をしてはモモンガ様に叱責されるかもしれないか。ナザリック地下大墳墓の維持運営費用は完璧なバランスを保っているはずだしね」

「そ、そうですよ。至高の方のおひとりが厳密な計算の上、シモベを出現させてるって聞いたことがあります……。変に数を増やすと叱られますよ。ボ、ボクはモモンガ様に叱られるの……イヤです……」

「それは私だってそうさ。至高の方に叱られるなどね……。どこかナザリックの外に牧場でも作れればよいのだが……」

そこまで考えた辺りで、デミウルゴスはいままで誰も突っ込まなかった質問をマーレに投げかける。

「ところでマーレ。君はなんで女性の格好をしているのかね？」

デミウルゴスの問いにマーレは短いスカートの裾を引っ張る。少しでも足を隠そうとするように。

「こ、これはぶくぶく茶釜様が選んだんです。えっとおとこのこって言ってましたから、ボ、ボクの性別を間違えてではないと思います」

「ふむ……ぶくぶく茶釜様の何らかのお考えの結果ということか。ならばその格好が正しいのだろうが……少年は全員そういった格好をしなくてはならないのかね？」

「そ、そこまでは分かりませんけど」

至高の四一人。姿を見せなくなったとはいえ、崇拝すべき方の名前が出てきてしまっては、そういうものなのだと理解するほかない。それどころか、マーレがしている格好はナザリック地下大墳墓においては最も正しい格好だということだ。もしそれをやめさせることが出来るとしたら、同格の至高の存在しかいない。

「……モモンガ様と相談しないと不味いか。少年は全員、そういう格好をするべきなのかもしれないのだからね。さて……コキュートス、いい加減戻ってきたまえ」

同僚の声に、コキュートスは心の底から満足げな声を漏らし、それから数度頭を振った。

「良イ光景ダッタ……アレハマサニ望ム光景ダ」

「そうかね？　それは良かったよ。……アルベド、シャルティア。まだ喧嘩をしているのかね？」

睨み合っていた二人は声に反応して、視線を動かす。ただ、デミウルゴスの質問に対して答えを述べたのは横で疲れたような表情をしているアウラだ。

「喧嘩は……終わったよ。今やってるのは……」

「単純に第一妃はどちらかといわす 問題ね」

「結論は、ナザリック地下大墳墓の絶対なる支配者であられるお方が、一人しか妃を持てないというのはあまりに奇妙な話。ただ、どちらが正妃となるかというと……」

「……非常に興味深い話だが今度にしたまえ。それよりはアルベド、命令をくれないかね？　これから色々と動かなければならないのだから」

「そうね。そうだったわね。命令をしないといけなかったわね。シャルティア。その話は近日中にすることにしましょう。時間をかけて話し合わなくてはいけないことでしょうし」

「異存ありんせん、アルベド。これほど時間をかけて話し合わなくてはなりんせんことはないでありんしょうし」

「良し。ではこれからの計画を立案します」

各階層守護者が表情を守護者統括のものへと変化させたアルベドに頭をたれ、敬意を示す。

しかし礼は見せるが、跪きはしない。

アルベドは守護者統括ではあるため敬意は当然示すが、それは絶対のものではない。至高の四一人によって生み出された存在に大きな立場の違いは無いためだ。しかしながら、守護者統括という地位を与えたのも至高の四一人であるために、統括という地位に相応しいだけの敬意を示す。そういう姿の表れだ。そしてアルベドも腹を立てたりはしない。それこそ最も正しい考えだと理解しているから。

「まず――」

3章　カルネ村の戦い

Chapter 3 | Battle of Carne village

モモンガの自室に隣接したドレスルームには、足の踏み場もないほど乱雑に多様な物が置かれていた。ローブなどのモモンガが装備できるものから、買ったはいいが使い道が無くて放り込んだ全身鎧《フルプレート》まで。防具ばかりではない。武器類だってスタッフからグレートソードまで、本当に様々だ。

ユグドラシルでは、自分ひとりだけのオリジナルアイテムが無限に作り出せる。モンスターを倒した際に落とされる、データを内包したクリスタルを外装に複数個詰め込むことによって。そのため、気にいった外装があったら、買い込む人間は多い。

その結果がこの部屋だ。

モモンガは無数に置かれた武具の中から、一本のグレートソードを無造作に選ぶ。鞘に納まっていないために、白銀の刀身が光を浴びてきらりと輝く。腹の部分に彫り込まれた文字のような記号が、光の反射もあってはっきりと目に映った。

モモンガはそんな大剣を持った手を上下させる。非常に軽い。鳥の羽のようだ。

もちろん、この剣が軽い材質で出来ているのではない。モモンガの筋力が優れているためだ。

モモンガは魔法職らしく魔法に関する能力値が高く、肉体に関する能力値は低い。それでも一〇〇レベルにもなれば積み重なった筋力の値はかなりのもの。低レベルのモンスターであればスタッフで撲殺《ぼくさつ》することだって容易だ。

モモンガはゆっくりと剣を構え、と同時に金属と堅いものがぶつかり合う音が室内に響く。床には先ほどまでモモンガの手の中にあったはずの剣が床に落ちていた。

室内に控えたメイドが即座に床にあるグレートソードを拾い上げ、差し出してくるがモモンガはそれを受け取らない。ただ、何も持っていない手を凝視していた。

これだ。

これがモモンガを混乱させる。

まるで命を持ったように行動するＮＰＣたちの存在がこの世界がゲームでないと思わせるなら、この肉体の異様な縛りがゲームの世界のように感じさせる。

ユグドラシルであればグレートソードを装備することは、戦士系のクラスを一度も取っていないモモンガには通常はできない。しかし、もしこの世界が現実のものであるなら、常識的に考えて装備できないなんてことがあるはずが無い。

頭を振り、モモンガは考察を放棄する。情報が足りていない今、どれだけ考えたとしても答えは決して出ないだろうから。

「片付けておけ」

モモンガはメイドにそう命を下すと、部屋の一面を覆うような大きさの姿見の方を向く。映っているのは衣服を着た骸骨。

見慣れた自分の体が、異様なものへと変化すれば恐怖するはずなのに、モモンガにそういった感情は一切無かった。それどころか違和感なども一切覚えない。

これはゲームとしてのユグドラシルで、この姿と長い時間付き合ってきたからかというと、それだけではない、もっと別の理由がある。

外見同様、自分の精神面が大きく影響している気がする。

まず感情の起伏が激しくなると、何かに抑圧されるように平坦なものへと変わる。さらには欲望というものが薄くなった。食欲も睡眠欲も感じない。性欲は微妙に感じなくも無いが、アルベドに柔らかいものを押し当てられても、ムラムラしてこない。

大切なものを喪失してしまったような気分がモモンガを襲い、思わず腰の辺りに視線をやる。

「実戦使用しないで……無くなっちゃったか」

非常に小さな呟きに含まれた感情は途中から完全に失われた。

こういった諸々の、特に精神的な面での変化は、アンデッドの保有する精神的な攻撃に対する完全耐性の結果ではないかと、やけに冷静にモモンガは考える。

今の自分はアンデッドの肉体や精神に、人間の残滓がこびり付いた存在。だからこそ精神の動きはあることはあるが、それが一定以上に大きく動こうとすると抑圧される。このままアンデッドとして過ごしていけば、完全に平坦な精神へと変化する恐れもあるのではないか、と。

無論、そうなったからといって何ということもない。この世界がどうあれ、そして自分がどのような姿であろうが、己の意志はここにあるのだから。

それにシャルティアのような存在もいる。アンデッドだからと考えるのも早急かもしれない。

「――〈上位道具創造《クリエイト・グレーター・アイテム》〉」

モモンガの魔法の発動に合わせ、全身が突如全身鎧《フルプレート》で覆われる。溝付鎧《フリューテッドアーマー》と呼ばれる種類のそれは漆黒に輝き、金と紫色の紋様が入ったかなり高価そうな品だ。

数度、動きを確かめる。全身にズシッとした重みがかかるが、動けないということは無い。さらに骨の体だという事などを考量すれば、鎧との間に隙間が出来そうだが、そんな事は無く、ぴったりとフィットしている。

魔法で生み出したものであればユグドラシルの時と同じに装備できるわけか。

魔法の力の偉大さに感心しながら面頬付き兜《クローズド・ヘルム》に開いた細いスリットから鏡を見れば、そこに立つのは立派な戦士であり、魔法詠唱者《マジック・キャスター》とは思えない。モモンガは大きく頷く。そして出ない唾をごくりと飲み込んだ。親に怒られると分かっていることを言う子供の心境で。

「私はこれから少し出てくる」

「近衛《このえ》の準備は既に終わっております」

メイドから打てば響くように答えが返る。しかし――

これだ。これが嫌なのだ。

最初の一日は後ろをぞろぞろついてくる儀仗兵《ぎじょうへい》たちにちょっとした威圧を感じた。二日目は慣れたためか、自慢したくなる気持ちで一杯だった。そして三日目——。

モモンガはため息をつきそうになるのを堪える。

重かった。供を引き連れて歩くという行為が。会う者全てが深々と頭を下げていく光景が。

これが何の気なしに連れ歩けるのならばまだ我慢できただろう。しかしそうではない。ナザリック地下大墳墓の主人としての演技をし、情けない姿を微塵《みじん》も見せることが出来ないという神経を張り詰めた状態。それはもともと単なる一般人であるモモンガにとって、十分に精神的疲弊を誘う効果があった。

たとえ感情の起伏が一定の激しさ以上になると一転して冷静になったとしても、それまでジリジリと弱火で精神を炒められるような気分は残る。

さらには超がつきそうな美女が自らの元からまるで離れないで、世話をしてくれる姿。男として嬉しいと思うより、自分の生活圏を侵されているような圧力をどうしても感じてしまった。

こうした精神的な疲労も人間の残滓なのだろう。

何はともあれナザリック地下大墳墓の主人が、非常事態に遭遇している現状で、精神に負担を受けているのは不味い。重要な局面で過ちを犯しかねない危険性がある。

リフレッシュが必要だ。

そう結論を出したモモンガはカッと大きく目を見開く。無論、表情は一切動かず、目の灯火の勢いが増しただけだが。

「いや……そういう意味ではない。私は一人で見回ってくる」

「そ、それはお待ちください。モモンガ様お一人では御身に何かあった時に私たちが盾となって死ぬことができません」

主人を守るためであれば己の命すらも擲《なげう》つ覚悟を持つ者に対して、単に気楽に歩きたいからという理由で一人で散策しようとしている己が情けない。

しかしそれでも、異常事態が起きてから今までおおよそ三日と少々。時間にすれば七三時間ほど。それだけの時間、ナザリック地下大墳墓の主人として威厳を見せるよう頑張ってきたモモンガは、心の底から休みを求めていた。だからこそ悪いとは思いながらも頭を捻《ひね》り、言い訳を考える。

「……極秘に行いたいことがある。供は許さぬ」

僅かな沈黙。

モモンガからすればやけに長く感じられる時間が経過し、メイドが答える。

「畏まりました。いってらっしゃいませ、モモンガ様」

言い訳を信じたその姿に胸に突き刺さるような痛みが走るが、モモンガはそれを追い払う。

少しぐらい休憩を取るのは、悪いことじゃないはずだ。とりあえずは外の景色を見よう。そう。実際に別の場所に転移したという光景を、自らの目で確認することは重要なことだ。

言い訳は考えれば考えるほど無数に出来上がる。これはモモンガがそれだけ悪いことをしていると自覚しているからだろう。

後ろ髪を引っ張られるような――頭皮は一切ないが――思いを振り払い、モモンガは指輪の力を発動させた。


転移した先は大きな広間だ。左右には遺体を安置する――現在は無いが――細長い石の台が幾つも置かれている。床は磨かれたような白亜の石。モモンガの後方には下り階段が続き、行き止まりに大きな両開きの扉――ナザリック地下大墳墓第一階層への扉がある。壁に作られた松明台には明かりが灯っておらず、正面入り口から入ってくる青白い月光が唯一の光源となっていた。

この場こそ指輪《リング・オブ・アインズ・ウール・ゴウン》の力で転移できる最も地表に近い場所、ナザリック地下大墳墓地表部中央霊廟である。

歩けばすぐ外であり、広々とした場所であるにもかかわらず、モモンガは足を動かすことが出来なかった。あまりにも想定外の出来事に遭遇したために。

モモンガの視線の先、そこには幾多の異形の影があった。モンスターは三種類。それらが各四体ずつの計一二体。

そのうちの一種類は悪魔のごとき恐ろしい顔つきで口には牙を生やし、鱗に覆われた肉体に鋭い爪を備えた豪腕。蛇のように長い尻尾に燃え上がる翼を持つ、悪魔というイメージに相応しいモンスターだ。

もう一種は黒い皮で出来たようなボンテージファッションに身を包んだ女の体と黒いカラスの頭を持つモンスター。

そして最後の一種は大きく前の開いた鎧を着用し、見事な腹筋を外に出している悪魔だ。黒い蝙蝠の翼とこめかみの辺りから伸びる二本の角が無ければモンスターとは思えない。ただ、顔立ちこそは美男子だがその瞳は永久に満たされない欲望に輝いているようだった。

彼らの名前は憤怒の魔将《イビルロード・ラース》、嫉妬の魔将《イビルロード・ラスト》、強欲の魔将《イビルロード・グリード》。

全員の瞳が一斉に動き、モモンガに集まる。しかも集まってから一切動こうとしない。凝視という言葉が相応しい、圧力すら感じる真剣な瞳。

彼らは全員が八〇レベル台のモンスターであり、第八階層へ繋がる門が置かれたデミウルゴスの住居、赤熱神殿で、周辺警護要員人として配置されている者たちだ。本来であればこの浅い層に常駐しているのはシャルティア配下のアンデッドモンスターのはず。それが何故、デミウルゴスの親衛隊たるモンスターが配置されているのか。

彼らの後方――陰になっていて姿をとらえれなかったが、最初からいたであろう一人の悪魔がその姿を現したことで、その謎は解ける。

「デミウルゴス……」

名を呼ばれた悪魔《デミウルゴス》は訝しげな表情を浮かべた。それは何故自分の主《あるじ》がこんなところにいるのだろうか、とも、謎のモンスターがいる、とも取れるもの。

　モモンガは僅かな可能性に賭け、歩を進める。立ち止まっていては、正体がばれてなかったとしても怪しすぎるから。とりあえずは壁側に寄って、悪魔達の方に意識を払わないよう横を抜けようとする。

　彼らの視線が自分を追ってきているのが痛いほど分かった。下を向きそうになる弱い心を意志の力で押さえ込み、モモンガは胸を張って歩く。

　両者の距離が迫った頃、申し合わせたような動きで一斉に悪魔たちは片膝をつくと、頭を下げた。先頭で頭を下げているのは当然、デミウルゴスである。その見事な動きは品位すら感じさせ、物語から出てきた貴公子を思わせた。

「これはモモンガ様。近衛をお連れにならずここにいらっしゃるとは、一体何事でしょうか？　それにそのお召し物」

　一発で見破られた。

　ナザリック地下大墳墓最高の知能を持つとされるデミウルゴスであれば、ばれたとしても仕方が無い、とまで考え、いや、転移をしてしまってはバレバレではないか、とモモンガは気がつく。

　ナザリック内を自在に転移出来る者がいれば、それは指輪《リング・オブ・アインズ・ウール・ゴウン》の持ち主——モモンガだということになる。

「ああ……色々な事情があってな。私が何故このような格好をしているか。それはデミウルゴスであれば分かるはず」

デミウルゴスの端整な顔に様々な色が宿る。数度の呼吸程度の時間が経過し、口を開いた。

「大変申し訳ありません、私ではモモンガ様の深遠なる思慮――」

「ダークウォリアーと呼べ」

「ダークウォリアー様ですか……」

デミウルゴスが何かを言いたげな素振《そぶ》りをみせるが、モモンガは努めて無視をする。べた過ぎて恥ずかしい名前だとモモンガも思うが、それでもゲームのモンスターネームと比較すればごく普通のはずである。

呼ぶ名前を変更させたのはたいした理由があったわけではない。現在はデミウルゴス配下のシモベしかいないが、元々ここは出入り口だ。おそらくは他にも多くのシモベが通ることとなるだろう。そんな中、モモンガ、モモンガと呼ばれたくはない。

そういったモモンガの内心をどのように判断したのだろう。デミウルゴスの顔に悟ったという感情が浮かぶ。

「なるほど……そういうことですか」

え、何が？

モモンガは思わずそう問い返したくなるが押さえ込む。

凡人であるモモンガには、英知に溢れるデミウルゴスがどのような推論を経てどんな結論に達したかの想像はつかない。せめて、本音の部分が見破られないようにと、面頬付き兜《クローズド・ヘルム》の下で流れない冷や汗を流すだけだ。

「モ……ダークウォリアー様の深遠なるご意向の一端は把握できました。まさにこの地の支配者たるお方に相応しいご配慮かと考えます。ですが、やはり供を連れずに、となりますと、私も見過ごすわけにはまいりません。ご迷惑とは重々承知しておりますが、何とぞこの哀れな者に寛大なる御慈悲を賜りますようお願い申しあげます」

「……仕方ない。ならば一人だけ同行を許そう」

デミウルゴスは優雅な笑いを浮かべる。

「私の我が儘を受け入れていただき、感謝いたします、ダークウォリアー様」

「……ダークウォリアーと呼び捨てでかまわないのだが？」

「まさか！　そのようなことが許されるはずがございません。確かに潜入工作や超特殊な任務や命令を帯びている場合であれば従いますが、このナザリック地下大墳墓内という場所において、モモンガ様……いえ、ダークウォリアー様を呼び捨てに出来る者がおりましょうか！」

熱のこもったデミウルゴスの言葉に、モモンガは圧倒され数度頭を縦に振る。内心ではダークウォリアーと連呼されるとセンスの無さをバカにされている気がして、少しばかり早計な名前だったと後悔し始めてもいたりした。

「大変失礼しました。モ、ダークウォリアー様の大切なお時間を奪ってしまい。ではお前たちはここで待機し、私がどこに行ったか説明しておけ」

「畏まりました、デミウルゴス様」

「シモベも同意したようだし、デミウルゴス、では行くか」

従属の印として頭を下げたデミウルゴスの横を、モモンガはすり抜ける形で歩き出す。遅れて立ち上がったデミウルゴスが付き従った。


「何ゆえ、モ……ゴホン、ダークウォリアー様はあのような格好をされて？」

「分からぬ。しかし何事かあったのであろう」

その場に残った魔将《イビルロード》たちは、ぽつんと疑問を口にした。

彼らはモモンガが転移してきたから見破ったのではない。

モモンガは感知出来ないが、このナザリック地下大墳墓――いや、アインズ・ウール・ゴウンというギルドに所属しているシモベは、揺らめくような気配を漂わせている。シモベたちは、おおむねその気配で仲間かどうかを判断していた。その中にあって、ナザリック地下大墳墓の主人たる至高の四十一人――現在はモモンガ一人だが――は、シモベたちからすると絶対なる支配者の気配をまとっている。たとえ遠くからでも感じ取れてしまうほどの強い輝きを。そのため鎧で身を包んでいたとしても、見間違えようが無い。だからたとえモモンガが転移するのではなく歩いてきたとしても瞬時に見破れただろう。

そして他の気配との比較も容易い。

ナザリック第一階層への両開きの扉が開き、誰かが階段を上ってくる。

そこから吹き付けてくるような気配は、階層守護者のもの。

階段を上りきり、守護者統括アルベドがその美貌を見せる。自らの直接の主人であるデミウルゴスが待っていた相手の登場を受けて、魔将たちは一斉に跪く。

アルベドからすれば服従は当たり前の光景にすぎない。意識に僅かに留めることすらせず、周囲を見渡す。

目的の人物を発見できなかったアルベドは初めて視線を魔将たちに向ける。そのまま魔将たちの前まで歩くと、誰にとも無く問いかけた。

「……デミウルゴスの姿が無いようだけど、彼は今どこにいるのかしら？」

「これは……実は先ほどダークウォリアー様なる方がお一人でここにいらっしゃいましたので、その御方に付き従って行かれました」

「ダークウォリアー？　……様？　聞いたことの無い名前のシモべね……。そのシモべにデミウルゴスが付き従う？　守護者が？　ちょっと話がおかしくないかしら？」

魔《イビルロード》将たちはどうすべきかと互いの顔を窺う。

そんな魔《イビルロード》将たちに対して、アルベドは柔らかく微笑む。

「シモべ風情が私に隠し事をするというの？」

優しさすら籠もった最終警告に寒気を感じ、魔将は隠すべきでないという結論に達する。

「ダークウォリアー様なる御仁ですが、デミウルゴス様はその方こそ、私どもが仕えるお方だろうとご判断されました」

「……モモンガ様がここにいらっしゃったの！」

抑揚が少しばかり狂った声。それに対して魔将は冷静に答える。

「……お名前はダークウォリアー様ですが」

「……近衛は？　ここに来るという連絡は受けていたの？　私と約束をしていたことを考えると、モモンガ様がここにいらっしゃることはデミウルゴスも知っていたわけではない？　いえ、そんなことよりも服を、湯浴みの支度を！」

アルベドが自らの服を触る。

休み無く様々なところで働いていたために、服は汚れているし、髪は先端の部分でもつれている。翼だってそうだ。

しかし、そんな汚れは絶世の美女であるアルベドからすれば大したマイナス点になるはずが無い。一億点からマイナス一されても大した意味がないように、その美貌はくすんですらいないが、アルベド個人からすれば最も愛している人物に見せる姿としては、不合格だ。

「最も近い浴場は……シャルティアのところ？　……怪しまれるけど……背に腹は替えられないわ。あなたたち、私の服を部屋から持ってきて！　大至急よ！」

駆け出しそうになるアルベドに、魔将の一人が声をかける。嫉妬の魔将と呼ばれる存在だ。

「……アルベド様、大変失礼ですが、そのままの格好の方がよろしいのではないでしょうか？」

「……何を言っているの？」

足を止め、僅かに険を込めて問いかけたのは、汚れた姿を見せろと言われたように思えたからだ。

「……いえ、アルベド様ほど美しい方が相手のために必死に働いている姿というのは、その相手に好印象を与え、結果としてアルベド様に有利に働くのでは？」

「それに」言葉を続けたのは他の魔将だ。「アルベド様が湯浴みを終わらせ、モモンガ様……ダークウォリアー様の前に出られるだけのお支度となりますと、かなりのお時間がかかるかと思われます。もしその間にすれ違ってしまった場合……勿体無いかと」

むぅとアルベドは唸る。まさにその通りだ。

「道理ね……。会ってない時間が長すぎたためにちょっと冷静さを失っていたようだわ。モモンガ様にお会いできるのは……一八時間ぶりだしね。ほんと、一八時間というのは長すぎると思わない」

「思います。長すぎる時間かと思います」

「組織運営の基礎を早く作り出して、モモンガ様の身辺警護に付きたいわ……。さて、愚痴は置いておくとして、まずはモモンガ様にお会いしなくては。モモンガ様はどちらに？」

「つい先ほど外に出かけられました」

「そう」

アルベドは素っ気無く返事するが、その顔にはモモンガに会えるという感情が生み出した笑みがあり翼もパタパタと可愛らしくはためいていた。そして魔将たちの横をすり抜けて歩く足音は早くせわしない。

その足を止め、アルベドは再び魔将に問いかける。

「最後に聞きたいんだけど、本当に汚れていても、モモンガ様にとってはプラスに働くかしら？」

•

霊廟から出たモモンガの前に、心を鷲づかみにする光景が広がっていた。

ナザリック地下大墳墓の地表部分は二〇〇メートル四方の広さを持つ。周囲は六メートルもの高さの厚い壁に守られ、正門と後門の二つの入り口を持つ。

墓地の下生《したば》えは短く刈り込まれ、さっぱりした雰囲気を醸《かも》し出《だ》す。しかしその一方で墓地内の巨木はその枝をたらし、影があちらこちらに陰鬱を作り出していた。無数の白い石材製の墓石は乱雑に並べられている。

下生えの綺麗な刈り込み具合と、墓石の乱雑さが相まって強烈な違和感がにじみ出ていた。さらに天使や女神といった、芸術品として評価して良い細かな彫刻も点在することで、混沌とした墓地の作りが眉を顰めさせるような歪みと変わる。

そんな墓所内の東西南北の四箇所にそこそこの大きさの霊廟が、そして中央には巨大な霊廟が置かれ、中央霊廟を六メートル級の武装した戦士像が守護するように取り囲んでいる。

この中央の巨大な霊廟こそナザリック地下大墳墓の入り口であり、モモンガが出てきた場所である。横に大きく広がった白亜の階段の上に立ったモモンガは、静かに世界を眺める。

ナザリック地下大墳墓のあるワールド、ヘルヘイムは常闇と冷気の世界。常時夜の世界は陰惨な風景であり、天空を重く厚い黒雲が覆っていた。しかし今は違う。

素晴らしい夜空がそこにはあった。

モモンガは空を眺めながら感嘆の吐息を吐き、信じられないとでもいうかのように数度頭を振った。

「凄いな……。仮想世界でもここまでは……。大気汚染が進んでなくて、空気が綺麗な証拠か。こんな世界なら人工心肺も必要ないだろうな……」

生まれて以来一度も見たことが無い、そんな透き通った夜空。

モモンガは魔法を発動させようとし、着ている鎧がそれを邪魔することに気がつく。特殊な魔法職には鎧を着たままの状態で魔法を発動させる特殊技術《スキル》もあるが、モモンガはそれを習得していない。そのために重装鎧はモモンガの魔法の発動を妨げる。例え、魔法で作り出したものでも、そこまでのボーナスは無い。この状態で使える魔法はたった五つ。そして残念ながら、モモンガが使いたい魔法はこの中には無い。

モモンガは空間に手を入れると、一つのアイテムを取り出す。小さな鳥の翼を象ったネックレスだ。

それを首にかけ、意識をそちらに向ける。

その瞬間、込められた唯一の魔法の力は解放された。

〈飛行《フライ》〉

重力というくびきから解放されたモモンガは、ふわりと軽やかに中空に舞い上がる。そのまま速度をどんどんと速めながら、一気に上昇していった。後ろからデミウルゴスが慌てて追従してくるが、モモンガは気にも留めない。ただひたすらに真っすぐ上昇する。

何百メートルだろう。

上昇し続けたモモンガの体はゆっくりと止まる。はぎ取るような勢いで兜を外すと、何も言わずに、いや何も言えずにモモンガは世界を眺めた。

月や星から降り注ぐ白く青い光が、大地から夜闇を追い払っている。草原が風で揺れるたびに、まるで世界が輝いているようだった。天空には無数の星々と月を思わせる大きな惑星が輝く。

モモンガはため息混じりに言葉をこぼした。

「本当に素晴ら……いや、素晴らしいなどという陳腐な言葉には決して収まらない……。ブルー・プラネットさんならこの光景を見てなんて言っただろう……」

この、大気汚染も、水質汚染も、土壌汚染も進んでなさそうなこの世界を目にしたら。

モモンガはかつての仲間を思い出す。ある程度の数のギルドメンバーがリアルで集まった際、ロマンチストと言われ、その岩のような顔に照れ笑いを浮かべた優しげな——夜空を愛した男を。

いや、彼が好きだったのは自然だ。環境汚染によってもはや殆ど失われた光景。そんな現実にない光景を見るためにユグドラシルというゲームに参加した。そして彼が最も気合を入れて作っていたのは第六階層。特に夜空の作りこみこそ、彼の理想の世界を具現したもの。

そんな彼だからこそ、自然を語るときは熱かった。熱すぎたほど。

この世界を見たら、どれほど興奮しただろうか。あの低い声をどれだけ高くして熱く語ってくれただろうか。

久方ぶりにブルー・プラネットというギルドメンバーの薀蓄《うんちく》を聞きたくなったモモンガは、すっと横に視線をやる。

当然、そこには誰もいない。誰もいるはずが無い。

寂しさにも似た感情を微かに感じたアインズの耳にばさりという羽音が飛び込み、形態を変化させたデミウルゴスが姿を現す。

背中からは濡れたような皮膜の大きな黒翼を生やし、顔つきも人間のものから蛙じみたものになっている。デミウルゴスの半悪魔形態での外見だ。

一部の異形種は複数の形態を持つ。ナザリックであればセバスやアルベドも他の形態を持っている。

これら作るのは面倒ではあるが、ゲームのラスボスのように複数の形態を持つ一部の異形種は、根強い人気があった。特に人間形態や半形態時にペナルティを受け入れることで、完全異形形態時にボーナスを得られるように設定している者は多い。

そんな悪魔と呼ぶに相応しい姿になったデミウルゴスから、再び天空に輝く星を目に入れたモモンガは、感嘆のため息を吐き出すと、今はいない友人に告げるように言葉をこぼす。

「……星と月の明かりだけでものが見えるなんて……本当に現実の世界とは思えませんよ、ブルー・プラネットさん。……キラキラと輝いて宝石箱みたいです」

「そうなのかもしれません。この世界が美しいのは、モモ――ダークウォリアー様の身を飾るための宝石を宿しているからに違いないかと」

デミウルゴスがお世辞らしきものを言ってくる。

突然の横槍に、かつての仲間との思い出にケチを付けられたような気がして、少しばかりの苛立ちをモモンガは覚える。しかしこうやって美しい世界を眺めていると、怒りなどどこかに飛んでいく。それどころかこうやって世界を見下ろしていると、世界が矮小《わいしょう》にも感じられ、悪の組織の王としての演技をしても良いという気持ちにもなる。

「本当に美しい。こんな星々が私の身を飾るためか……。確かにそうかもしれないな。私がこの地に来たのは、誰も手に入れていない宝石箱を手にするためやも知れないか」

モモンガは顔のすぐ前に手を翳《かざ》すと、それを握り締める。天空に輝く星のほとんどがその手の中に納まった。無論、手によって隠されただけに過ぎない。そんな子供のような行為にモモンガは肩をすくめ、デミウルゴスに呟く。

「……いや、私一人で独占すべきものではないな。ナザリック地下大墳墓を――我が友たちアインズ・ウール・ゴウンを飾るためのものかもしれないな」

「……それは非常に魅力的なお言葉です。お望みであり、ご許可さえいただけるのであれば、ナザリック全軍をもってこの宝石箱をすべて手に入れてまいります。そして私の敬愛するモモンガ様にそれらを捧げさせていただければ、このデミウルゴス、これに勝る喜びはございません」

そんな芝居がかった台詞にモモンガは静かに笑う。

デミウルゴスも雰囲気に酔っているんだろうなと、内心で考えながら。

「この世界にどのような存在がいるかも不明な段階で、その発言は愚かとしか言えないがな。もしかすると私たちはこの世界ではちっぽけな存在かもしれんぞ？　ただ……そうだな。世界征服なんて面白いかもしれないいな」

世界征服なんて子供向けのテレビの悪役の台詞だ。

実際そんなことが簡単にできるはずがない。征服した後の統治する手段。反乱等を未然に防ぐ治安維持の方法。無数の国々を統一することによって生じる様々な問題。そういったものをちょっとでも考えれば、世界征服なんてメリットがあるとは思えない。

そんなことは流石にモモンガだって知っている。それにも関わらず、そんな台詞を口にしてしまったのは、ちょっと世界が綺麗だから欲しかったという幼稚な欲望。そして悪名高いアインズ・ウール・ゴウンのギルド長として望まれそうな演技。最後に口が滑った程度の失言でしかない。

そしてもう一つ。

「……ウルベルトさん。るし★ふぁーさん。ぱりあぶる・たりすまんさん。ベルリバーさん……か」

「ユグドラシルの世界の一つぐらい征服しようぜ」なんて冗談で言っていた、かつてのギルドメンバーたちを思い出したに過ぎない。

ナザリックの最高知者であるデミウルゴスならば、世界征服という発言が子供の戯れのようなものだと分かっているだろう、という安心感もあった。

もし仮にモモンガの背後に控える、デミウルゴスの蛙にも似た顔に浮かんだ表情を知ったなら、決してモモンガはそこで終わらせなかっただろう。

見るべき相手を見ずにモモンガが眺めていたのは、どこまでも広がる大地と星々を抱く天空の境、地平線だ。

「……未知の世界か。しかしこの世界にいるのは本当に……私だけなのか？　他のギルドメンバーも来ているのではないか」

ユグドラシルではセカンドキャラを作っておくことはできないが、一回辞めた仲間が最終日だからと新しいキャラを作って入ってくるというケースも考えられる。それにもしかするとアウトした時間的にも、ヘロヘロだってこちらに来ているかも知れない。

だいたいモモンガがここにいることだって異常事態だ。未知の現象によることと考えれば、もしかすると辞めた仲間たちもこの世界に引きずりこまれた可能性だって無いとは言い切れない。

〈伝　言《メッセージ》〉は届かなかったが、大陸が違う、魔法の効果が変わった、などの無数の可能性だってある。

「……なら……アインズ・ウール・ゴウンの名が世界に轟《とどろ》けば……」

もし誰《ギルドメンバー》かがいたら、その者の耳に入るのではないだろうか。そして聞こえれば、向こうから必ず会いに来てくれるだろう。それぐらいの友情は結んだ自信がある。

思考の海に投げ出されつつあったモモンガがふとナザリックに目をやると、ちょうど一大スペクタクルが始まるところだった。

範囲にして一〇〇メートルを超える大地が、まるで海原のようにうねりだしたのだ。平原から次々と生み出された小さな隆起たちがゆっくりと一方へ進みだすと、それらは互いを飲み込みながら徐々にひと塊に集い、最終的にはちょっとした小山ほどにも成長してナザリックに向けて押し寄せた。

襲い来る大量の土は、ナザリックの強固な壁にぶつかり砕け散る。それはまるで飛沫《しぶき》をあげる津波だった。

「……〈大地の大波《アース・サージ》〉。それもスキルで範囲拡大した上で、クラススキルまで使用しているな……」

モモンガは感心したように囁く。この魔法を使えるものはナザリックには一人しかいない。

「流石はマーレ。壁の隠蔽工作に関してはあの子に任せておけば問題は無さそうだな」

「はい。ただ、マーレ以外にもアンデッドやゴーレムといった疲労をしないシモベを駆使して作業を行っていますが、残念ですが遅々として進まない状況であります。大地を動かしますと、周囲が剝き出しになってしまいますので、隠蔽のため植物を生やす必要などもございます。そうなるとやはりマーレの作業量が増え……」

「……これだけ長いナザリックの城壁を覆うのだ、時間は多少かかっても仕方が無い。問題は作業中に発見されることだろうが、周囲の警戒はどうなっている？」

「早期警戒網の構築は既に終わっております。およそ五キロ範囲内に知的生物が侵入した場合は相手に気づかれず即座に発見することが可能となっております」

「それは見事だ。だが……それはシモベを動員しての警戒網だな？」

デミウルゴスの肯定を受け、モモンガは別の警戒網も念のために作っておいた方が良いと考える。

「……私の方でも警戒網を作るのに心当たりがある。それを利用してくれ」

「畏まりました。アルベドと相談した上でそれも組み込ませていただきます。ところでダークウォリアー様——」

「——もう良い、デミウルゴス。モモンガで構わん」

「承りました。……モモンガ様のこれからのご予定をお聞きしても？」

「私の命を完璧に遂行しているマーレの陣中見舞いに行こうかと考えている。何か良い褒美があれば渡してやりたいところだが……」

デミウルゴスに笑みが浮かぶ。最悪の悪魔には似つかわしくない心優しいものだ。

「モモンガ様がお声をかけるだけで十分な褒美になるかと思われますが……これは……申し訳ありません。少しばかり用事が出来てしまいました。マーレの元には……」

「許す。行け、デミウルゴス」

「感謝いたします、モモンガ様」

デミウルゴスが翼をはためかせるのと同時にモモンガも、地上の一点目掛け降りながら途中で兜を被り直す。

目的地にいたダークエルフが何かに気が付いたように上空――モモンガを見据え、驚きの表情を浮かべた。

モモンガがふわりと大地に降りると、マーレがたったたったという擬音そのままの足取りで駆け寄ってくる。はいたスカートがピラピラと揺れていた。

見えそうで見えない。いや、モモンガに見る趣味はこれっぽちもない。ただ、気になっただけだ。その下はどうなっているのかと。

「も、モモンガ様、よ、ようこそお出でいただキます」

「ンン！　……マーレ、そんなに怯えなくても良いし、焦らずともかまわん。もし難しいと言うのならば敬語だって使わなくても良いぞ……もちろん二人だけの時はだが」

「そ、そんなことは出来ません。モモンガ様のような至高の方に対して……本当はお姉ちゃんもいけないんです。そ、そんな失礼なことしちゃいけないんです！」

子供に敬語を使われるというのもかなり嫌なものなんだが。

「そうか、マーレ。お前がそう決めたと言うのであれば、私からは言うことは無い。ただ、強制する気は無いと知れ」

「ハ、はい！　……と、ところでモ、モモンガ様はどうしてこちらに？　ぼ、ぼく、なにか失敗でも……」

「違うとも、マーレ。私はお前を賞賛しに来たのだ」

叱られるのではというビクビクとした表情から一転して、驚きの表情を見せるマーレ。

「マーレが行っている仕事は非常に重要なことだ。警戒網を作ったとしても、この世界の住人は一般人ですら一〇〇レベルを超えるという可能性だってある。そんな相手がいた場合、ナザリック地下大墳墓の発見を未然に阻止することが最重要だ」

コクコクと頷くマーレ。

「だからこそマーレ。お前の完璧な働きに対して私がどれだけ満足しているか。そして私がお前に任せることでどれだけ安心感を得ているかを知って欲しい」

モモンガの社会人経験から来る鉄則の一つ。優秀な上司は部下の仕事をちゃんと褒めるもの、だ。

守護者たちはモモンガに対して、実態をはるかに超える高評価をしていた。それに対してモモンガも彼らの忠誠心を失わないためにも、その評価通りの対応を示さなくてはならない。

守護者をはじめとしたギルドメンバーたちが作ったＮＰＣ――これまで維持してきた黄金の記録に失望され裏切られたりでもしたら、それはモモンガがギルド長として失格の烙印《らくいん》を押されるに等しい。だからこそモモンガは絶大なる支配者としての対応を心がける。

「……分かってくれたか、マーレ」

「はい！　モモンガ様！」

マーレの引き締まった顔は、服装こそは少女のものだが、男とはっきり分かるものだった。

「よし、ではマーレの仕事に対して褒美を与えよう」

「そ、そんな！　これは当然の働きです！」

「……仕事の働きに応じて褒美を与えるのは当たり前だ」

「ち、違います！　至高の方々に仕えるために皆いるんですから！　仕事をこなして当然なんです！」

数度繰り返すが、二人の意見は平行線を辿り、徒労を感じ始めたモモンガは折衷案《せっちゅうあん》を出すこととする。

「ではこうしよう。今後も忠実に働くことに対する褒美を兼ねているというのであれば問題ないだろう？」

「も、問題ないんでしょうか？」

モモンガは強引になだめ、褒美を取り出す。それは一つの指輪だ。

「モ、モモンガ様……取り出されたものが間違って……ま、ます！」

「まち——」

「——間違ってます！　それはリング・オブ・アインズ・ウール・ゴウン！　至高の方々しか所持を許されない至宝の一つ！　それを受け取れるはずがありません！」

あまりの事態にガタガタと怯えるマーレに、モモンガは面食らう。

確かにこの指輪はギルドメンバー専用として自作されたため、一〇〇個しかない特別なアイテムではある。そのうち四一個は配られたために、使用者が決まっていない物は五九――いや五八個。そういう意味では希少性は高い。ただ今回の褒美には、アイテムの有効活用という側面もある。

逃げ出しそうなマーレを安心させるように、モモンガは丁寧に話しかける。

「冷静になるのだ、マーレ」

「む、む、無理です！　そんな凄い、し、至高の方々のものを褒美なんて言われて――」

「――冷静に考えよ、マーレ。ナザリック地下大墳墓は転移による移動を抑止している。しかし、それでは色々と不便なことがある」

それを聞き、マーレは少しばかり冷静さを取り戻しはじめたようだった。

「階層守護者の地位にいる者は敵が攻めてきたとき、各階層ごとの指揮官として行動してもらいたい。その際に転移ができません、上手く逃げられませんでは話にならない。そこでこの指輪だ」

モモンガが持ち上げた手の中で、月明かりを浴び、指輪がきらりと輝く。

「マーレ。お前の忠誠は非常に嬉しい。臣下の立場で私たちの証である指輪を受け取れないという思いも十分に納得した。しかしもはや理解していると思うが、私の命令として受け取れ」

「で、ですけど、なんでぼくが……もしかして守護者の皆に渡しているんでしょうか……？」

「渡す予定ではいるが、お前《マーレ》が最初だ。お前の働きぶりを高く評価しているためだ。何もしてない者に与えては、褒美としての価値が薄れよう。それともさらに指輪の価値を下げろというのか？」

「め、めめっ、滅相もございません！」

「ならば受け取れ、マーレ。この指輪を受け取り、さらにナザリックのために、そして私のために貢献せよ」

マーレがガクガクと震えながらゆっくりとその指輪を押し頂く。

そんなマーレを前に、モモンガは少しばかり罪悪感を持っていた。ちょっとばかり、これで転移しても自分だとばれないよね、なんていう狙いもあったからだ。

マーレが指輪《リング・オブ・アインズ・ウール・ゴウン》を嵌めると、指輪はマーレの細い指に合うように大きさを変える。自分の手に嵌まった指輪をマーレは数度眺め、ほうとため息をついた。それからモモンガの方をまっすぐ見ると大きく頭を下げた。

「も！　……モ、モモンガ様、ぼ、ぼくにこれほどの褒美を与えていただき……ありひゃとうございます。こ、今後もこれほどの宝に相応しいだけの働きをお見せひ、し、したいと思います！」

「頼むぞ、マーレ」

「はい！」

はっきりと言い切るマーレ。その顔には少年の凜々しさがあった。

どうしてマーレの設定を作ったぶくぶく茶釜は、こんな格好させているのだろう。

アウラの格好と逆転しているのでは。それとも何かの理由があってのことなのか。

モモンガが疑問に思っていると、逆にマーレから問われてしまった。

「あ、あの、モモンガ様。ど……どうしてそんな格好をされているんですか？」

「……う、うーむ、それは……」

逃げたくなったから。そんな答えが返せるはずが無い。

困ったモモンガを、キラキラと輝くような期待の目で見上げてくるマーレ。どうやって誤魔化せばよいのだろう。ここで失敗したら今までの立派な上司の演技が水の泡になりかねない。逃げる上司を認める部下はどの世界にもいないだろう。

もっと困惑すれば精神が平静になるのに、などと逃避しつつあったモモンガに、救いの手が背後から届く。

「簡単よ、マーレ」

振り返ったモモンガは目を奪われた。

月明かりの下、美の化身とも言えるほどの女性がいた。天空から舞い降りる青い光が全身を輝かせるその様は、女神と言われても納得してしまうだろう。黒翼がふわりと風を起こす。

アルベドだ。

そのすぐ後ろにデミウルゴスがいたが、その一瞬だけは視界に入らなかったほど美しかった。

「モモンガ様が鎧をまとい、そして先ほどまで名前を隠されていたのは、仕事の邪魔をしないようにというお考えからよ。モモンガ様がいらっしゃれば、全ての者は仕事の手を止め、服従を示すのは当然。でもそれをモモンガ様はお望みではなかった。だからこそダークウォリアーという別人をお作りになることで、敬意を示して仕事の手を止める必要は無いと言いたかったの」

ですよね、モモンガ様。そう続けるアルベドに、モモンガは何度も高速で頭を縦に振る。

「さ、流石はアルベド、私の真意を見抜くとは」

「守護者統括として当然でございます。いえ、守護者統括という地位にいなくても私であれば、モモンガ様のお心の洞察には自信がございます」

微笑みながらぺこりとアルベドが頭を下げた後ろで、デミウルゴスが微妙な表情を浮かべているのが気になるが、救いの手を伸ばしてくれた人物に対して何か思うところは無い。

「な、なるほど……」

感心したような声をもらすマーレ。そちらを向こうとし、モモンガは己の目を疑うような光景を見た。アルベドの瞳が一瞬だけ零れ落ちそうな大きさになると、カメレオンか何かの異質な動きでマーレの指に向けられた。

モモンガが何か思うよりも早く、アルベドの顔は元へと戻る。先ほどの光景が幻であったように、その顔は美しいままだ。

「……何かございましたか？」

「あ、い、いやなんでもない……。よし。ではマーレ。邪魔して悪かったな。休憩を取ったら再び隠蔽工作を開始してくれ」

「は、はい！　では、も、モモンガ様。失礼します」

鷹揚に頷くモモンガの前から嵌めた指輪をさすりながらマーレが走り去っていく。

「それでアルベドは一体どうしてここに？」

「はい。モモンガ様がこちらにいらっしゃるとデミウルゴスから聞きましたので、ご挨拶をと思いまして。ただ、このような汚れた格好でお目通りしてしまい、申し訳なく思っています」

汚れたといわれてアルベドの格好を見るが、特にそうは思えなかった。確かに着ている物がホコリか何かで汚れているようだが、アルベドの美貌を損なうものではない。

「そのようなことは無い、アルベド。お前の輝きはその程度の汚れでくすむものではない。確かにお前のような清廉《せいれん》な美女を走り回らせるのは悪いとは思うが、今は非常事態。申し訳ないがいま少しナザリック内を駆けてもらうぞ」

「モモンガ様のためとあらば、幾ら走り続けようとも問題はございません！」

「お前の忠義に感謝を。そうだ……アルベドよ。お前にも渡しておくべきだろう」

「……何を……でしょうか？」

僅かに目を伏せ、感情を感じさせない平坦な声で答えたアルベドに対して、モモンガは指輪を一つ差し出す。当然、リング・オブ・アインズ・ウール・ゴウンである。

「守護者統括であるアルベドにもこれは必要なアイテムだな」

「……感謝いたします」

マーレの時との違いに、少しばかり肩透かしを食わされた気分のモモンガだったが、それは思い違いだと即座に認識した。

アルベドの口元は痙攣《けいれん》し、その顔が崩れるのを必死に堪えている。翼がビクンビクンと動くのは、はためくのを必死に抑えている結果だろう。指輪を受け取った手――いつの間にか握り締められていたコブシを広げて――は震えていた。そこまで内心の感情を出されれば馬鹿でも見て取れる。。

「忠義に励め。デミウルゴスは……また後日としよう」

「畏まりました、モモンガ様。かの偉大なる指輪を頂けるよう努力してまいります」

「そうか。ではすべきことも済んだ。私は叱られないうちに九階層に戻るとしよう」

アルベド、デミウルゴス。両者の同意の言葉と、下げられた頭を目にするとモモンガは指輪《リング・オブ・アインズ・ウール・ゴウン》を起動させる。

視界に映る光景が変わる刹那《せつな》、「よっしゃ！」という女性の声が聞こえたような気がしたが、アルベドがそんな品の無い声を上げるイメージが浮かばなかったモモンガは、それを聞き違いだろうと考えた。

2

村の外れが近づいてくる。

走るエンリは後ろに騒がしい金属音を聞く。その音は規則正しい。

祈るような気持ちで後ろを一瞥《いちべつ》する。そこには予想通り——最悪な予想通り、一人の騎士がエンリたちを追って来ていた。

あと少しなのに。

吐き捨てたい気持ちを必死にこらえる。僅かでも無駄な体力を使う余裕は無い。

荒い息で呼吸を繰り返す。心臓は破裂するのではという速さで脈打ち、足はガクガクと震え、今にも力尽きて大地に横たわりそうになる。

自分一人であれば自暴自棄となり、走る気力を失っていただろう。

しかしその手で引く、妹の存在がエンリに力を与えてくれる。

そう。妹を助けたいという強い思いのみで、今のエンリは走っていた。

走りながら再びチラリと後ろを窺う。

互いの距離は殆ど変わっていない。鎧を着ながらも、その速さに衰えは無い。鍛えられた騎士と単なる村娘の明白な差だ。

汗が引き、全身を冷たい何かが襲う。これでは……妹を連れてでは逃げられない。

──手を離せ。

エンリの耳にそんな言葉が聞こえた。

──一人なら逃げられるかもしれない。

──こんなところで死にたいのか？

──もしかしたらバラバラに逃げた方が安全かもしれない。

「黙れ、黙れ、黙れ！」

エンリは歯軋《はぎし》りと共に、喘ぐように自らを叱責する。

自分は最低な姉だ。

妹が泣きそうな顔をしながらも決して泣かないのは何故か。

それはエンリを信じているから。姉が助けてくれると信じているから。

妹の手──走る気力と戦う勇気を与えてくれる手を握りながら、エンリは強く思う。

そんな妹を捨てることが出来るものか。

「あっ！」

エンリが激しく疲労している以上に、幼い妹は体力を消耗している。走る足がもつれ、悲鳴を上げて大地に転がりかけた。

しかし倒れなかったのは二人を繋いでいる、堅く握りしめられた手だ。ただ、引っ張られる形でエンリも姿勢を崩す。

「早く！」

「う、うん！」

だが再び走り出そうとするが、妹の足は痙攣し上手く動かない。エンリは慌てて妹を抱き上げようとし、すぐ側で金属音が止まったことに恐怖を覚える。

立つ騎士の手に握られた剣は血で濡れていた。それだけではない。鎧や兜にも血が跳ねた跡がある。

エンリは妹を後ろに庇いながら騎士を睨む。

「無駄な抵抗はするな」

そこにあるのは優しさではない。嘲笑気味の感情だ。逃げてもすぐに殺せる。そう言いたげなぬめりつく様な口調。

エンリの胸が一気に燃え上がる。こいつは何を言っているのだ、と。

騎士は動くことを止めたエンリに対し、ゆっくりと手に持った剣を持ち上げる。上段に掲げられた剣がエンリを切り裂くよりも早く――

「なめないでよねっ‼」

「ぐがっ！」

――鉄でできた兜にエンリは思いっきり拳を叩き込む。全身に満ちていた怒りを、そして妹を守らねばという気持ちを拳に宿して。金属を殴るという行為に怯えは無い。全身全霊を込めての一撃だ。骨が砕けるような音が響き、遅れて激痛がエンリの全身を駆けた。騎士は殴られた衝撃で大きくよろめく。

「はやく！」

「うん！」

苦痛をこらえ走り出そうとし――赤熱感をエンリは背中に感じた。

「――くっ！」

「きさまぁああ!!」

嘗めて掛かった村娘に顔を殴られるなどという屈辱。それが騎士に怒声を発せさせたのだろう。

エンリが助かったのも、騎士が冷静さを失い、剣を適当に振るったからだ。もはやその幸運は無い。

エンリは傷を受け、騎士は怒りを覚えた。ならば次の一撃は致命的なものとなるだろう。

エンリは眼前で振り上げられた剣を鋭く睨む。

険しい表情を向けながらも、剣の禍々しい輝きがエンリに二つのことを理解させる。

一つ目は、あと数秒後には自らの命が確実に失われるだろうということ。二つ目は、単なる村娘でしかない自分には、それに抗《あらが》う手段が一切無いこと。

剣の先端部分に僅かに付着した己の血。それが背中から伝わってくる心臓の鼓動にあわせて広がる激痛を、そしてその傷を受けた際の灼熱感を思い出させる。

今まで経験したことの無いような痛みによって生じた恐怖が、吐き気を引き起こす。

吐けば胸のムカつきも取れるだろう。

しかし、エンリは生きるという道を探している最中だ。そんなことをしている余裕も時間も無い。

諦めが支配していく中にあって、エンリがいまだ己の意思を手放さないのはたった一つの理由からだった。それは自分の腕の中にある温かい体温——幼い妹の存在のため。

せめて妹の命を助けたい。

そんな思いが、エンリに諦めるという選択肢を選ばせてくれない。

ただ、そんなエンリの決意を嘲笑うように立ち塞がる、目の前の全身鎧《フルプレート》に身を包んだ騎士。

剣が振り下ろされる。

極限の集中がなした技か、はたまた命の危険を前に脳が活性化したためか、やけに間延びして感じられる時間の中で、エンリは必死に助かる——妹を助ける手段を思案する。

しかし何も浮かばない。せいぜい浮かぶアイデアはその身を盾とするぐらい。自らの肉体で剣を受け止め、抜けなくするという最終手段のみ。

相手の体のどこかでも、あるいはこの身に食い込んだ刀身でも、とにかく力の限りつかんで絶対に放すもんか。命の最後の灯火が消えるまで。

それしかないならそれを受け入れるだけだ。

エンリは殉教者のごとき微笑をその顔にたたえる。

姉として妹にしてやれることはこれぐらいだろう。その思いが微笑みを浮かばせた。

妹一人で、いまこの地獄のような状況になっている村から逃げられるかどうかは不明だ。大森林に逃げようとしても見張りがいる可能性は十分にあり得る。ただ、ここで命を繋げれば、助かる可能性だってある。妹が逃げられるその僅かな可能性に、エンリは己の命を、いや全てを賭ける。

それでも迫り来る痛みへの恐怖が、エンリの瞼を閉ざさせる。漆黒の世界の中、来るであろう痛みに対して覚悟を決め――。

3

モモンガはイスに座りながら、正面に据えられた鏡を眺める。直径一メートルほどの鏡の中に映っている像はモモンガではない。草原だ。まるで鏡ではなくテレビのように、どこかの草原が映っていた。

静止画ではない証拠に、鏡に映る草々はのどかにそよいでいた。

時の流れを示すように草原にある闇を、昇りだした陽が徐々に追い払っていく。作り出されていく牧歌的な光景は、ナザリック地下大墳墓がかつてあったヘルヘイムの絶望的な風景からは遙かに遠い。

　モモンガは手を持ち上げると鏡に向け、ゆっくりと右に動かす。すると鏡に映る光景もスライドしていく。

　遠隔視の鏡《ミラー・オブ・リモートビューイング》。

　指定したポイントを映し出すため、プレイヤーを専門に狙うＰＫ《Player Killer》や、そんなＰＫ《Player Killer》を狙うＰＫＫ《Player Killer Killer》が使いそうなアイテムであるが、低位の対情報系魔法程度で簡単に隠蔽され、さらには攻性防壁による反撃を受けやすいため、微妙系に数えられるアイテムだ。

　しかし外の風景をたやすく映し出せるアイテムは、今の状況では十分なメリットを持つ。

　映画に出てきそうな草原を俯瞰《ふかん》しながら、鏡に映る光景は流れていく。

「この動きで、画面のスクロール。で、こうやると視点を変更して同じ場所を観察するか」

　モモンガは空中で円を描いたりしながら、景色を色々と変化させてみる。長い時間試行錯誤を繰り返しながら動かしているものの、知的生物——できれば人間——は未だ発見できていない。

　黙々と単調な作業を繰り返すが、映るのが殆ど代わり映えの無い草原ではやる気も萎えてしまう。

　モモンガは横目でこの部屋にいるもう一人の様子を窺った。

「どうかなさいましたか、モモンガ様。何かありましたら、何なりとお申し付けください」

「い、いやなんでもないとも、セバス」

　部屋にいるもう一人であるセバスは、微笑を浮かべてはいるものの言葉の端々に微妙な棘がある。

全てにおいて、絶対と仰いでくれるが、供無しでの行動には少々思うところがあったらしい。先ほどモモンガが地表部から戻ってきたとき、セバスに捕まって苦言を呈されて以来。

「どうも苦手だ」

モモンガは内心こぼす。

どうもセバスを相手にしていると、かつてのギルドメンバー、たっち・みーを思い出す。実際、たっち・みーがセバスの設定を作ったのだから、間違ってはいないが。

しかし怒らせると怖いところまで似なくても良いだろう。

そんな愚痴を内心でぼやきながら、再び鏡に向き直る。

先ほどから苦労しているこの鏡の操作方法を解明し、それをデミウルゴスに教えようとモモンガは考えていた。これこそがデミウルゴスに言った警戒網作成の心当たりだ。

部下に任せてしまえば楽にもかかわらず、モモンガ自身がこの仕事に励んでいるのには、ちゃんと目に見える働きをすることで、少しばかりは「流石」と思われたいという微妙な狙いもあったりした。だからこそ、飽きたなどと途中で投げ出すわけにはいかない。どうにかして俯瞰をより高くしなくては、説明書があれば、と苦々しく思いながら作業を繰り返す。

どれだけの時間が経過したか。

大した時間ではないだろうが、結果が伴わないと時間ばかりが無駄に経過したように感じられる。

モモンガが虚《うつ》ろな面持ちで適当に手を動かしていると、視点が急に大きく変わった。

「おっ！」

驚きに歓喜、自慢。そういったものが混じり合った声をモモンガは上げる。煮詰まって適当にいじったらなんだか上手く動きました、という残業八時間目に突入したプログラマーの歓声に似たものだ。

その声に答えるように拍手が起こる。当然、発生源はセバスである。

「おめでとうございます、モモンガ様。このセバス、流石としか申し上げようがありません！」

試行錯誤はしたものの、そこまで賞賛されるような仕事ではないだろうとモモンガは思い邪推もしたくなるが、セバスの表情には心からの感嘆があった。だから素直な気持ちで受け入れる。

「ありがとう、セバス。それにしても長くつき合わせて悪かったな」

「何をおっしゃられますか。モモンガ様のお側に控え、ご命令に従うこと。それこそが執事として生み出された私の存在意義です。悪いだなどととんでもありません。……ですがお時間が経過されたことは事実。モモンガ様もこの辺りでご休息を取られてはいかがでしょうか？」

「いや、それに及ばない。アンデッドである私に疲労というバッドステータスは存在しない。お前が疲れているなら休んでもかまわないぞ」

「優しいお心遣いありがとうございます。ですが、全てを捧げている主人が働いている中、休む執事がおりますでしょうか？　私もアイテムによって肉体的な疲労という言葉は意味の無いものとなっております。モモンガ様のお側に最後まで付き従いたいと思っております」

モモンガは彼らとの会話の中で、気付いたことが一つある。彼らがゲーム的表現の一部をごく普通に用いることだ。特殊技術《スキル》、職業《クラス》、アイテム、レベル、ダメージ、バッドステータスなどなど……。真面目な顔でそれらの言葉を使われると、何となく珍妙な感じがしないでもない。だがそれさえ気にしなければ、逆にゲーム用語が通じることは指示を出す上でもありがたかった。

モモンガはセバスに了解の意を告げると、再び鏡の操作に没頭する。それから何度か似た動きを繰り返し、ようやく俯瞰の高さ調節の方法を特定する。

モモンガはにやりと笑うと、本腰を入れて人のいる場所を探すことに着手した。

やがてどこかの村らしき光景が鏡に映った。

ナザリック大地下墳墓からおよそ南西に一〇キロほど。近くには森があり、村の周囲には麦畑が広がる。やはり牧歌的という言葉が似合いそうな村だ。ざっと見たところでは文明レベルはさして高くないように思われる。

モモンガは村の風景を拡大しようとして、違和感を抱く。

「……祭りか？」

朝早くから人が家に入ったり出たり、走ったり。なんだかあわただしい。

「いえ、これは違います」

横に来たセバスが鋭い視線を鏡の中の光景にやりながら、鋼の声音で答える。

セバスの硬い口調に嫌なものを感じながら、俯瞰図を拡大したモモンガは眉をひそめた。

村人と思《おぼ》しき粗末な服を着た人々に、全身鎧《フルプレート》で武装した騎士風の者たちが手に持った剣を振るっていた。

それは殺戮《さつりく》。

騎士達が剣を振るうたびに一人ずつ村人が倒れていく。村人達は対抗手段がないのだろう。必死に逃げ惑うだけだ。それを追いかけ殺していく騎士達。麦畑では騎士が乗っていたであろう馬が麦を食《は》んでいる。

「ちっ！」

吐き捨て、さっさと光景を変えようとする。もう、この村には価値は無い。もし、より情報を得ていたら、助けに行く意味を見出したかもしれないが、今の状態ではこの村を救う価値は無い。

見捨てるべきだ。

冷酷な判断を下したモモンガは、己に戸惑いを覚える。虐殺が進行中というのに、心に浮かんだのはナザリックの利益のこと。当たり前のように浮かぶはずの感情――憐憫《れんびん》も憤怒も焦燥も完全に欠落していた。テレビでの動物、もしくは昆虫同士の弱肉強食の世界を眺めている時の感覚だった。

アンデッドである自分は、もはや人間を同族でないと判断している？

いや、まさか。

モモンガは必死に自分の心の働きを正当化しようと、言い訳を考える。

自分は正義の味方ではない、と。

レベルは一〇〇だが、それでもマーレに言ったように、この世界の一般人のレベルも一〇〇なのかもしれない。そんな可能性だってある未知の世界に、軽々しく飛び込むことはできない。一方的に騎士が村人を殺しているとはいえ、これだって何らかの理由があるのかもしれない。病気、犯罪、見せしめ。色々な理由が思いあたる。それに横から騎士を撃退したら、この騎士が仕えている国を敵にまわすかもしれない。

モモンガは己の頭——頭蓋骨に骨の手を当てる。精神系作用が一切効果を発揮しないアンデッド、人間を止《や》めてしまったからその程度の光景に動揺しないのでは断じて無い、と思いながら。

手がすべり、村の別の光景が映る。

そこには二人の騎士がもみ合う村人と騎士を引き離そうとしているところだった。無理矢理引き離され、両手を掴まれたまま立たされる村人。モモンガの見ている前で村人に剣が突き立つ。刺さった剣は肉体を貫き、反対側から突き出る。致命傷だろう。ただそれでも剣は止まらない。一度、二度、三度——。怒りをぶつけるかのようにしつこく繰り返される。

最後に騎士に蹴り飛ばされた村人は、血を撒き散らしながら大地に転がった。

——村人とモモンガの目が合った。合った気がしただけかもしれない。

いや勿論、偶然だろう。

対情報系魔法等を除けば、通常の手段ではこの鏡による監視はばれないのだから。

村人は口の端から血の泡をこぼしながら、口を必死に動かす。もう、視線はぼやけ、どこを見ているかも分からない。それでも生にしがみつき、言葉を紡《つむ》ぐ。

――娘達をお願いします――

「どう致しますか？」

そのタイミングを見計らっていたように、静かな声でセバスが尋ねてくる。

答えはたった一つしかない。モモンガは冷静に答えた。

「見捨てる。助けに行く理由も価値、利益も無いからな」

「――畏まりました」

何気なしにモモンガはセバスに視線をやり――その背後にかつての仲間を幻視する。

「なっ……たっちさん……」

その瞬間、モモンガは一つの言葉を思い出す。

――誰かが困っていたら助けるのは当たり前。

モモンガがユグドラシルを開始した頃、異形種という種族を選んだ自分のような存在を狙う、異形種狩りという行為がはやっていた。そんな時の記憶。ＰＫ《Player Killer》に遭い続け、ユグドラシルを辞めようとしていたモモンガを救ってくれた人の言葉。

あの人の、この言葉が無ければここにモモンガという存在はない。

ふぅとモモンガは息を吐き出す。そして諦めたような笑いをこぼす。この記憶を呼び覚ましては、助けに行かないわけにはいかないじゃないか、と。

「恩は返します。……どちらにせよ、この世界での自分の戦闘能力をいつかは調べなくてはならないわけですしね」

ここにいない人物に話しかけると、モモンガは村全体を見渡せるまで映像を拡大。鋭く視線を送り、生きている村人の居場所を発見しようとする。

「セバス、ナザリックの警備レベルを最大限引き上げろ。私は先に行くから、隣の部屋で控えているアルベドに完全武装で来るように伝えろ。ただし、真なる無《ギンヌンガガプ》の所持は許可しない。次に後詰《ごづめ》の準備だ。何かあって私が撤退出来なくなった場合のことを考え、この村に、隠密能力に長けるか、透明化の特殊能力を持つ者を複数送り込め」

「畏まりました。ただ、モモンガ様の警護ということであれば私が」

「その場合は誰が命令を伝達する。この村で騎士が暴れているということは、ナザリック近郊まで別の騎士が来ている可能性だってある。その時のためにお前は残れ」

場面が変わり、一人の少女が騎士を殴り飛ばす光景を目にした。そして妹だろうか、より小さい女の子を連れて逃げようとする。即座にアイテムボックスを開き、スタッフ・オブ・アインズ・ウール・ゴウンを取り出す。

その間に少女が背中を切られた。もう時間は無い。魔法は瞬時にモモンガの口から滑り落ちた。

〈転移門《ゲート》〉

距離無限、転移失敗率０％。

ユグドラシルにおいては最も確実な転移魔法を使ってモモンガは移動する。

視界が変わる。

転移阻害の魔法などが使われていないことに、モモンガは少しばかり安堵した。万が一の場合、助けられないどころか逆に先手を取られる結果となっただろう。

眼前に広がるのは先ほどの光景。

怯える二人の少女。

年上の姉と思われる少女は胸元ぐらいの長さに伸ばした栗毛色の髪を三つ編みにしている。日に焼けて健康的な肌は恐怖のため血の気が引いている。黒い瞳には涙を浮かべていた。

妹の方——幼い少女は姉らしき少女の腰に顔をうずめ、怯えが全身の震えとなって現れていた。

そんな二人の少女の前に立つ騎士に、冷徹に視線を送る。

相手は突然転移してきたモモンガに動揺しているのだろう。剣を振ることを忘れ、モモンガに視線を送るばかり。

モモンガは暴力とは無縁な生活をしてきた。さらにはこの世界が仮想ではなく現実だと実感している。にも関わらず、剣を持つ相手と対峙しても恐怖心は一切生まれない。

その冷静さが冷徹な判断を下す。

モモンガは何も持っていない方の手を広げ——伸ばす。そして即座に魔法を発動させた。

〈心臓掌握《グラスプ・ハート》〉

魔法にある一から一〇の位階で言うところの、第九位という高位に属する、心臓を握りつぶし即死させる魔法だ。即死効果などが多くある死霊系魔法に長けたモモンガが得意とするものの一つでもある。

初手《しょて》でこの魔法を選んだのは、抵抗された場合でも朦朧《もうろう》状態になるという追加効果を持つためだ。もし抵抗されたら、〈転移門《ゲート》〉によっていまだ開いている門に、少女たち二人を連れて飛び込むつもりだった。相手の強さが未知である以上、撤退する手段や次の策は用意しておくべきだ。

ただ、そんな準備は不要だった。

モモンガの手の中で柔らかいものが潰れる感覚と共に、騎士が無言で崩れ落ちる。

モモンガは大地に転がる事切れた騎士を冷たく見下ろす。

薄々は予想していたが——やはり人を殺しても何も感じない……。

罪悪感も恐怖も混乱も、一切生まれない静かな湖面のごとき心。それは何故か。

「そうか……やはり肉体のみならず心でも人間を止めたと言うことか……」

モモンガは歩き出す。

騎士が死んだことに怯えているのだろう、二人の少女の横を通り過ぎる。そのとき姉のほうから微かな困惑の声が漏れた。

モモンガが助けに来たのは一目瞭然。にも関わらず、彼がまるで突拍子もない行動に出たとでも言わんばかりに戸惑いを見せるとは、一体どういう了見なのだろう。

そんな疑問を抱くが、答え合わせをしている時間は無い。姉の方のみすぼらしい服が裂け、背中の辺りが血でにじんでいるのを軽く確認しながら、モモンガは二人の少女を自らの後ろに隠した。そして近くの家の脇から姿を現した新たな騎士を鋭く睨む。

騎士もモモンガを視認し、それから怯えたように一歩、後退した。

「……女子供は追い回せるのに、毛色が変わった相手は無理か？」

騎士から伝わってくる恐怖に嘲笑で答え、モモンガは次に放つべき魔法を選び出す。

先ほどモモンガは、初手から自分の持ちうる中でかなり上位の手を打った。というのも〈心臓掌握《グラスプ・ハート》〉は、モモンガの得意とする分野だ。そのためモモンガの常時発動型特殊技術《パッシブスキル》による即死確率上昇や死霊魔法強化の後押しを受けている。しかしそれではこの騎士達が素の状態でどれほどの強さなのか、計ることができない。

今度の騎士には別の魔法を使うべきだ。即死などではなく。この世界の強さを――ひいては自分の強さを確かめるチャンスとして。

「――せっかく来たんだ、無理矢理にでも実験につきあってもらうぞ？」

モモンガは死霊系の魔法を強化している分、単純な攻撃魔法のダメージ量はかなり劣る。さらに金属鎧は電撃系の魔法に対して弱いため、ユグドラシルであれば鎧に最初に電撃耐性を組み込む場合が多い。だからこそ、その電撃系の魔法で相手が受けるダメージ量を計る。

殺すのが目的ではないから、特殊技術《スキル》を使ってより強化する必要は無い。

龍のごとくのたうつ白い雷撃が生じ、モモンガの手から肩口までを荒れ狂う。一拍の後、突きつけられた指の延長にいる騎士目掛け、白き電撃は落雷に似た放電を発しながら中空を駆けた。

「〈龍　雷《ドラゴン・ライトニング》〉」

回避は不可能。そしてまた防御も不可能。

龍のような形を取る電撃をその身に浴び、騎士は一瞬だけ白く輝く。その姿は皮肉なことに美しかった。

光は即座に薄れ、糸を切られた人形のように騎士の体は大地に転がる。鎧の下の肉体が焼け焦げ、異様な臭いが微かに漂う。

追撃の準備に入っていたモモンガは、騎士のそのあまりの脆さに呆気に取られた。

「弱い……こんなに簡単に死ぬとは……」

第五位階魔法である〈龍　雷《ドラゴン・ライトニング》〉はモモンガからすれば弱すぎる魔法だ。一〇〇レベルのモモンガの適正な狩場で使う魔法は、大抵が第八位階以上の魔法。第五位階の魔法など滅多に使うことはない。

その程度の魔法で容易く死ぬ騎士達の脆弱さを知ることで、張り巡らせていた緊張感がどこかに行ってしまった。無論、先の二人が特別に弱いという可能性はある。それでも失った緊張感を取り戻すのは難しい。とはいえ、転移魔法で撤退する計画も維持する。

攻撃力に特化しているということだって十分に考えられる。それにユグドラシルなら首を切られても致命的一撃《クリティカルヒット》扱いで、ダメージ量が大幅に増えるだけだが、現実世界なら即死だ。

モモンガは失った緊張感の代わりに警戒心を働かせる。油断したせいで死ぬなんて愚かすぎる。

まずはもっと力を試してみるべきだ。

モモンガは自らの特殊技術《スキル》を解放する。

――中位アンデッド作成　死の騎士《デス・ナイト》――

モモンガの持つ特殊能力の一つ。様々なアンデッドモンスターを生み出す能力だが、死の騎士《デス・ナイト》はその中で壁として愛用してきたアンデッドモンスターだ。

トータルのレベルは三五と弱く、攻撃能力はさらに低く二五レベルモンスター相当。逆に防御能力は長けているが、それでも四〇レベルのモンスター程度。モモンガからすればレベル的には役立たずの分類だ。

しかし、そんな死の騎士《デス・ナイト》だが、重宝する特殊能力を二つほど持っている。

一つは敵モンスターの攻撃を完全に引き付けてくれるというもの。それともう一つは一回だけどんな攻撃を受けてもＨＰ《ヒットポイント》１で耐えきるという能力だ。それがあるから盾としてモモンガは有効活用してきた。

今回も、その盾としての役目に期待しての作成だ。

ユグドラシルではアンデッド作成という特殊技術《スキル》は使用と同時に、瞬時に使用者の周りに空中から沸き立つようにアンデッドを登場させる。だが、この世界では違うようだった。

黒い靄が中空からにじみ出ると、心臓を握りつぶされた騎士の体に覆いかぶさるように重なった。靄が膨れ上がり――騎士に溶け込んでいく。そして騎士が人間とは思えないギクシャクとした動きで、ふらりと立ち上がる。「ひっ」という悲鳴が姉妹から聞こえるが、モモンガはそれに構う余裕は無かった。モモンガにしても驚きの光景だったからだ。

ゴボリという音がし、騎士の兜の隙間から黒い液体が流れ出す。おそらくは口から噴きだしているのだろう。

流れだした粘液質な闇は、尽きることなく全身を覆いながら包み込んでいく。その光景はスライムに捕食される人間を思わせた。完全に闇が騎士を包み込み、形が歪みながら変わっていく。

数秒が経過し、闇が流れ落ちるように去っていく。そこに立っていたのは死霊の騎士とも呼ぶべき存在。

身長は二・三メートルまで伸び、体の厚みも爆発的に増大している。人というよりは獣という方が正しいほどだ。

左手には体の四分の三は覆えそうな巨大な盾――タワーシールドを持ち、右手にはフランベルジェ。本来なら両手で持つべき一・三メートル近い刃物を、この巨体は片手で容易く持っている。波打つ刀身には赤黒いおぞましいオーラがまとわりつき、心臓の鼓動のように蠢《うごめ》く。

巨体を包むのは、黒色の金属で出来ており、血管のような真紅の紋様があちらこちら走っている全身鎧《フルプレート》。鋭い棘が所々から突き出し、まさに暴力の権化《ごんげ》のような鎧だ。兜は悪魔の角を生やし、顔の部分は開いている。そこにあるのは腐り落ちかけた人のそれ。ぽっかりと空いた眼窩の中には生者への憎しみと殺戮への期待が煌々と赤く灯っていた。

ボロボロの漆黒のマントをたなびかせながら、死の騎士《デス・ナイト》は命令を待つ。その姿勢はまさにアンデッドの騎士にふさわしい堂々としたものだった。

根源の火精霊《プライマル・ファイヤーエレメンタル》や月光の狼《ムーン・ウルフ》にも感じた、召喚されたモンスターとの精神的な繋がり。それを操るようにモモンガは命じる。

「この村を襲っている騎士――」モモンガは〈龍雷《ドラゴン・ライトニング》〉で殺した騎士の死体を指差す。「――を殺せ」

「オオオァァアアアアアアア――!!」

咆哮《ほうこう》――。

聞くものの肌があわ立つような叫び声が響く。殺気が撒き散らされ、ビリビリと空気が振動する。死の騎士《デス・ナイト》が駆け出す。その動きはまさに疾風。獲物の場所を認識している猟犬のように迷いの無い走りだ。アンデッドに相応しい、生に対する憎悪という知覚能力が働いているようだった。

モモンガは瞬く間に小さくなっていく死の騎士《デス・ナイト》の後ろ姿に、まざまざとユグドラシルとの違いを見せつけられた気分だった。

それは〝自由度〟の違いだ。

本来、死の騎士《デス・ナイト》は召喚者たるモモンガの周辺に待機し、襲ってきた敵を迎撃するためのものだ。あのように命令を受諾し、自ら行動を起こすようなものではない。この違いは未知の要素が多い現在の状況下では、致命的な危険を招きかねない。

実際にたったいま、失敗したモモンガは、コリコリと顔を掻く。

「いなくなっちゃったよ……。盾が守るべき者を置いて行ってどうするよ。いや命令したのは俺だけどさぁ……」

口の中でモゴモゴと己の失敗をこぼす。

まだまだ死の騎士《デス・ナイト》は作れるといっても、敵の強さや周辺の状況などが不明である以上、使用回数制限のある能力は出来る限り温存すべきだ。しかしモモンガは後衛たる魔法職であり、この場には前衛となって盾を務めてくれる存在がいない。裸でいるような頼りなさだ。

ここはやはりもう一体作るべきだ。今度は死体を使わなくても生み出せるか実験してみるか。

モモンガがそう考えた時、開いていた〈転移門《ゲート》〉から人影が一つはき出される。同時に持続時間が切れた〈転移門《ゲート》〉は薄れ始める。

姿を現したのは全身を黒の甲冑《かっちゅう》で完全に覆った者だ。

その鎧はまるで悪魔のようだった。棘の生えた漆黒の鎧に完全に身を包み、肌の出ている部分は一切無い。漆黒のカイトシールドを装備し、かぎ爪のようなスパイク付きのガントレットを嵌めた手で、病んだような緑色の微光を宿した巨大な斧頭《バルディッシュ》を持つ武器を軽やかに所持している。鮮血の色に染まったマントをたなびかせ、サーコートも血の色である。

「準備に時間がかかり、申し訳ありませんでした」

角の生えた面頬付き兜《クローズド・ヘルム》の下から聞こえたのはアルベドの綺麗な声だった。

暗黒騎士《ダークナイト》を代表に、アルベドは防御能力に長けた、もしくは邪悪なる騎士に相応しいクラスばかり習得している。その結果、ナザリック内の三人の戦士系一〇〇レベルＮＰＣ――セバス、コキュートス、アルベド――の中で、アルベドこそ最も防御能力に優れていた。

それは即ちナザリック最高の盾という意味だ。

「いや、そうでもない。実に良いタイミングだ」

「ありがとうございます。それで……その生きている下等生物の処分はどうなさいますか？　お手が汚れるというのであれば私が代わりに行いますが」

「……セバスに何を聞いてきたのだ？」

アルベドから返事はない。

「ちゃんと聞いていないのか。……この村を助ける。取りあえずの敵はそこに転がっている鎧を着たもの達だ」

了解の意を示すアルベドからモモンガは視線を動かす。

「さて……」

二人の少女がモモンガの無遠慮な視線にさらされ、身を縮めてその体を少しでも隠そうとした。ガチガチと震えているのは、死の騎士《デス・ナイト》の姿を見てしまったせいか。それともあの咆哮のせいか。はたまたはアルベドの発言によるものか。

その全部かもしれない。

敵ではないことをまずはアピールするべきだとモモンガは考え、傷を治してやろうと姉に向けて手を伸ばす。しかしその姉妹はそうは受け取らなかった。

姉の股間が濡れていく。それにあわせ妹も――。

「…………」

周囲に立ち込めるアンモニアの臭い。怒濤のごとく押し寄せてくる感じないはずの疲労感。モモンガはどうすれば良いのか分からなかった。アルベドに救いの手を求めるというのも間違っているだろうから、モモンガはそのまま続けることにする。

「……怪我をしているようだな」

社会人としてモモンガのスルー能力は鍛えられているのだ。

見なかった振りをして、アイテムボックスを開き、中から背負い袋を出した。無限の背負い袋《インフィニティ・ハヴァサック》――名前に反し、総重量五〇〇キロまでという制限のある袋だ。

この袋の中のアイテムは、コンソールのショートカットキーに登録することができるため、瞬時に使いたいものを入れるのは、ユグドラシルプレイヤーの基本だ。

複数所持している無限の背負い袋《インフィニティ・ハヴァサック》の一つから、ようやく一本の赤いポーションを探り当てる。

下級治癒薬《マイナー・ヒーリング・ポーション》。ユグドラシルではＨＰを五〇ポイント回復させる、最初期に何度と無くお世話になる薬だ。しかしながらこれは、モモンガにとっては不要なアイテムだった。なぜなら正のエネルギーによって治癒するこの手のポーションは、アンデッドであるモモンガにとっては逆にダメージを与える毒薬となる。だがギルドの仲間達は別にアンデッドばかりではない。モモンガが持っていたのはその名残だ。

「飲め」

赤い薬を無造作に突き出す。姉の顔が恐怖に引きつった。

「の、飲みます！　だから妹には――」

「お姉ちゃん！」

姉を止めようと泣きそうになる妹。妹に謝りながら取ろうとする姉。そんな二人を前にモモンガは頭を捻《ひね》る。

なんでピンチを救った自分が親切心で取り出したポーションを前に、こんな家族愛が展開されるのだろう。なんなの……これ。

完全に信用されていない。見捨てようとはしたが、結果的には命の恩人なんだから、涙を流しながら抱き付いてきてもおかしくはないはずだ。というよりも漫画や映画ならそういうシーンである。にも関わらず、現状はその正反対。

何が駄目なんだろう。ああいうのはやはり美形のみに許された特権なのだろうか。

モモンガは肉も皮も何もついて無い顔に疑問の色を浮かべた時、優しげな声が響いた。

「……温情によって薬を下賜《かし》されようとしたにも関わらず、受け取らないとは……。下等生物風情が
……その罪万死に値する」

アルベドが自然な動きでバルディッシュを持ち上げる。そこには即座に二人の首を切り飛ばすとい
う決意が現れていた。

危険を承知で助けに来た結果の仕打ちと考えれば、アルベドの気持ちはよく分かるが、それを許し
てはここに来た意味が無くなる。

「ま、待て。急ぐな。物事には全て順番というものがある。武器を下げろ」

「……畏まりました。お言葉に従います」

柔らかな声で返答し、バルディッシュは元の位置に戻る。

それでもアルベドからはき出される濃厚な殺意は、二人の少女を歯が音を立てるほど怯えさせるに
は十分すぎるし、モモンガの無いはずの胃に痛みを感じさせるようだった。

とりあえず、この場からすぐに離れよう。

このままでいたら、どんな不幸な事態が起こるとも限らない。

モモンガはポーションを再び突きつける。

「危険なものではない。これは治癒の薬だ。早く飲むんだ」

モモンガは、若干優しさを込めた口調で、それでも強い意志を込め言い聞かせる。言外に早くしな

いと殺されるぞ、という勢いを込めて。

その言葉に反応し、姉は目を見開くと、慌てて受け取り一息でそれを飲み干す。そして驚きの表情を浮かべた。

「うそ……」

自らの背中を触る。信じられないのか、何度か体をひねったり背中を触ったり叩いたりしている。

「痛みは無くなったな？」

「は、はい」

ポカーンという擬音が表現として最も近い顔で頭を振る姉。

あの程度の傷なら下級治癒薬《マイナー・ヒーリング・ポーション》で十分ということ。

納得したモモンガは続けて質問をする。これは絶対に避けることのできない質問だ。この答え如何《いかん》ではこれからの行動のすべてが変化してしまう。

「お前達は魔法というものを知っているか？」

「は、はい。む、村に時々来られる薬師《くすし》の……私の友人が魔法を使えます」

「……そうか、なら話が早いな。私は魔法詠唱者《マジック・キャスター》だ」

モモンガは魔法を唱える。

〈生命拒否の繭《アンティライフ・コクーン》〉

〈矢守りの障壁《ウォール・オブ・プロテクションフロムアローズ》〉

姉妹を中心に半径三メートルの微光を放つドームが作り出される。続けて唱えた魔法は目に見える効果は現れないが、空気の流れにかすかな変化をもたらす。本来であればここに対魔法用の魔法を唱えれば完璧だろうが、この世界にどのような魔法があるか不明なため、唱えたりはしない。もし魔法《マジック・》詠唱者《キャスター》が来たら運が悪かったと思ってもらおう。

「生物を通さない守りの魔法と、射撃攻撃を弱める魔法をかけてやった。そこにいれば大抵は安全だ。——それと、念のためにこれをくれてやる」

驚く姉妹に簡単に魔法の効果を説明し、モモンガは二つの見すぼらしい角笛を取り出し、放り投げる。

角笛は抑止対象と判断されなかったらしく、矢守りの障壁《ウォール・オブ・プロテクションフロムアローズ》を通り抜け姉妹の近くに落ちた。

「それは小鬼《ゴブリン》将軍の角笛と言われるアイテムで、吹けば小鬼《ゴブリン》——小さなモンスターの軍勢がお前に従うべく姿を見せるはずだ。そいつらを使って身を守るが良い」

ユグドラシルでは一部消費アイテム等をのぞき、大抵のアイテムはドロップされるデータクリスタルを自由に組み込んでオリジナルのアイテムを作る。それに対して、組み込むことが不可能な、固定のデータとしてドロップされるアーティファクトと呼ばれるアイテムの中で低位に位置するものだ。

モモンガも使ったことがあるが、その際は多少強い小鬼《ゴブリン》を一二体、小鬼の弓兵《ゴブリン・アーチャー》を二体、小鬼の魔法《ゴブリン・メ》使い《イジ》を一体、小鬼の司祭《ゴブリン・クレリック》を一体、小鬼の騎兵《ゴブリン・ライダー》&狼《ウルフ》を二体、小鬼の指揮官《ゴブリン・リーダー》を一体、召喚した。

軍勢というには人数が少なく、さらに弱い。

モモンガからすればゴミアイテムであり、破棄しなかったのが不思議なほどだ。そんな無駄アイテムの有効活用ということを考えると、今この瞬間が最も賢いだろう。

それにこのアイテムには微妙なメリットがあり、このアイテムで召喚された小鬼《ゴブリン》たちは一定時間が経つと消滅するのではなく、小鬼《ゴブリン》が死亡するまで消えない。時間稼ぎぐらいにはなるだろう。

それだけ言うと、モモンガは歩き出す。記憶にある村の全体像を思い出しながら、後ろにアルベドを伴って。しかし、数歩も行かない内に声がかかる。

「あ、あの――た、助けてくださって、ありがとうございます！」

「ありがとうございます！」

その声にモモンガの歩みが止まる。眦《まなじり》に涙をにじませながら、感謝の言葉を紡ぐ二人の少女をモモンガはぐるっと振り返って眺める。それから短く返答した。

「……………気にするな」

「あ、あと、図々しいとは思います！　で、でも、あなた様しか頼れる方がいないんです！　どうか、どうか！　お母さんとお父さんを助けてください！」

「了解した。生きていれば助けよう」

モモンガが軽く約束すると、姉が大きく目を見開く。助けるという言葉が信じられなかったような驚き。それからすぐに我を取り戻すと、頭を下げる。

「あ、ありがとうございます！　ありがとうございます！　本当にありがとうございます！　そ、それとお、お名……」ごくりと喉を鳴らし、少女は聞いた。「お名前はなんとおっしゃるんですか」

名乗ろうとし、モモンガという名は口からこぼれなかった。

モモンガはアインズ・ウール・ゴウンのかつてのギルド長の名前。では今の自分はなんだ。ナザリック地下大墳墓にたった一人最後に残った自分の名は……。

――ああ、そうか。

「……我が名を知るが良い。我こそが――アインズ・ウール・ゴウン」

4

「オオオオァァアアアア！！」

咆哮に合わせ、ビリビリと大気が震える。

虐殺が別の虐殺へと変わる号砲だった。

狩るものが反転――獲物と変わる。

ロンデス・ディ・グランプは己の信仰する神への幾度目かになる罵声を呟く。恐らくこの数十秒で一生分以上の罵声を浴びせただろう。神が本当にいるなら、まさに今こそ現れ、邪悪な存在を打ち倒すべきだ。何故、敬虔《けいけん》なる信徒であるロンデスを無視するというのだろう。

神はいない。

そんな戯言《ざれごと》をさえずる不信心者――もしそうならば神官たちの行使する魔法はどのような理から成り立つ――を馬鹿にしてきたが、本当に愚かだったのは自分ではという思いが込み上げてくる。

眼前の化け物――仮称するなら「死の騎士」だろう――が満足げに一歩前進した。

我知らず二歩後退し、距離を取る。

鎧が小刻みに震え、カチャカチャと耳障りな音を立てる。両手で構えた剣の先も大きく揺れる。一人ではない。死の騎士の周りを囲む、一八名の仲間全員の剣も。

恐怖に全身を支配されながらも、逃げ出す者はいない。ただそれは勇気ではない。ガチガチという歯がぶつかり合う音が証明するように、逃げられるなら何もかも忘れてただひたすら逃走したかった。

――逃走が不可能だと知っていなければ。

ロンデスは救いを求め、視線をわずかに動かす。

そこは村の中央。広場として使われるその場所の周りで、ロンデスたちが集めた六〇人弱の村人たちが怯えた表情でこちらを窺っていた。村の行事などで使用される、ちょっとだけ高くなった木製の質素な台座の後ろに子供達を隠し。

幾人かは棒を持っているが構えてはいない。取り落とさないよう握っているので精一杯のようだった。

ロンデスたちはこの村を襲撃したとき、四方からこの中央に集まるように村人を駆り立てた。空になった家は家捜しをした後で、地下の隠し部屋を警戒し、錬金術油を流し込んで焼き払う予定だった。村の周囲には馬に乗ったままの騎士が四人、弓を構え警戒に当たっている。仮に村の外に逃げたとしても確実に殺せるように。幾度も繰り返した手順だ、穴は無い。

殺戮は多少手間取りもしたが順調に進み、村人の生き残りを一箇所に集めつつあった。集めた村人は適度に間引いて、幾人か逃がして終わり。

そうなるはずだった。しかし――。

ロンデスはあの瞬間を覚えている。

遅れて広場に逃げ込もうとした村人を、後ろから切りつけようとした仲間の一人であるエリオン。彼が中空に舞った、その光景を

何が起こったか、あまりに非常識すぎて誰にも理解できなかった。全身鎧《フルプレート》――魔法によって軽量化されているといっても重いそれをまとった、鍛えられた成人男性がボールのように軽やかに中空に飛び上がるなど、誰に理解できるだろうか。

エリオンは七メートル以上吹き飛び、地面に落下。嫌な音を立ててからは、ピクリとも動いていな

い。

そんなエリオンの元いた場所には、もっと信じられないもの——おぞましきアンデッド、「死の騎士」がエリオンを吹き飛ばした巨大な盾をゆっくりと下ろしながら立っていた。

それが絶望の始まりだった。


「ひぁあああ！」

箍《たが》が外れたような甲高い悲鳴が辺りに響く。円陣を形成していた仲間の一人が圧倒的恐怖に耐えかね、声を上げながら背中を見せて逃げ出す。

この極限状態で微妙なバランスを維持している線が一本でも切れれば、限界まで引き絞られた緊張感は一気に崩壊する。だが円陣を構成する仲間の中に、追従して逃走しようとする者は誰一人としていなかった。その理由は瞬く間に証明される。

黒の疾風がロンデスの視界の隅で巻き起こった。

人間の平均的な身長をはるかに超える巨軀でありながら、「死の騎士」の動きは想像以上に軽やかで速い。

逃げ出した仲間が許された距離はたった三歩。

四歩目を駆けようとしたとき、白銀の輝きが体を容易く両断する。右半身と左半身が分かれて大地に転がった。酸っぱいような臭いが周囲に広がり、ピンク色の内臓がどろりと断面からこぼれ落ちた。

「クゥウウウ――――」

フランベルジェを振り下ろした姿勢で、吹き上がった血を浴びた「死の騎士」が高く唸った。

喜悦の声――。

腐り落ちかけた直視に耐えがたい顔でも、それぐらいは読み取れる。「死の騎士」は楽しんでいる。

絶対的上位者――殺戮者として、人間の脆弱な抵抗を、その恐怖を、絶望を。

剣を構えながらも、誰一人として斬りかかるものはいない。

最初は怯えながらも攻撃した。しかし相手の防御を幸運にもすり抜けて剣が届いたとしても、「死の騎士」がまとう鎧は傷一つ付かない。

それに対し「死の騎士」は剣を使わずに、盾でロンデスたちを吹き飛ばした。死なない程度の強さで。その手を抜いた攻撃が意図するところは「お遊び」。「死の騎士」がか弱い人間の必死の抵抗を楽しんでいるのは明白だった。

そんな「死の騎士」が本気で剣を振るったのは、逃げようとした騎士がいた場合だけだ。

最初に逃げようとしたのはリリク。気立ての良い――でも酒癖の悪い男が一瞬のうちに、四肢をそして最後に頭を切り飛ばされた。二度も見れば嫌でも理解してしまう。だからこそ逃げることが出来ない。

攻撃は無駄、逃げようとしたら殺される。

ならば答えは一つ。弄《もてあそ》ばれながら死ぬしかない。

面頬付き兜《クローズド・ヘルム》の下に隠れて見えないが、皆、自らの運命を悟っているのだろう。辺りに響くすすり泣く声。成人した男達が子供のように泣いているのだ。強者として弱者の命を奪ってきたからこそ、それに慣れ、自らもそうなるという覚悟が無かった。

「神よ、お助けください……」

「神よ……」

幾人かから嗚咽《おえつ》に混じって呟くように聞こえてくる。ロンデスも気を抜くと、跪き、神への祈りとも罵声ともしれないものが口をついて出そうになる。

「き、きさまら！　あの化け物を抑えよ‼」

そんな己の運命を悟った者たちが哀願する中、音程の狂った賛美歌のような耳障りな声が響く。

それは「死の騎士」のすぐ傍にいた騎士が上げたものだ。真っ二つになった仲間の死体から少しでも離れようと、爪先立ちでプルプルしている姿は滑稽でしかなかった。

ロンデスはその無様な格好に眉をひそめる。面頬付き兜《クローズド・ヘルム》で顔が隠れ、さらに恐怖のために声色が変わっていたため、それが誰の声か曖昧《あいまい》で判別しづらい。いやしかしあんな口調で喋る男は一人しかいない。

……ベリュース隊長。

ロンデスは顔をしかめた。

下種《げす》な欲望で村娘に襲いかかり、父親と揉み合って助けを求める。引き離してみれば、八つ当たりで父親に何度も剣を突き立てる――そんな男だ。だが、国ではある程度の資産家で、この部隊にも箔《はく》を付ける為に参加した。

あんな男が隊長に選ばれたところからケチがついたと言える。

「俺は、こんなところで死んでいい人間じゃない！　おまえら、時間を稼げ！　俺の盾になるんだぁあ！」

誰も動くわけがない。隊長といえども人望のかけらもない男のために、命を懸けるはずがない。

唯一、「死の騎士」が大声に反応し、ゆっくりとベリュースに向き直る。

「ひぃいいいい！」

「死の騎士」の近くであれだけ叫べただけ大したものだ。

奇妙な感心の仕方をするロンデスに、恐怖によって割れ鐘のようになったベリュースの大声が続いて届く。

「かね、かねをやる。二〇〇金貨！　いや、五〇〇金貨だ！」

提示したのはかなりの額だ。だが、それは五〇〇メートルの高さの絶壁から飛び降りて助かったら金をやるというのと同じこと。

動く者がいない中、答えるように一人――いや、半分だけ動いたものがいた。

「オボボオオォォオオ……」

左右に分かれた騎士の右半身だけが動き出し、ベリュースの足首を掴んだのだ。口からは血を吐き出しながら、言葉にならない声を上げる。

「――おぎゃあああ‼」

ベリュースの絶叫。周囲を取り囲む騎士、その光景が見えていた村人達の体がこわばる。

従者の動死体《スクワイア・ゾンビ》。

ユグドラシルでは、死の騎士《デス・ナイト》がターゲットを殺害した際、同じ場所に殺したものと同レベルのアンデッドが出現するシステムになっていた。死の騎士《デス・ナイト》の剣によって死を迎えた者は、永遠の従者になるというゲームの設定によって。


ベリュースの絶叫が止み、糸が切れたように仰向けに崩れ落ちる。気を失ったのだろう。そんな無防備な男の元に、「死の騎士」は近寄ると、その手に持ったフランベルジュを突き立てる。

ビクンとベリュースのからだが跳ね――

「お、おおぁぁあああああ！」

――苦痛で意識を取り戻したベリュースの、耳を塞ぎたくなる絶叫が響く。

「たじゅ、たじゅけて！　おねがいします！　なんでもじまじゅ！」

両手で必死に突き立てられたフランベルジュを握るが、「死の騎士」はそれを無視しノコギリのごとく上下に動かす。全身鎧《フルプレート》ごと肉体を両断し、大量の血が周囲に飛び散る。

「ぎゃぎゃぎゃぎゃ、おかね、おあああ、おかねあげまじゅ、おえええええ、おだじゅけて――」

ベリュースの肉体が大きく幾度も跳ね、力が抜ける。肉の残骸となったベリュースから満足したように「死の騎士」が離れる。

「……やだ、やだ、やだ」

「かみさま！」

その光景に錯乱したような悲鳴が仲間たちの間からいくつも上がった。逃げたその瞬間殺される。しかしここにいたら死より惨《むご》い目に遭う。そう知りながらも思考は空回りし、体は動かない。

「――落ち着け‼」

ロンデスの咆哮が悲鳴を切り裂いた。時が止まったような静けさが生まれる。

「――撤退だ！　合図を出して馬と弓騎兵を呼べ！　残りの人間は笛を吹くまでの時間を稼ぐ！　あんな死に方はごめんだ！　行動開始！」

全員が一斉に、弾かれたように動き出した。

先ほどまでの硬直がウソのように息の合った動き。流れ落ちる滝のような勢いがそこにはあった。命令に機械的に従うことで、思考が停止し奇跡の技を生んだ。これほどの一糸乱れぬ動きは二度と出来ないだろう。

騎士たちは互いにしなくてはならないことを確認しあう。連絡を取りあうための笛を持つ騎士は一人。その人間を守らなければならない。

数歩下がった騎士が剣を放り捨て、背負い袋から笛を取り出し始める。

「オオオァァアアアア！！」

それに反応するように「死の騎士」が駆け出す。向かう先にいるのは笛を持った騎士。逃走手段を潰して更なる絶望を与えるつもりか。全員の心中が冷えこむ。

漆黒の濁流が迫り来る。その前に立ち塞がれば、殺されるのは誰の目にも明白。しかしながら騎士達はその前に防波堤となって立ち塞がろうとした。恐怖をより強い恐怖で塗りつぶして動いているのだ。

盾が振るわれ、騎士の一人が吹き飛んだ。

剣がきらめき、騎士の一人の上半身と下半身が両断される。

「デズン！　モーレット！　剣で殺された奴の首をはねろ！　早くしないと化け物になって蘇るぞ！」

名を呼ばれた騎士が、慌てて殺された騎士の元に向かう。

再び盾が振るわれ、騎士がひしゃげて吹き飛び、上段から振るわれたフランベルジェを受けた剣ごと騎士の体が二つになった。

ほんの数呼吸で四人の仲間の命が失われる。ロンデスは戦慄に支配されながら漆黒の暴風が目の前に駆けてくるのを待ち構える。まさに殉教者のごとく。

「おおおぉおお!!」

勝算は無くとも、それをむざむざ受け入れるつもりはない。ロンデスは声を上げ、向かってくる

「死の騎士」めがけ、全力で剣を振るう。

極限の状況下という舞台が、ロンデスの肉体のリミットを外したのであろう。振るった本人ですら、驚愕するほどの最高の一撃。人生最高の一閃だった。

それに対して「死の騎士」もフランベルジェを振るう。

一閃の後、ロンデスの視界がくるくると回る――。

眼下に頭を失い、崩れ落ちる自らの体がある。ロンデスの剣はかすりもせず、何もない空間を薙《な》いでいた。

それと時を同じくして、角笛の音が高らかに響き渡った――。

•

村の方角から聞こえてきた角笛の音に、モモンガ――アインズは頭を上げた。

周囲には村の周りで警戒していた騎士の死体が転がる。血の臭いが濃厚に立ちこめる中、アインズは自分が夢中で実験を繰り返し、優先順位を間違えたことを反省する。

アインズは手に持っていた剣を投げ捨てる。騎士の所持していた剣は大地に転がり、綺麗に磨かれた刀身に土が付く。

「……昔は物理ダメージ軽減とかの、恒常的にダメージを減少させる能力の方が羨ましいとか言っていたくせにな」

「アインズ・ウール・ゴウン様」

「……アインズでいいぞ、アルベド」

アインズの簡単な答えを受け、アルベドが混乱したような動きを表す。

「く、くふー！　よ、よろしいのでしょうか？　至高の四一人の方々、いままでは私たちナザリックの支配者たるお方のお名前を略すなどという、ふ、ふ、不敬をおこにゃって！」

そんな大したことじゃないとアインズは思う。

しかしそう思ってもらえるという事、アインズ・ウール・ゴウンという名前を尊いものだと言ってもらえるのは単純に嬉しい。だから自然と言葉が優しくなる。

「かまわないともアルベド。かつての仲間たちが姿を見せてくれるまで、この名前は私の名前。ならば私が許そう、その名で呼ぶことを」

「畏まりました、で、ですが敬称は付けさせていただきます。で、では。……わ、私のご主人様であるア、イ、ン、ズ様。くふふふ……。と、ところで」

モジモジとアルベドが恥ずかしげに体をくねらせる。

ただ、今のアルベドは全身鎧《フルプレート》を着用しており、その美貌を欠片も出していない。そのためアインズも引くほどその様子は異様に見える。

「も、もしかして、くふふふ……私だけ、あ、あのー特別……略して呼んで良いとかで……」

「いや。いちいち長い名で呼ばれるのもこそばゆい。全員同じ呼び方で統一しようと思っている」

「……ですかー。ですよねー。だと思いましたー」

一気に闇をまとったアルベドに、今度はアインズの方から問いかける。いささかの不安と共に。

「……アルベド。この名前を私が名乗ることに対して何か思うところはないか？」

「非常によくお似合いのお名前かと思います。私の愛する——ゴホン。至高の御方々をまとめられていた方に相応しいかと」

「……もともとこの名前は我々四一人全員を示す名だ。お前を創ったタブラ・スマラグディナさんも含めてな。では、そういったお前たちの主人を差し置いて、私がこの名を名乗るということをどうとらえる？」

「……ご不興を買うのを十分に覚悟の上で……僭越《せんえつ》ながら、一言申し上げます。もし、アインズ様が僅かにでも眉をしかめられるのであれば、自害を命じください。……確かに私たちをお捨てになられた方が、今まで共にいてくださったモモンガ様を差し置いてその名を名乗られたならば、多少なりとも思うところがあったかもしれません。しかし、他の方々がお姿をお隠しになられる中、最後まで留まられたモモンガ様であれば、喜びという感情以外の何があるというのでしょう」

すっと頭を下げたアルベドに、アインズは何も言わない。

捨てていったという言葉のみが頭の中でうねる。

かつての仲間たちは理由があって去っていった。ユグドラシルは所詮はゲームであり、現実での生活を投げ出してまで続けるものではない。それは「モモンガ」だって同じだ。しかし、最後までアインズ・ウール・ゴウンに、そしてナザリック地下大墳墓に執着していた自分としては、仲間たちに対して押し殺した憤怒を抱いていなかっただろうか。

オレを捨てていった、と。

「……そうかもしれないし、そうじゃないかもしれない。人の気持ちは複雑怪奇なもの……答えは出ないいな……。頭を上げろ、アルベド。お前の考えは分かった。そうだな……これが私の名だ。私の仲間たちが異を唱えるまで、アインズ・ウール・ゴウンは私ただ一人を指す名だ」

「畏まりました。私たちの崇高なりし主よ。……それに私の愛するお方が、その尊き名を名乗られるということほど喜ばしいことはございません」

愛する……か。

アインズは暗い思いを抱きつつ、その問題からひとまずは目をそらす。

「……そうか。それは礼を言おう」

「それでアインズ様。こちらでお時間を潰されても宜《よろ》しいので？　私はアインズ様のお側に控えているだけでも満足ですが……そうですよね。このまま散策というのも良いものですよね」

そうもいかない。アインズはこの村を救いに来たのだから。

頼まれていたあの姉妹の両親は、すでに死んでいたのは確認済みだ。

その死体のことを思い出し、アインズはコリコリと頭をかく。

二人の死体を見たというのに、その時のアインズの心境は、道路に落ちている虫の死体を目にしたようなものだった。哀れみも、悲しみも、怒りも何も起こらなかった。

「……まぁ、散歩は別として、今のところ急ぐ必要もないだろう。死の騎士《デス・ナイト》が忠実に職務をこなしているようだしな」

「流石はアインズ様のお作りになられたアンデッド。見事な働きには感服いたします」

アインズが魔法や特殊技術《スキル》を使って生み出すアンデッドモンスターは、アインズの特殊技術《スキル》によって通常のものよりも強化される。当然、先ほどの死の騎士《デス・ナイト》も通常のものよりは強い。ただ、それでも所詮は三五レベルモンスター。アインズが経験値を消費することでようやく作り出せる死の支配者の賢者《オーバーロード・ワイズマン》や具現した死の神《グリムリーパー・タナトス》に比べれば大したモンスターではない。そんな弱いアンデッドモンスターがいまだ戦っているということは、さほど強い敵がいないということの証明。

つまりは危険はない。

その事実に喜びのポーズを取りたいところだが、強い主人を演じる必要があるアインズは、それを押し殺す。ただ、ローブの下の手をぐっと握りしめたぐらいだ。

「たまたまこの村に攻め寄せた者が弱かっただけだろう。さて、生き残った村人の様子を確認するとしよう。私たちも向かうぞ」

アインズは移動を開始しようとして、その前にすべきことを思い出す。

まずはスタッフ・オブ・アインズ・ウール・ゴウンのエフェクトをカット。立ち上る邪悪なオーラは風に吹かれた炎のように大気に踊って消えた。

次にアインズはアイテムボックスから、頭をすっぽりと覆うタイプの仮面を取り出す。それは泣いているような、怒っているような形容しがたい表情が、装飾過多なぐらい彫られていた。バリ島のランダとかバロンのマスクに似ているといえば似ている。

これはその異様な外見の割には何の力も込められてはいない。データを入れることも出来ないイベントアイテムだ。

クリスマスイブの一九時から二二時までの間に二時間以上、ユグドラシルにいないと手に入らない──いやいると問答無用で手に入ってしまう、ある種の呪われた一品《いっぴん》。

マスク名は嫉妬する者たちのマスク。略称、嫉妬マスク。

「運営、狂ったか？」「俺たちはこれを待ち望んでいた」「うちのギルドに持ってない奴がいるんですが、ＰＫ《Player Killer》しても良いですよね？」「俺は人間をやめるぞぉお！」などの書き込みで大型掲示板サイトのユグドラシルスレッドが埋め尽くされたことがあるものを被る。

更にガントレットを取り出す。そこら辺に転がっていそうな無骨な鉄製のものであり、取り立てて特徴というものはない。

名称はイルアン・グライベル。アインズ・ウール・ゴウンのメンバーが遊びで作り上げた外装の小手だ。筋力を増大させるだけの能力しかない。

これらを装備し、自らの骸骨の姿は全て隠す。

今更姿を隠すようなことをするのには当然理由がある。アインズはようやく致命的な間違いを犯していたことを悟ったのだ。

ユグドラシルというゲームに慣れたアインズにとっては、自分の骨の外見は恐ろしいものではない。だが、今いるこの世界の住人にとっては恐怖を呼ぶものだったようなのだ。命を奪われようとしていた少女たちのみならず、武装していた騎士たちまでもがアインズに怯えていたのだからそうなのだろう。

何はともあれ、装備を変更したお陰で外見的には邪悪な化け物から邪悪な魔法詠唱者《マジック・キャスター》にレベルダウンだ――恐らく。最後にスタッフはどうするかと迷い、そのまま持っていくことする。別に邪魔にはなるまい。

「しかし神に祈りを捧げるぐらいなら、虐殺なんてしなければ良いだろうに」

無神論者だからこそ言える台詞を吐き捨てつつ、指を組んで祈りを捧げるような格好の死体からアインズは目を背けた。そして魔法を発動させる。

〈飛行《フライ》〉

中空にアインズは軽やかに舞い上がった。遅れてアルベドが浮遊する。

『――死の騎士《デス・ナイト》、まだ騎士が生きているなら、それぐらいにしておけ。利用価値がある』

アインズの思念に反応し、受諾の意が伝わってくる。離れた相手がどのような状況で、どんなことを思っているというのが伝わってくる、この微妙な感覚は形容しがたい。

角笛の音がした方角に向かって高速で飛行する。風がばたばたと体に吹き付ける。ユグドラシルでは出ないほどの速度が出ている。ローブが体にまとわりつき少々わずらわしい。しかしそんな時間も短いものだった。

すぐに村の上空に到達し、そこからアインズは下を見渡す。

広場の一部の大地が水を吸ったように黒くなっているのを発見した。そこにあるのは複数の死体。よろよろと立っている数名の騎士。そして直立する死の騎士《デス・ナイト》だ。

アインズは息も絶え絶えで、動くことすら億劫《おっくう》そうに見える生き残りの騎士の数を数える。数にして四。必要数より多いようだが、まぁ多い分には構わない。

「死の騎士《デス・ナイト》よ、そこまでだ」

その声はこの場にあって、場違いのごとく軽く響く。商店に行き、欲しい商品を店主に告げるような軽さ。アインズからすればこの事態はその程度の認識でしかない。

アインズはアルベドを伴い、ゆっくりと地上に降り立った。

騎士たちは全員が虚脱したように、棒立ちの姿勢でアインズ達を眺めている。救い手を待っていたのに、代わりに最悪な者が来た事によって、希望をうち砕かれたように。

「はじめまして、諸君。私はアインズ・ウール・ゴウンという」

それに誰も返事を返さない。

「投降すれば命は保証しよう。まだ戦いたいと――」

一本の剣が即座に地面に投げ出された。それに次々続き、やがて計四本の剣が無造作に転がった。その間、一切の発言はなかった。

「……よほどお疲れのご様子。だが、死の騎士《デス・ナイト》の主人たる私を前に頭《ず》が高いな」

騎士達はその言葉に黙って跪き、頭をたれる。

その姿は臣下のものではない。斬首を待つ囚人のものだ。

「……諸君には生きて帰ってもらう。そして諸君の上――飼い主に伝えろ」

アインズは騎士の一人の元まで足を使わずに、〈飛行《フライ》〉の力で迫る。それからスタッフを持っていない手をうまく使って、跪く騎士の一人の頭から器用に面頬付き兜《クローズド・ヘルム》を剝ぎ取り、疲労に濁った瞳を覗き込む。仮面越しに両者の瞳が交差した。

「この辺りで騒ぎを起こすな。騒ぐようなら今度は貴様らの国まで死を告げに行くと伝えろ」

騎士は震える体で頭を何度も何度も上下に動かす。その必死さは滑稽ですらあった。

「行け。そして確実に主人に伝えろ」

顎でしゃくると騎士達は前のめりに転がりそうな無様な姿で、一目散に走り出す。

「……演技も疲れるな」

小さくなっていく騎士達を見送りながら、アインズは呟く。

もし村人の視線が無ければ肩でも回したいところだ。ナザリック地下大墳墓内でもそうだが、普通の会社員のアインズには威厳ある人物の演技は荷が重い。だが、演技自体はまだすべて終わったわけではないので、再び別の仮面を被りなおさなくてはならない。

アインズはため息を堪《こら》え、村人達の方に歩き出す。アルベドが付き従っている証に、後ろから金属鎧が立てる音が聞こえる。

――従者の動死体《スクワイア・ゾンビ》を片付けておけ。

頭の中で死の騎士《デス・ナイト》に指示を出しつつ、アインズは距離が狭まるに連れ、村人達の顔に混乱と恐怖が交じり合うのがはっきりと認めた。

騎士達を逃がしたことに不満が出なかったのはもっと恐ろしい存在がいたから。

ようやくそのことにアインズは気が付く。自分が強者――あの騎士たちよりは――であるために、弱者の視点で考慮しなかった。

アインズは反省しながら、少し考えを巡らせる。

あまり近づきすぎると逆効果だろう。アインズはある程度の距離を置いて立ち止まり、親しみを込めた優しい口調で話しかける。

「さて、君たちはもう安全だ。安心して欲しい」

「あ、あなた、あなた様は……」

村人の代表者らしき人物が口を開く。その最中も死の騎士《デス・ナイト》から決して目を離さない。

「この村が襲われていたのが見えたのでね。助けに来たものだ」

「おお……」

ざわめきが上がり、安堵の色が浮かぶ。だが、そんな中にあってもまだ、集まった村人から不安の色は消えない。

仕方ない。手段を変更するか。

アインズは個人的には余り好きではない方法に出る。

「……とはいえ、ただと言うわけではない。村人の生き残った人数にかけただけの金をもらいたいのだが？」

村人達は皆、お互いの顔を見合わせる。金銭的に心もとない、そういわんばかりの顔だ。だが、アインズは洞察している。村人たちから懐疑的な色が薄れた事を。金銭を目的に命を助けたという世俗的な言葉が、ある程度の疑いを晴らしたのだ。

「い、いま村はこんな状態で――」

アインズはその言葉を、手を上げることで中断させた。

「その辺の話は後にしないかね。さきほどここに来る前、姉妹を見つけて助けた。その二人を連れてくるから少々時間をくれないかな？」

あの二人に口止めをお願いしなくてはいけない。自分の素顔について。

村人の反応を待たずにアインズはゆっくりと歩き出した。魔法による記憶操作が効果を発揮するだろうか、と思いながら。

4章　激突

Chapter 4 | Duel

村長の家は広場からすぐのところにあり、入ると土間のような場所が広がっていた。作業場としても十分な広さを持ち、隣接して炊事場《すいじば》が作られている。そんな土間の真ん中にはみすぼらしいテーブルと数脚のイスが置かれていた。

そのイスの一つに座り、アインズは室内を観察する。

格子戸から入ってくる日光が室内の隅に闇を追い払っているため、闇視《ダークヴィジョン》を使わなくても問題なく視認できる。観察対象は炊事場に立つ女性、それから室内に置かれている農具などだ。

何処を見渡しても機械製品などの姿は見受けられない。

科学技術はさほどこの世界では発展していないな、と判断してすぐにアインズは浅薄だと気がつく。

魔法のある世界での科学技術は、どれだけ発展するのかという疑問を抱いたことで。

日差しを避けるように、アインズは粗末な作りのテーブルの上に置いた腕を軽く動かす。ガントレットはそれほど重くはないのに、作りの悪いテーブルはガタガタと揺れた。イスもアインズの体重の動きに鋭敏に反応し、ミシリミシリと嫌な音を立てる。

貧しいという言葉が相応しい。

アインズは邪魔にならないよう、スタッフをテーブルに立てかけようとする。魔杖は光を反射して煌《きらめ》き、村の粗末な部屋にあってなお神話の世界を幻視させる。それと同時に村人たちが浮かべた驚愕の——目が零れ落ちるのではというほどの絶句した顔が思い出される。

仲間たちと共に作り上げた最高級のスタッフに対する、村人達の純粋な驚きは、誇らしげな気持ちを強くわき上がらせた。しかしそんな浮ついた心は微かな喜び程度まで押さえ込まれ、アインズは無い眉をしかめる。

この強制的な沈静効果はどうも好きにはなれない。とはいえ浮ついた気持ちでいればこれからの難所を突破できないのもまた事実。そうアインズは考え、頭を回転させる準備を行う。

今から始まるのは助けたことへの価格交渉だ。

もちろん、アインズの狙いは情報であって金銭的な報酬ではない。だからといって「情報をくれ」ではあまりにも怪しまれる。

この程度の小さな村なら問題はないだろうが、今回の事件を権力者をはじめとした多くの者が知り、アインズと接触を持とうとしたとき、世界について無知だと知られていたら、それを利用されることは目に見えている。

ここまで警戒するのは行き過ぎだろうか？

アインズはこう思う。それは道路を飛び出して渡っているようなもの。いつかは致命的な事故に巻き込まれるだろう、と。

その致命的な事故とは強者との遭遇。

強さとは相対的なもの。

アインズはこの村で遭遇した誰よりも強い。だが、この世界の誰よりも強いという保証は無い。それに今のアインズはアンデッドである。少女達の反応を考えれば、この世界でのアンデッドの立ち位置の見当がつく。人間に嫌悪され、攻撃されることは念頭に入れておくべきだ。だからこそ警戒は怠れない。

「お待たせしました」

――向かいの席に村長が座る。その後ろに村長の妻が立っている。

村長は日に焼けた肌に深い皺を持った男性だ。

体つきは非常にがっしりとしており、重労働がその肉体を作り上げたということが一目瞭然だった。白髪は多く、髪の半分ぐらいが白く染まっている。

綿でできた粗末な服は土で汚れているが、臭うということは無い。

強い疲労が顔に表れているために、四十半ばは過ぎていると思われるが年齢の推測が難しい。この数十分の出来事で一層老け込んだようだった。

村長の妻も同年代ぐらいだ。

昔は線の細い美女だったのかなという雰囲気はあるが、長い畑仕事の所為《せい》か、その美しさはほとんど失われている。顔のあちこちにそばかすが浮き出ており、今いるのは線の細いやせぎすなおばさんだ。

肩ぐらいある黒い髪はほつれ乱れており、日差しで焼けているにもかかわらず、暗い雰囲気を漂わせていた。

「どうぞ」

夫人はテーブルの上にみすぼらしい器を一つ置いた。アルベドの分が無いのは単純に村の中を散策させているため家にいないからだ。

湯気の立つ水――白湯《さゆ》を、アインズは片手を上げて断った。

喉の渇きを一切覚えていないし、このマスクを脱ぐわけにもいかないからだ。しかしながら、あの苦労を目の当たりにすると、先に断るべきだったという思いが残る。

苦労とは湯を沸かすことだ。

まずは火打石を打ち合わせ、火種を作るところからスタート。小さな小さな火種に薄く削った木片を上手く重ねて、より大きい火を作る。そこから竈《かまど》に移して、炎とするのだ。白湯が出るまで結構な時間が掛かっていた。

電気を使わずに、手作業で水を沸かすなんて、アインズからすればある意味興味を引かれる初めての光景だった。アインズの元いた世界もかなり昔はガスなるもので煮炊きをしていたそうだが、それもこれと同じぐらい苦労をしたのだろうか。

技術についてもこの機会に情報収集したい。そう思いながらアインズは村長たちに向き直った。

「せっかく用意していただいたのに申し訳ない」

「と、とんでもないです。頭をお上げください」

頭を軽く下げたアインズに夫婦そろって慌てる。先ほどまで「死の騎士」を使役していた人物が、自分たちに頭を下げるとは想像もしなかったようだ。

アインズからすれば不思議なことではない。交渉相手にはより友好的に接したほうが良いに決まっている。

無論、〈人間種魅了《チャームパーソン》〉等の魔法で情報を引き出してから、あの姉妹と同じように最高位魔法をかけて記憶操作するという手段もある。だが、あれは最後の手段にしておくべきだろう。何しろMP消費の負担が大きすぎる。

疲労感と、体の中の何かが削られるような違和感。あれがMP消費か、とアインズは回想する。

今なおずっしりとした重さが体の中央に宿っている。最初から仮面とガントレットをしていたという、たった数十秒の記憶の改竄ですら、MPをかなり消費したようだ。巨大な損失だ。

「……さて、前置きは抜きにして交渉を始めるとしましょうか」

「はい。ですが、その前に……ありがとうございました！」

村長は頭をテーブルに叩きつけるのではと思うような勢いで下げた。遅れて後ろにいた村長の妻も感謝の言葉と共に頭を下げる。

「あなた様が来て下さらなければ、村の皆が殺されておりました！　感謝いたします！」

強く心のこもった感謝の言葉に、アインズは瞠目《どうもく》する。

人生を振り返っても、これほど感謝されたことは一度もない。いや、先ほどの二人の少女には同じように感謝されたが。まあ、命を助けたことなんか無いのだから当たり前だが。

かつて人間だった頃の――鈴木悟《すずきさとる》という人物の残滓。それは純粋な感謝を向けられ、気恥ずかしいと思う反面、嫌な気は決してしなかった。

「お顔をお上げください。先ほども言いましたがお気にされず。私も無償で助けようと思ったわけではありませんから」

「無論承知しております。ですが感謝だけは言わせてください。あなた様のお陰で多くの村人が助かったのですから！」

「……ではまぁ、お支払いくださる金額に色を付けてくだされば結構ですよ。とりあえずは交渉を始めませんか？　村長殿も色々と忙しいでしょうし」

「命を救っていただいた方にかける時間以上に大切なことはございませんが、畏まりました」

ゆっくりと頭を上げた村長に対し、アインズは頭の中身を高速回転させ始める。

魔法に頼るのでは無く、会話の中で必要な情報を手に入れなくてはならない。

――厄介だ。

営業マンとして鍛え上げた自らの技術がどの程度効果を発揮するだろう。アインズは覚悟を決め、口を開く。半分以上なるようになれという自暴自棄な気持ちで。

「……単刀直入に幾らぐらいなら私に払えますか？」

「私たちを助けてくださった、恩義あるあなた様に何かを隠すことなどしたくはありません。銅貨や銀貨を集めていかほどになるかは調べないと分かりませんが、銅貨にして三〇〇〇枚ぐらいでしょうか」

わかんねぇんだよ、それじゃ。

アインズは心の中で突っ込みを入れる。

話の振り方を致命的なまでに間違えた。もっと別のアプローチをするべきだった。所詮は駄目営業マンの駄目交渉術だ。

枚数だけは非常に多く感じられるが、金銭的価値が不明な以上、適当な額だと納得することが出来ない。下手に安い金額で了解することも、不当に高い金額を提示することも、目立ちすぎるという意味では避けなくてはならない。

いや、牛を四頭とか言われないで良かったと安堵すべきだろうか。

暗く落ち込みそうになったところで、精神が安定化される。アンデッドの肉体になったことに感謝しながら、一つ学習できたこととしよう、とアインズは自らを慰める。

それは銅貨と銀貨が村落の基本的な流通貨幣だということ。

その下とその上も知りたいが、上手く誘導できる自信がない。

それより問題は銅貨の金銭的価値だ。どれぐらいの価値があるか知らなくては、これから先色々と困ることになる。貨幣の価値が分からないというのではあまりにも目立つだろう。世界を知らない内は、出来る限り秘密裏の行動をアインズは望んでいた。だからこそ頭を回転させる。これ以上の失敗を避けるという意味でも。

「細かい硬貨ですと持ち運びが困難ですので、出来ればもう少しまとめていただけませんか？」

「申し訳ありません。金貨でお支払い出来ればよろしいのですが……この村では基本的に使用しないもので……」

アインズは安堵の息を押し殺す。

狙った方向にボールが転がってくれた。だから次の展開への誘導方法を、頭から煙でも上がりそうなほど真剣に考える。

「ではこうしましょう。私がこの村のものを妥当な金額で買い上げます。そして支払いに使用した硬貨を私に渡してくだされば良い」

ローブの下でアインズはアイテムボックスをこっそりと開き、ユグドラシルの硬貨である金貨を二枚取り出す。一枚は女性の横顔が彫られているもので、もう一枚は男性の横顔だ。前者である新硬貨は超大型アップデート「ヴァルキュリアの失墜《しっつい》」から使用されるようになったもので、後者の旧硬貨は当然その前の硬貨だ。

価値としては同じだが、思い入れの度合いは違う。

旧硬貨はアインズがユグドラシルをやり始めてからアインズ・ウール・ゴウンを結成し、走り続けるまでの大半、共にあった硬貨だ。そしてギルドが最高潮を迎えた頃に行われたアップデートの際には、装備はほぼ整っていたために、新硬貨はアイテムボックスに投げ込むだけの存在となっていた。骸骨の魔法使い《スケルトンメイジ》で始めて、フィールドにいたモンスターを魔法で狩ったときに空中に浮かんだほんの数枚の硬貨。ダンジョンにソロでこっそり入って、アクティブなモンスターに襲われ、必死に撃退したときの硬貨の山。アインズ・ウール・ゴウンのメンバーで突入したダンジョンを攻略後、手に入れたデータクリスタルを売ったときの輝き――。

懐かしさを振り払う。

しかしながらアインズは旧硬貨を仕舞うと、新硬貨を手にした。

「……これで買い物をしたいといった場合、どの程度のものをいただけますか？」

ぱちりと金貨をテーブルの上に置く。村長と妻の二人の目が大きく見開いた。

「こ、これは！」

「非常に、本当に非常に遠い地にて使われていた硬貨です。この辺りでは使えませんか？」

「使えると思いますが……すこしお待ちください」

使えるという言葉に安堵しつつ、アインズが見ていると村長は席を離れ、部屋の奥から変わったものを持ち出す。それは歴史の本で見たことがあった。

両替天秤と呼ばれる物だ。

そこからは夫人の仕事で、受けとった金貨を丸いものと当てる。どうやら大きさを比べているようだ。それに満足したらしく、次は金貨を片側に載せもう片側に錘《おもり》を載せる。

秤量《ひょうりょう》貨幣とか言ったような気がする。

アインズは記憶を掘り起こし、夫人のやっていることの意味を推測する。最初がおそらくはこの国の金貨の大きさとの比較で、次が含有量《がんゆうりょう》のチェック。

見ていると金貨の方が沈み、錘が上がる。夫人は再び片側に錘を載せ、二つを釣りあわせた。

「交金貨二枚分ぐらいの重さですから……あ、あの表面を少し削っても……」

「ば、おまえ！　失礼なことをいうな！　本当に申し訳ありません。妻が失礼なことを……」

なるほど、金メッキと思われたらしい。しかしアインズに不快さも怒りもなかった。

「かまいませんよ。場合によっては潰して頂いても結構です。……ただし、中身が完全に金だった場合はその価値で買い取ってもらいますよ？」

「い、いえ、申し訳ありません」

頭を下げつつ金貨を返してくる夫人。

「お気になさらず。取引をしようとするなら当然のことです。その金貨を見てどうでした？　美術品のような彫り物でしょう？」

「はい、本当に綺麗です。どちらの国のものなんですか？」

「今は無き――そう、今は無くなってしまった国のものですよ」

「そうなんですか……」

「……コウキンカ二枚とのことですが、その価値もあわせればもう少し上の評価をしていただいてもよろしいかと思います。どうでしょうか？」

「確かにそうなのかもしれません……ただ、私達は商人ではありませんので、美術的な価値までは……」

「ははは。まぁ、それは確かにそうですね。ではこの金貨で買い物をした場合はコウキンカ二枚相当ということでよろしいですね？」

「も、もちろんです」

「では、実はこの硬貨は幾枚かありまして、どの程度の物資を売っていただけます？　当然、正当な金額での取引を望んでおります。街での価格と同じにしていただいて結構。もちろん納得のいくまで調べてください。どうぞ――」

「アインズ・ウール・ゴウン様！」

突然の村長の声に、無いはずの心臓が跳ねた気がした。村長の真剣な表情はさきほどのものより硬く、迫力があった。

「……アインズで結構ですよ」

「アインズ様ですか？」少しばかり村長は不思議そうな顔をするが、了解したというように頭を数度振ってから話を続ける。「アインズ様がおっしゃりたい事は十分に理解しております」

アインズは自らの頭上に疑問符がピコーンと浮かんだ絵を幻視した。

何か勘違いしてるのではと思いながらも、村長の言いたいことが皆目見当がつかないために、何も答えられない。

「安く見られたくないというお気持ちや、ご評判のために妥当な金銭を要求されるのも分かります。アインズ様ほどの強きお方であれば雇い入れるのに、莫大な金銭を必要とするでしょう。ですから銅貨三〇〇〇枚に加えて物資をお求めということなのでしょう」

村長が何を言い出したのか理解できず混乱しつつあったアインズは、仮面を被っていて良かったなどと考える。アインズが金貨を提示したのは、これでどの程度のものが買えるか、標準的な価格を大まかにでも把握するためだ。それがどうしてそんな方向に向かっているのだろうか。

アインズが口を挟めない間に、村長は話し続ける。

「ですが村で出せる金額は先ほども言ったように銅貨三〇〇〇枚が限界です。疑われているのは当然だと思いますが、命を助けてくださった大恩あるアインズ様に決して隠し事などはしません」

村長の表情は誠意に満ち、嘘の雰囲気は欠片も感じられない。もしこれで騙されたのであれば自分の見る目のなさを呪うしかないだろう。

「いえ、アインズ様ほどのお力を持つお方が、私どもが提示した程度の金額ではご満足いただけないのは、当然だと思います。村中をかき集めればもしかするとご満足いただける金額を用意できるかもしれません。ですが……この村は多くの働き手を失い、提示した以上の金額をお支払いすると、これからの季節を乗り越えられなくなります。そして物資も同じです。人が少なくなった分、手が回らない畑も出てきます。ですので今物資を渡してしまうと、将来的に非常に生活が厳しくなることが予測されます。命を救ってくださった恩人である方にこのようなことを申し上げるのは恥ずかしいのですが……せめて分割にしていただけないでしょうか？」

あれ？　これチャンスじゃないか？

鬱蒼《うっそう》と茂った森の中、突然視界が開けたような気分だった。アインズは考え込む振りをする。着地地点は目の前。あとはうまくいくことを祈るのみ。時間を少し置き、それから答える。

「分かりました。報酬はいりません」

「え！　な……何故？」

村長も夫人も、驚きで目を丸くした。アインズは手を軽く上げることでまだ話は続くということをアピールする。与えるべき情報と与えてはいけない情報。それらを検討しながら話を誘導する。面倒だし、間違いなく進められるかどうか不安になる。しかし、しなくてはならない。

「……私はナザリックというところで魔法を研究していた魔法詠唱者《マジック・キャスター》でして。つい最近になって外に出てきたのです」

「やはり、そうでしたか。だからそのような格好をされているのですね？」

「ああ、まぁ、そんなわけです」

嫉妬マスクを触りつつ、言葉を濁すアインズ。

この世界の魔法詠唱者《マジック・キャスター》がこんな奇怪な格好をしている存在だとしたら、街にはどんな光景が広がっているのだろう。

アインズの頭に浮かんだのは、バリ島のバロンやランダが行き交う光景だ。いくらなんでもそんな呆気に取られるような世界でないことを祈り始めたアインズは、もう一つ不可解なことに気がつく。

ユグドラシルでの呼び方が通じる理由だ。

魔法詠唱者《マジック・キャスター》という呼び名は広い意味を持つ。神官《プリースト》、司祭《クレリック》、森祭司《ドルイド》、秘術師《アーケイナー》、妖術師《ソーサラー》、魔術師《ウイザード》、吟遊詩人《バード》、巫女《みこ》、符術師《ふじゆつし》、仙人など無数の魔法職をひっくるめてユグドラシルではそう呼んでいた。この世界でもそうだとしたら、それはどんな偶然だ。

「……報酬はいらないと言いましたが」ここで言葉を切って、アインズは取引相手の反応を見る。「魔法詠唱者《マジック・キャスター》というものは様々なものを道具にします。恐怖しかり、知識しかり。いわばこれらが商売道具です。ですが、先ほども言ったように私は魔法の研究で引きこもっていた分、この辺りの現在の知識が少ない。ですから私はお二人からこの近辺の情報を頂きたい。そして情報を売ったということを他人に喋らないこと。これをもって報酬の代わりとしましょう」

何もいらない、なんていう都合の良い話は無い。ただより高いものは無いという言葉が指すように。命を救って報酬の話をしながら、お金は要りませんでは、少しでも鋭い人間なら違和感を感じるだろう。ならば、相手に報酬を払ったという思いを持たせれば良い。たとえそれが目に見えないものでも、効果はある。

つまりこの場合は、アインズに情報という商売道具を売った、対等に取り引きしたと思い込ませれば、相手は決して疑問を感じたりはしない。そして取引相手も安心するはずだ。

実際、村長も夫人も強い表情で頷いた。

「分かりました。決して誰にも言いません」

良し！　アインズは自分の営業力も捨てたものじゃないと、机の下で握り拳を作る。

「それは良かった。私は魔法とか何かを使ってその言葉を縛ろうとは思いません。あなた方の人間性を信頼します」

アインズはガントレットをはめた手を伸ばす。村長もぎょっとした顔をしてから何かを納得した様子でその手を握った。

握手という行為はあるのかとアインズは安堵した。これで、何してるんだろうという目で見られたら泣くしかない。

もちろん、本気で信頼しきっているわけではない。利益などを提示して縛った場合は、より高額の値をつけられた場合にもれる可能性がある。それに対して人間性で縛ればその人間の性質でもれるだろう。どちらが優れているということではない。アインズは村長の人間性ならばもれないだろうと賭けただけだ。もし流れるならその程度。次回この村に来たときの有効な取引カードにすればよい。

ただ、なんとなくだが裏切らないような気がした。あの感謝の表情と、アインズへのここまでの誠意ある態度が頭の中を過ぎったためだ。

「では……色々と教えていただけますか？」

・

「……なんじゃ、そりゃ？」

「！　どうかしましたか、何か」

「あ、いや、こちらの話です。すいません。変な声をあげたりしてしまって……」

一瞬、素に戻ったアインズだがすぐさま演技に入る。もし人間の体をしていたら脂汗がどばっと流れたところだろう。

村長はそうですかと言うだけで、深く突っ込んできたりはしない。

すでに村長の頭の中で魔法詠唱者《マジック・キャスター》は変人という位置づけになっているのかもしれない。それならそれで好都合だ……。

「お飲み物でも用意しましょうか？」

「ああ、いや、結構。喉は渇いておりません。お気づかいは無用です」

この部屋に夫人はすでにいない。外の仕事——色々な片付けを手伝いに出てもらった。今この部屋にいるのは村長とアインズだけである。

アインズが最初に聞いたのは周辺国家だ。その答えは聞いたことも無い国の名前だった。何があってもおかしくはないと覚悟していたが、それでもやはり突きつけられると驚きが勝る。

当初、アインズも色々と考えを巡らせていたが、ユグドラシルの世界を基本に考えていた。ユグドラシルの魔法が使えるのだから、何らかの関連性があるのでは、と。しかしまるで聞いたことの無い地名が彼を出迎えた。

周辺の国家である、リ・エスティーゼ王国、バハルス帝国、スレイン法国。そんなものはユグドラシルの世界観の元ネタである北欧神話では聞いたことがない。

グルグルと視界が回り、崩れそうになる体をガントレットをはめた手でテーブルを押さえることで維持する。まるで知らない世界に来てしまっただけだ。そう理解はできるし覚悟もしていたが、驚愕を押し殺せない。

衝撃は思ったよりも大きかった。

アンデッドという肉体になってから、これほどショックを受けたのは初めてだ。

アインズは冷静になるべく、先ほど教えてもらった周辺国家と地理を再び思い出す。

まず、リ・エスティーゼ王国とバハルス帝国。これは中央に山脈を挟むことによって国土を分けている。そして山脈の南端から大森林が広がり、森が途切れる辺りにリ・エスティーゼ王国領内のこの村や城塞《じょうさい》都市がある。

隣接する二国間の仲は悪く、城塞都市の近くの平野でこの数年、毎年のように争っているという。

そして南方にある国家がスレイン法国。

国家間の領土関係を簡単に説明すると、丸を書いてその中に逆になったTをいれると、大雑把だが分かりやすいだろう。左がリ・エスティーゼ王国、右がバハルス帝国、下がスレイン法国。それ以外にも国はあるらしいのだが、村長の知っている限りはこんなものらしい。

そして国力までは小さな村の村長では分からない。

つまり、それは――

「……失態だ」

――先ほどの騎士は村長は鎧に刻まれていた紋章がバハルス帝国のものだからと考えているようだが、国境が隣接しているならばスレイン法国の欺瞞工作という可能性だってある。

騎士を全員解放したのは間違いだった。一人ぐらい捕まえて情報を引き出すべきだった。しかしもはや遅い。

となるとスレイン法国の可能性を考えた上に、帝国側にも何らかの手を打つべきだろう。王国側にはこの村を救ったということですこしばかり恩を売っているし、今は良いだろう。

アインズは熟考する。

この世界に来たのは自分だけかと。

そんなはずはない。他のプレイヤーだっている可能性は高い。もしかするとヘロヘロだっているかもしれない。考えるべきは外で他のプレイヤーと遭遇した場合だ。

もし仮にプレイヤーが大量に来ていた場合、日本人の国民的気質からするとまとまる者が多いと思われる。その時はできれば参加させてもらいたい。アインズ・ウール・ゴウンに関係の無い部分であればいくらでも譲歩できる。

問題はその集団がこちらを目の敵《かたき》にする場合だ。ありえないと思うが無いとも言い切れない。

アインズ・ウール・ゴウンは悪のロールプレイを是とし、ＰＫを行って来たため、憎まれるギルドだった。その憎悪が完全に癒えているか、自信はない。さらに正義や義憤に駆られて敵対する可能性だってあるだろう。

それを避けるために、まずはできる限り周囲と敵対するような行為は控えるべきだ。現地住民、特に不必要な人間の殺戮などを行っていれば、人間性を喪失していないプレイヤーは不快に思う可能性がある。無論相手を納得させるだけの理由があれば別かも知れない。この村のように襲われていたのを助けるためだ、とか。

つまるところ、これからの行動には何らかの大義名分があった方が便利となってくることは間違い無い。つまり、私はしたくなかったが、仕方がなかったのだ、方式だ。

次にアインズ・ウール・ゴウンに恨みがあった場合。このときは戦闘は避けられないだろう。それについての対策は練っておく必要がある。

ナザリック地下大墳墓の現有戦力を考えれば、レベル一〇〇のプレイヤー三〇人ぐらいなら一気に殲滅《せんめつ》できる。そして世界級《ワールド》アイテムを使うことを前提に考えるなら難攻不落の要塞の出来上がりだ。かつてのように撃退できるだろう。

しかし、援軍が無い状態での籠城戦がどれほど愚劣かは想像に難くない。それにアインズの切り札である世界級《ワールド》アイテムの最大の力は、解放するたびにアインズのレベルが減少する。波状攻撃を受ければ、何時かは使用できない所まで追いつめられるだろう。

こうやって戦闘することを主眼におくのは、思考の偏りや視野の狭窄《きょうさく》を生む危険な考えだと分かっている。しかしながら最悪の事態を考えずに行動するほど、アインズは子供ではない。これは単純に問題が生じたときの対処方法を、最初から考えているに過ぎない。

命をつなぐだけならそんな必要もないだろう。獣と同じように山野に暮らせばいい。だがそれは、手にしてしまった強大な力が、そして誇りあるこの名が許さない。

仲良くするのは場当たり的なもので十分どうにかなる。

そうなってくると今後の課題として重要なのは、戦闘を見据えて戦力を拡大させること。次に他のプレイヤーの存在を含めて、この世界についての情報収集だろう。

「……やはり間違っていないか」

「どうかされましたか？」

「いえ、なんでもありません。想定とは少々違っていましたので、取り乱してしまいました。それより他の話を聞かせてはいただけないでしょうか？」

「は、はい。分かりました」

村長の話はモンスターと呼ばれる存在へと移っていく。

ユグドラシルと同じようにモンスターという存在もいるそうだ。森林奥にも魔獣、特に『森の賢王』と呼ばれる存在もいるし、山小人《ドワーフ》、森妖精《エルフ》などの人間種、小鬼《ゴブリン》、豚鬼《オーク》、人食い大鬼《オーガ》に代表される亜人種たちもいる。亜人たちが国家を作っている場合もあるらしい。

そんなモンスターを報酬次第で退治しているのが冒険者と呼ばれる存在で、魔法詠唱者《マジック・キャスター》も多数いるらしい。大きな都市には冒険者たちによってギルドが作られているとのこと。

最寄の城塞都市、エ・ランテルについての情報ももらう。

人口などの詳しいことまでは村長も知らないそうだが、周辺では最も大きな都市だという話だ。情報を収集するなら、そこが一番良さそうだった。

村長の話は有益ではあったが、内容についてあいまいな部分が多い。ここで詳しく聞き出そうとするよりも、直接そこに人員を送り込んだ方が早い。

そして最後に言語だ。完全に異界だと思われるこの世界で、日本語が通じるのを不思議に思っていた。そのためアインズは村長の口の動きを見ていたのだが、何のことはない、彼らは日本語をしゃべっていないのだ。

口の動きと、聞こえてくる音がまるで違うのである。

それから幾つかの実験を試みた。

結論。この世界は翻訳コンニャクを食べている。誰が食べさせているのかは知らないが。

この世界の言語というより言葉というものは、相手に伝わるまでに自動的に翻訳されているのだ。

言葉を言葉と認識していれば、恐らくは人間以外の生き物との交流も可能ではないだろうか。例えば犬とか猫でも。問題は一体全体それがどうして行われているのか分からないことだ。そしてそのことを村長はおかしいと思っていない。

それが当たり前のこと。

――つまりは世界の法則なのだろう。冷静になって考えれば魔法がある世界だ。まるで違う法則が世界を支配していても可笑しくはない。

アインズがいままでの人生で得てきた常識は、この世界での常識ではない。それが致命的な問題だ。常識は無ければ致命的な失態を犯しかねない重要なもの。常識がない人という言葉が良い意味であった例《ため》しがないように。

今のアインズは、それが欠けている状態。どうにかする必要がある。しかしながら名案は浮かばない。誰かを連れてきてお前の常識をすべて言えとでも言うのか？　無茶苦茶な話だ。

すると取れる手はほぼ一つだけだ。

「……やはり街にでも行って暮らす必要があるか」

常識を学ぶには模範となるものが大量に必要となってくる。それにこの世界の魔法についても知らなくてはならない。まだまだ知るべきことが多くありすぎる。

アインズがそう思っていると、木でできた薄いドアの向こうから、土を踏む微かな音。間隔は大きいが蹴っているようではない。急いでない男性のものか。

アインズがドアの方に顔を向けると同時にノックの音が響いた。村長がアインズの意向を窺ってくる。村人を救った代価として話をしているのだ、勝手な行動は取れないということだろう。

「どうぞどうぞ。こちらも少しばかり休憩が欲しかったところです。出ていただいて構いませんよ」

「申し訳ありません」

村長は軽く頭を下げると立ち上がり、ドアのほうに歩いていく。ドアを開けると光を背に一人の村人が立っていた。来た村人の視線が村長に動き、それからアインズへ動く。

「村長。お客様とのお話し中すいませんが、葬儀の準備が整ったので……」

「おお……」

アインズに許可を求めるように村長は視線を動かす。

「構いませんとも。私のことはお気にされずに」

「ありがとうございます。ではすぐに行くと皆に伝えてくれ」

2

村はずれの共同墓地で葬儀が始まる。墓地はみすぼらしい柵に囲まれた場所で、墓石となる丸石に名前を刻んだものがポツポツ点在している。

その中で村長が鎮魂の言葉を述べている。ユグドラシルでは聞いたことのない神の名を告げ、その魂に安息が訪れるように、と。

すべての遺体を葬るには手が足りないようなので、まずは一部の遺体からとのことだ。アインズからすれば、その日の内に埋葬を済ませるというのはずいぶん気が早いようにも思うが、この世界にはアインズの知る宗教は何もないのだから、そういうものだと納得するしかない。

集まった村民の中に助けた姉妹――エンリ・エモットとネム・エモットの姿もあった。アインズが死体を確認した両親も今回埋葬されるそうだ。

村人とは少しばかり離れた場所で眺めているアインズは、ローブの下で三〇センチほどの一本のワンドを撫で回す。象牙でできており、先端部分には黄金をかぶせ、握り手にルーンを彫った神聖な雰囲気を持つものだ。

蘇生の短杖《ワンド・オブ・リザレクション》。

死者復活の魔法を宿したアイテム。無論アインズが持っているのはこの一本だけではない。この村の死者全員を蘇らせてもお釣りがたっぷり来るだろうほど持っている。

村長の話では、この世界に存在する魔法に死者の復活は無いということだ。とすると奇跡とも呼ぶべき可能性がこの村にはあるということになる。だが、祈りの儀式が終わり、葬儀が終盤にかかり始めた頃、アインズはゆっくりとワンドをアイテムボックスに仕舞った。

復活させることはできる。だがそんなことはしない。別に、死者の魂がどうのと、宗教的なことを言い出すつもりはない。ただ単純に、利益が無いからだ。

死を与える魔法詠唱者《マジツク・キャスター》と、死者を蘇らせる事ができる魔法詠唱者《マジツク・キャスター》。どちらが厄介ごとに巻き込まれるかは想像に難くない。蘇らせたことを黙っておくという条件をつけたとしても、それが守られる可能性は低い。

死に抗いうる力。誰もが涎《よだれ》をたらすほど欲しがるものだろう。

状況が変化すれば行使しても良いが、今はまだ情報が不足している。ここですべきことではない。

「村を救ってやったことで満足して貰おう」

呟くと、アインズは後ろに立つ死の騎士《デス・ナイト》をしげしげ眺める。

この死の騎士《デス・ナイト》も疑問の対象だった。

ユグドラシルであれば、特別なものを除いて、召喚されたモンスターには時間制限がある。そして特別な手段を使用しなかった死の騎士《デス・ナイト》の召喚時間は既に過ぎ去っているはずだ。にもかかわらずここにいる。

色々な推測が成り立つが、情報が足りず答えは出ない。様々なことを考えるアインズの横に並ぶ影があった。

アルベドと、人間大の大きさを持つ、忍者服を着た黒い蜘蛛《くも》にも似た外見のモンスターだ。八本の脚からは鋭い刃が生えている。

「八肢刀の暗殺蟲《エイトエッジ・アサシン》？　アルベド、これは……」

アインズは周囲を見渡すが、村人たちがこちらに注意している気配は無い。アルベドはともかく、こんな異様なモンスターがいればたとえ葬儀中でも注目の的のはずだ。

そこでアインズは思い出す。八肢刀の暗殺蟲《エイトエッジ・アサシン》は、不可視化を行えるモンスターだったことを。

「アインズ様にお目どおりがしたいということで連れてまいりました」

「モモンガ様においてはご機嫌麗《うるわ》しく――」

「――世辞はいらん。それよりもお前が後詰ということか？」

「はっ。私以下、四〇〇のシモベたちがこの村を襲撃できるように準備を整えております」

襲撃？　どうしてそうなったとアインズは考え、呟く。セバスに伝言ゲームの才は無いな、と。

「……襲撃の必要はない。既に問題は解決済みだ。それでお前たちを指揮しているのは誰だ？」

「はっ。アウラ様とマーレ様です。デミウルゴス様、シャルティア様はナザリック内において警備、コキュートス様はナザリック周辺警備に入っております」

「なるほど……なら、数が多くいても邪魔なだけだし、アウラとマーレを除き、撤収させよう。お前たち八肢刀の暗殺蟲《エイトエッジ・アサシン》は今回何名で来た？」

「総数一五名になります」

「なら、お前たちもアウラとマーレと同じく待機だ」

了解の印として頭を下げる八肢刀の暗殺蟲《エイトエッジ・アサシン》から再び葬儀へとアインズは視線を動かす。ちょうど新たな墓穴に土をかけるところで、二人の少女が泣き崩れていた。

葬儀にいまだ終わる気配がないのを知ると、アインズはゆっくりと村への道を歩き出す。その後ろにアルベドと死の騎士《デス・ナイト》が続いた。


葬儀に中断されながらも、アインズが周辺のことやある程度の常識を学んだ頃には結構な時間が経過しており、村長の家を出ると、夕日がはっきりと空に浮かんでいた。

かつての仲間へ恩義を返すという意味での救出劇だったが、存外、時間を奪われたものだ。

ただ、それに見合うだけのメリットはあったように思える。特にこの世界を知れば知るほど、分からないことが増えていく。それが把握できただけでも十分だ。

アインズは綺麗な夕日をぼんやりと眺めながら、すべきことを熟考する。

世界の情報を集めきっていない状態で行動するのは、非常に危険だ。そのため最も良い手は、姿を隠して情報が集まるまで隠密に行動すること。だが、この村を救ったことで、それはできなくなった。もし仮に騎士達を全滅させたとしても、騎士達が所属する国はその原因を探るだろう。元々の世界で科学調査が発達しているように、この世界では別の手段での調査が発達している可能性がある。発達していなくても、生き残った村人がいる以上、アインズの元まで調べがたどり着く可能性は高い。情報が漏れないように対処するには、ナザリック地下大墳墓に村人達を連れて行くという手もあるが、それは村人の所属する王国サイドから見れば拉致《らち》と取られてもおかしくない。

だからこそ名前を名乗り、騎士を逃がしたのだ。

これには二つの狙いがあった。

一つ目は、ナザリック地下大墳墓内に引きこもらない限りは、遠からずアインズの情報は流れると推測される。ならば、自分からある程度、情報を流すことで誘導した方が良いはずという狙い。

二つ目はアインズ・ウール・ゴウンという人物が村人を救って騎士を殺したという一件は、広まって欲しい情報だからだ。勿論、その噂が届いて欲しい先にいるのは、ユグドラシルのプレイヤーである。

アインズは王国、帝国、法国のどれかの国にその身を預けたかった。

他のプレイヤーがいた場合、必ず噂は流れるはずだ。しかしアインズがナザリックという組織を動員しても、情報の入手は一苦労だろうし、リスクが高すぎる。アルベドのような性格の者に間違えて命令を下した場合、必要も無い相手を敵に回す可能性だってある。

情報を入手するという点だけ見ても、どこかの国の傘下《さんか》に入ることは大きなメリットだ。

それにナザリック地下大墳墓の自治権を守るためにも、どこかの勢力を後ろ盾にしておいたほうが良い。国家の力がどの程度か不明である以上、舐《な》めることは出来ない。この世界での個人の強さの最大値を摑めていないということも、それに拍車をかける。アインズを超える戦闘能力の持ち主が、この三カ国の中にいないとも限らないから。

どこかの国の一員になっておけば、デメリットも色々と考えられるがメリットも大きいだろう。問題はどのような立場で一員となるかだ。

奴隷のような立場は正直ごめん被《こうむ》りたい。ヘロヘロのようなブラック企業の一会社員はこりごりだ。そのために色々な勢力に自分という存在をアピールする。そして立場や扱いなどをよくみきわめた上で一番良いところにつく。

これは転職の基本だろう。

では、どの時期に関係を持つように行動を開始するかだ。ほとんど情報のない状況下では足元を見られてしまうかもしれない。

その辺りでアインズは疲れたように頭を振った。この数時間で異様なほど頭を使った。もうこれ以上考えるのは億劫だ。

「はぁ……もういい。ここですべきことは終わった。アルベド、撤収するぞ」

「承知いたしました」

ピリピリとした空気がアルベドから立ち込めている。危険が一切感じられないこの村でアルベドが警戒する理由はない。

とすると思い当たる節はたった一つ。アインズは声を低めて、アルベドに問いかける。

「……人間が嫌いか？」

「好きではありません。脆弱な生き物、下等生物。虫のように踏み潰したらどれだけ綺麗になるか……と。あっと……例外の娘《こ》が一人いますが」

蜜のように甘い声色だが、内容は苛烈だ。

アルベドの慈愛に満ちた女神のような美貌を思い出し、まるで似合わない言葉だとアインズは思い、諭《さと》すように語りかける。

「そうか……お前の気持ちは分かった。ただ、ここでは冷静に優しく振る舞え。演技というのは重要だぞ」

アルベドは深く頭を下げる。その姿を眺めながらアインズは頭を悩ます。

現段階ではアルベドの好みは問題ないが、将来までそうであるとは限らない。

やはり部下の好みの把握も必要事項の一つだ。

アインズはそう心に留めると、村長を捜す。去る前の一応の礼儀として別れを告げるために。

村長はすぐに発見できた。広場の片隅で数人の村人達と真剣な顔でなにやら相談している。ただそこに違和感があった。緊迫感がその表情に浮かんでいる。

また厄介ごとか。

アインズは舌打ちを押さえ、村長の元まで近づく。毒を食らわば皿までという心境で。

「……どうかされましたか、村長殿」

村長の顔に明かりが差し込んだようだった。

「おお、アインズ様。実はこの村に馬に乗った戦士風の者たちが近づいているそうで……」

「なるほど……」

村長がおびえたようにアインズに視線をよこした。その場にいた他の村人達も同じだ。

アインズはそれを受け、安心させるように手を軽く上げた。

「任せてください。村長殿の家に生き残りの村人を至急集めてください。村長殿は私とともに広場に」

鐘を鳴らし、住民を集める一方で、死の騎士《デス・ナイト》を村長の家の近辺に、アルベドは自らの後ろに配置する。

アインズは怯える村長の不安を取り除くような明るい声で話しかける。

「ご安心を。今回だけは特別にただでお助けしますよ」

震えは先ほどよりも弱まり、村長は苦笑を浮かべた。腹をくくったのかもしれない。

やがて村の中央を走る道の先に数体の騎兵の姿が見えてきた。騎兵たちは隊列を組み、静々と広場へと進んでくる。

「……武装に統一性が無く、各自なりのアレンジを施している……。正規軍じゃないのか？」

騎兵たちを観察していたアインズは、彼らの武装に違和感を覚える。

先ほどの帝国の紋章を入れていた騎士たちは完全に統一された重装備であった。それに対して今度来た騎兵たちは、確かに鎧を着てはいるが、各自使いやすいように何らかのアレンジが施されている。

それは一部だけ皮鎧だったり、鉄の装甲板を外し鎖帷子《くさりかたびら》を露出させたりだ。

兜は被っている者もいればいない者もいる。共通して言えることは顔をさらけ出しているということだ。同じ造りの剣は下げているものの、それ以外に弓、片手槍、メイスといった様々な予備武器まで準備している。

よく言えば歴戦の戦士集団。悪く言えば武装のまとまりの無い傭兵集団だ。

やがて騎兵一行は馬に乗ったまま広場に乗り込んできた。数にして二〇人。死の騎士《デス・ナイト》に警戒しつつ、村長とアインズを前に見事な整列をみせる。その中から馬に乗ったまま、一人の男が進み出た。

この一行のリーダーらしく、全員の中で最も目を引く屈強な男だ。

男の視線は村長を軽く流し、死の騎士《デス・ナイト》に留まり、アルベドに動く。そしてそこで釘づけになったように長い時間留まった。だが、直立不動のままピクリとも動かないのを確認すると、男は射抜くような鋭い視線をアインズに送った。

暴力を生業《なりわい》とする空気に満ちた、そんな男の一瞥を受けても平然とアインズは立つ。その程度ではアインズの心に波紋は生じない。

アインズが元々そういう視線に強いわけではない。単純にこの体のお陰だろう。それともユグドラシルというゲームの能力を使えることによる自信かもしれない。

満足したのか男は重々しく口を開く。

「――私は、リ・エスティーゼ王国、王国戦士長ガゼフ・ストロノーフ。この近隣を荒らしまわっている帝国の騎士達を討伐するために王の御命令を受け、村々を回っているものである」

静かで深い声が広場に響き渡り、アインズが後ろにした村長の家からもざわめきが聞こえてきた。

「王国戦士長……」

ぼそりとつぶやく村長にアインズは口を寄せる。もらった情報からはこの人物のことは抜けているぞという軽い苛立ちと共に。

「……どのような人物で？」

「商人達の話では、かつて王国の御前試合で優勝を果たした人物で、王直属の精鋭兵士達を指揮する方だとか」

「目の前にいる人物が本当にその……？」

「……分かりません。私もうわさ話でしか聞いたことが無いもので」

アインズが目を凝らしてみると確かに騎兵は皆、胸に同じ紋章を刻み込んでいる。村長の話に出た王国の紋章にも見える。とはいえ、信じるには少々情報が足りない。

「この村の村長だな」ガゼフの視線が逸れ、村長に向かう。「横にいるのは一体誰なのか教えてもらいたい」

「それには及びません。はじめまして、王国戦士長殿。私はアインズ・ウール・ゴウン。この村が騎士に襲われておりましたので助けに来た魔法詠唱者《マジック・キャスター》です」

口を開きかけた村長を押し止め、アインズは軽く一礼し自己紹介を始めた。

それに対しガゼフは馬から飛び降りた。着ていた金属鎧がガシャリと音を立て、大地に立ったガゼフは重々しく頭を下げた。

「この村を救っていただき、感謝の言葉も無い」

ザワリと空気が揺らいだ。

王国戦士長という地位に就く、おそらくは特権階級の人物が、身分も明らかでないアインズに敬意を示しているのだから、身分の違いが明瞭なこの世界においては驚愕に値するだろう。そもそも人権というものがこの国では――場合によっては世界全体で――しっかりとは確立していない。数年前まで奴隷として人間が売買されていた国であれば当たり前である。

そんなまるで対等でないにもかかわらず、ガゼフはわざわざ馬を下り、アインズに頭を下げた。そのことがガゼフの人柄を雄弁に語っている。

王国戦士長というのも偽りではないのだろう。アインズはそう判断した。

「……いえいえ。実際は私も報酬目当てですから、お気にされず」

「ほう。報酬か。とすると冒険者なのかな？」

「それに近いものです」

「ふむ……なるほど。かなり腕の立つ冒険者とお見受けするが……寡聞《かぶん》にしてゴウン殿の名は存じ上げませんな」

「こちらには旅の途中、たまたま通りかかったもので、さほど名が売れてないのでしょう」

「……旅の途中か。優秀な冒険者のお時間を奪うのは少々心苦しいが、村を襲った不快な輩《やから》について詳しい説明を聞かせていただきたい」

「もちろん喜んでお話しさせていただきます、戦士長殿。この村に来た騎士の大半の命は奪いました。しばらくは暴れないのではと愚考します。その辺りのご説明も必要でしょう？」

「……命を奪った……貴殿が殺したのかな、ゴウン殿」

ガゼフの言葉を聞き、アインズはこの世界の名前の呼び方が日本式ではなく西洋式だと理解する。姓・名の順番ではなく、名・姓の順番だ。村長にアインズと呼んで欲しいと言ったとき、微妙な顔をした謎が解ける。さほど親しくもないのに名で呼んでくれと言ったら、確かにああいった顔をするだろう。

ミスを悟るが、アインズは社会人という面の厚さで覆い隠す。

「……そうであると言えますし、そうではないとも言えます」

その微妙な言葉に含まれたニュアンスを鋭く察知し、ガゼフの視線が動く。向かった先にいたのは死の騎士《デス・ナイト》。その身に漂う、微かな血の臭いを鋭敏に感じ取ったのだろう。

「今ここで二つだけお聞きしたいのだが……あれは？」

「あれは私の生み出したシモべです」

感心するような声と共に、鋭い視線がアインズの全身を観察するように動く。

「では……その仮面は？」

「魔法詠唱者《マジック・キャスター》的な理由によって被っているものです」

「仮面を外してもらえるかな？」

「お断りします。あれが――」死の騎士《デス・ナイト》を指差す。「暴走したりすると厄介ですから」

ぎょっとした表情を浮かべたのは死の騎士《デス・ナイト》の力を知る村長だ。そして声の聞こえた村長の家にいる村民達。その急激な表情と場の変化に感じるものがあったのだろう、ガゼフは重々しく頷いた。

「なるほど、取らないでいてくれた方が良いようだな」

「ありがとうございます」

「では――」

「その前に。申し訳ありませんが、この村は帝国の騎士達に襲われたばかり、皆様方が武器を持たれていると村民の皆様に先ほどの恐怖が蘇ってくるのではと思います。ですので広場の端に武器を置いていただければ皆、安心するのではと思うのですが？」

「……正論ではある。だが、この剣は我らが王より頂いたもの。これを王のご命令なく外すことは出来ない相談だ」

「――アインズ様。私たちは大丈夫です」

「そうですか、村長殿？　……戦士長殿、大変失礼なことを申し上げたこの身、許していただけますでしょうか？」

「いや、ゴウン殿。あなたの考えは非常に正しいと思う。私もこの剣が王より賜《たまわ》ったものでなければ喜んで置いていただろう。さて、ではイスにでも座りながら詳しい話を聞かせてもらおうか。それともしかまわなければ時間も時間なので、この村で一晩休ませてもらいたいとも思っているのだが……」

「わかりました。ではその辺りも踏まえて、私の家でお話しできれば――」

村長が答えかけたその時だった。一人の騎兵が広場に駆け込んできた。息は大きく乱れ、運んできた情報の重要さを感じさせる。

騎兵は大声で緊急事態を告げる。

「戦士長！　周囲に複数の人影。村を囲むような形で接近しつつあります！」

3

「各員傾聴」

静かで平坦な声が全員の耳に滑り込む。

「獲物は檻《おり》に入った」

声の主は一人の男だ。

特別な特徴は無い。顔立ちも人ごみに埋没《まいぼつ》してしまうような平凡なもの。ただ、感情を一切感じさせない人工物のような黒い瞳と、頬を走る一つの傷を除いては。

「汝《なんじ》らの信仰を神に捧げよ」

全員が黙禱《もくとう》を捧げる。それは神に捧げる祈りを短縮化したものだ。

他国領内での工作任務を遂行するというのに、祈りを捧げる時間を必要とする。それは余裕ではなく、彼らの信仰心の高さの表れ。

スレイン法国のため、神のために働く彼らの信仰心は、法国一般人よりもはるかに厚い。だからこそ迷いなく冷酷な行為ができるし、罪悪感を感じたりもしない。

祈りを終えた全ての瞳はガラス玉のようなものへと変化していた。

「開始」

たった一言。

それだけで全員が一糸乱れぬ動きで、村を包囲する形を作り出す。それは果てない訓練の賜物《たまもの》と感じられた。


彼らこそスレイン法国の中でも影のように付いて回る噂でしか存在を確認できない、非合法活動を主とする部隊。スレイン法国神官長直轄特殊工作部隊群、六色聖典の一つ。亜人の村落の殲滅などを基本的任務として担当する陽光聖典だ。

スレイン法国に六つある特殊工作部隊の中でも最も戦闘行為が多い彼ら陽光聖典に所属する者の数は、逆に非常に少ない。予備兵を合わせても全員で一〇〇人に及ばない程度。その少ない人数は、くぐり抜ける門の狭さを意味する。

まず最低でも第三位階の信仰系魔法——普通の魔法詠唱者《マジック・キャスター》であれば到達できる最高レベルの魔法を使える必要がある。さらには肉体能力と精神能力に長け、信仰心の厚さを要求される。

つまりは戦闘のエリート中のエリートともいえる者たちだ。

そんな部下達が散っていく姿を目で追いながら、男は息を細く吐き出す。すでに散開は終わり、ここからではその挙動を確認するのは難しい。だが、檻の完全構築に関しては不安はない。

陽光聖典隊長であるニグン・グリッド・ルーインの心にあったのは、任務の成功が手中に収まりつつあることに対する安堵。

彼ら陽光聖典は隠密行動や野外の活動などに長けた存在ではない。そのためにチャンスを取り逃したのは四度。その度ごとに見つからないよう注意を払いながら、ガゼフたち王国の一行を追跡し続けた。これでまた今回も失えば、再びガゼフの後ろを追いかける日々が続くところであった。

「次は……別の部隊の協力を仰ぐか、そちらに任せたいものだ」

そんなニグンの愚痴に答える者がいた。

「全くですね。私たちの得意分野は殲滅なんですから」

彼は基点となるニグンの警護も兼ねているために、この場に残っている部下の一人である。

「そういう意味では、今回の任務は少しばかり異例ですね。重要な任務なのですから風花の協力があっても不思議ではないのに……」

「その通りだな。何故、我々のみなのかは不明だが、良い勉強にもなった。訓練の一環として敵地における隠密行動を取り入れるのも悪くない。いや、もしかするとそういう狙いもあったのかもな」

とは言ったものの、ニグンは再びこのような任務が回ってくる可能性が低いことを知っていた。

今回下された任務は「王国最強、周辺国家でも並ぶものがいないとされる戦士であるガゼフ・ストロノーフを抹殺《まっさつ》すべし」というもの。陽光聖典の仕事というよりは、英雄級の力を持つ者のみで構成されている、法国最強の特殊部隊である漆黒聖典の出番だろう。普段であれば。しかし今回は無理な話だ。

極秘のために部下に言うことは出来なかったが、その理由をニグンは当然知っている。

漆黒聖典は破滅の竜王《カタストロフ・ドラゴンロード》の復活に備えて、真なる神器〝ケイ・セケ・コゥク〟の警護に入っており、風花聖典は巫女姫たる神器を奪った裏切り者を最優先で追っているためにこちらに力を貸す余力がないためだ。

ニグンは我知らず自らの頬を走る傷を指で触る。

かつて一度だけ無様に敗走したときのことを思って。そしてこの傷を作った漆黒の魔剣を持った女の顔が脳裏に浮かぶ。

本来であれば治癒魔法は完全に傷を癒すところを、自らの敗北を忘れないように、己の意志で残すと決めた。

「……蒼薔薇《あおばら》め」

蒼薔薇《あの女》もガゼフと同じ王国の人間だ。ただ許せないのはその女も神官であったということ。間違った神を信仰するだけでなく、亜人種の村へのニグンたちの攻撃を食い止める。そしてそれが善だと勘違いする、大局が見えない愚か者。

「……弱き人間は己を守るために様々な手を使わなくてはならない。それが理解できぬ、愚か者め」

ガラス玉のような瞳に宿った憤怒を鋭敏に知覚したであろう部下が、慌てて口を挟む。

「し、しかし王国も愚かですね」

ニグンは何も答えないが、賛同している。

ガゼフは強い。だからこそ弱体化させるために、彼の武装をはぐ手に出た。

王国は貴族と王、二つの派閥に分かれて政権抗争を繰り返している。そのためにガゼフという王派閥の中でも無視できない者の足を引っ張るためならば、貴族派閥は深く考えずに行動しがちだ。たとえ、どこかの国の工作員の手によって思考誘導されたとしても。

元々は平民であり、剣の腕のみでのし上がったガゼフが特に貴族から嫌われていることも要因の一つだが。

それがこの結果だ。

王国は自らの手で最強の切り札を失う。

ニグンからすれば愚かの極みだ。

彼ら――スレイン法国も大きく分けると六つの派閥があるが、ほぼ協力し合って行動する。それは互いの神に対して敬意を示すという単純なことが理由の一つ。そしてもう一つはこの世界には人間以外の種族やモンスターが多くいるために、まとまらなくては危険だと知っているためだ。

「……だからこそ正しい教えによって同じ道を歩んでもらわなくてはならない。人間は争うべきではなく、共に歩むべきなのだから」

そのための犠牲なのだ、ガゼフという男は。

「……殺《や》れますかね？」

部下の不安をニグンは笑ったりはしない。

今回の獲物は王国戦士長――周辺国家で最強とされる戦士、ガゼフ・ストロノーフ。

ゴブリンの巨大な村落を襲い、殺し尽くすより困難だ。だから部下の不安を取り除くように、静かな声で答える。

「問題は無い。あの男が所持を許されている王国の宝。それを今回は装備してない。あれが無ければあの男の殺害は容易……いや、この絶好の機を除き、あの男の抹殺は不可能だ」

王国戦士長ガゼフ・ストロノーフは最強の名で知られる戦士であるが、それは彼の技量の他にも理由がある。

それが王国に伝わる五宝物。現在は四つしか確認されてないが、それらを全て装備することを許されているためだ。

疲労しなくなる活力の小手《ガントレット・オブ・ヴァイタリティ》。常時、癒しを得る不滅の護符《アミュレット・オブ・イモータル》。致命的な一撃を避けるとされる、最高位硬度の金属――アダマンタイトで出来た守護の鎧《ガーディアン》。ただ鋭利さのみを追求し魔化された、鎧すらもバターのように切り裂く魔法の剣剃刀の刃《レイザーエッジ》。

それらによって攻防共に途轍《とてつ》もなく強化されたガゼフ・ストロノーフは、ニグンでも正面からの戦闘で勝利することは不可能。いや勝てる存在は、人間種ではほぼいないだろう。しかしそれらが無い今、勝算は十分にあった。

「それに……こちらには切り札がある。負けるはずがない勝負だ」

ニグンは自らの懐を上から押さえる。

この世界には三種類の規格外マジックアイテムが存在する。

五〇〇年前大陸を瞬く間に支配したとされる八欲王《はちよくおう》の残した遺物。

八欲王に滅ぼされるまで大陸を支配していた竜《ドラゴン》。その中でも最高位の竜王《ドラゴンロード》たちが使用する魔法によって生み出されたとされる竜の秘宝。

そして最後。スレイン法国の基礎となる部分を作った、六〇〇年前に降臨したとされる六大神。かの神々が残したとされる至宝。

これら三種類である。

そして懐に収まっているのは、スレイン法国ですら少数しか所持していない至宝の一つ。必勝の切り札である。

ニグンは腕に巻かれた鋼鉄製のバンドを確認する。そこに浮かぶ数字が、規定時間の経過を示す。

「では……作戦を開始する」

ニグン、そしてその場にいた部下は魔法を発動させる。

彼らが修めている中で最高位の天使召喚魔法を。

・

「なるほど……確かにいるな」

家の陰からガゼフは報告された人影を窺う。

見える範囲では三人。各員が等間隔を保ちながら、ゆっくりと村に向かって歩んでくる。

手に武器は無く、重厚な装備もしてない。しかし、それは容易く殺せるという意味ではない。魔法《マジック・》
詠唱者《キャスター》は重装備を嫌い、軽装備で身を整える者が多い。つまり彼らもその類だろう。

何より横に並ぶように浮かぶ光り輝く翼の生えた者が、それを十分に物語っている。

天使。

異界より召喚されるとされるモンスターであり、神に仕えていると信じる者も多い。特にスレイン法国では。

その真偽は不明であり、王国の神官は単なる召喚されるモンスターの一種にしか過ぎないと断言している。

そういった宗教論争が国家レベルでにらみ合う理由の一つではあるが、ガゼフにしてみればどちらでも良い問題だった。ガゼフにとって重要なのはモンスターの強さだ。

ガゼフの知る限り、天使やそれと同格とされる悪魔は、同程度の魔法で召喚されるモンスターと比

べても若干強い。様々な特殊能力に加え、魔法もいくつか使うため、ガゼフの総合評価としては、厄介な敵というランクに収まる。

しかし天使の種類にもよるが、絶対に勝てない相手ではない。

今回の天使は光り輝く胸当てを着け、手に持つロングソードは紅蓮の炎を宿している。ガゼフの知らない天使である。

知識に無いために強さを計りかねるガゼフに、共に様子を見に来たアインズが問いかけてくる。

「一体、彼らは何者で、狙いはどこにあるのでしょう？　この村にそんなに価値があるとは思えないのですが？」

「ゴウン殿に心当たりが無い……狙いではないということなら、答えは一つだな」

アインズとガゼフの視線が交差しあう。

「憎まれているのですね、戦士長殿は」

「戦士長という地位に就いている以上仕方が無いことだが……本当に困ったものだ。さて、天使を召喚する魔法詠唱者《マジック・キャスター》がこれだけ揃えられるところをみると、相手はおそらくはスレイン法国の者。……それもこのような任務に従事することを考えれば、答えは特殊工作部隊群……噂に聞く六色聖典。数にしても腕にしてもあちらの方が上だな」

厄介だと言わんばかりにガゼフは肩を竦《すく》める。非常に落ち着いた態度だが、内心は強い焦りを覚えていた。それと同等の怒りも。

「貴族どもを動かし、武装をはぎ取ってまでとはご苦労なことだ。あの蛇のような男が宮廷にいた場合はもっと厄介なことになっただろうから、これぐらいで済んで幸運だったと判断すべきか。それにしても、まさかスレイン法国にまで狙われているとは思ってもいなかったぞ」

鼻で笑う。

それにしても余りにも手が足りない。準備が無い。対策の打ちようが無い。ないないづくしだ。ただ、そんな中、切り札になりうる可能性があった。

「……あれは炎の上位天使《アークエンジェル・フレイム》？　外見は非常に似ているが……なぜ同じモンスターが？　魔法による召喚が同じ？　だとしたら……？」

ぶつぶつと呟くアインズに目を移し、ガゼフは僅かな希望を抱いて問いかける。

「ゴウン殿。良ければ雇われないか？」

返答は無い。ただ仮面の下から凝視されていると、ガゼフは強く感じた。

「報酬は望まれる額を約束しよう」

「……お断りさせていただきましょう」

「……かの召喚された騎士を貸していただけるだけでも構わないのだが？」

「……それもお断りさせていただきます」

「そうか……王国の法を用いて、強制徴集というのはどうだ？」

「……最も愚劣な選択肢を選ぶものだ……などと暴言を吐く気はございませんが、国家権力も含めまして何らかの力を行使されるならば、こちらもいささか抵抗させていただきますよ？」

両者は静かに睨み合い、最初に視線を動かしたのはガゼフだった。

「……怖いな。スレイン法国の者とやりあう前に全滅する」

「全滅など……ご冗談が上手い。ですが、ご理解いただけたようで嬉しく思います」

頭を下げるアインズをガゼフは目を細めて観察する。

先ほどの言葉は冗談などではない。この魔法詠唱者《マジック・キャスター》を相手にするのは非常に危険だと、勘が大きく叫んでいる。

特に命の危険が差し迫っている時の勘は、下手な考えよりも信頼できる。

何者なのだ。

ガゼフはそう思いながら、アインズの異様な仮面を眺める。この仮面の下に隠された素顔は一体、どんな顔なのか。知っている顔なのか、それとも……。

「どうかなさいましたか？　仮面に何か付いていますか？」

「ああ、いや、変わった仮面だと思ってな。これであのモンスターを支配するとは……特別に優れた魔法のアイテム……と考えても良いのかね？」

「そうですね。非常に希少価値の高いアイテムです。もはや決して手にすることが出来ない特別な、ね」

所持する魔法のアイテムの価値が高いならば、その者の能力も高いのが道理。そう考えるとアインズはかなりの腕のたつ魔法詠唱者《マジック・キャスター》なのだろう。その人物の支援を受けられないという事実に、ガゼフは暗澹《あんたん》たる気持ちを抱く。

その一方で、冒険者である彼が一つだけ依頼を引き受けてくれないだろうかという渇望も生まれる。

「……いつまでもこうしていても意味が無い。ではゴウン殿、お元気で。この村を救ってくれたこと、感謝する」

ガゼフはガントレットを外すとすっと手を出し、アインズの手を握る。本来であれば礼儀としてガントレットを外すのが正しいが、アインズはガントレットをはめたままだ。しかし、ガゼフはそんなことは気にも留めなかった。アインズの手を両手で握りしめ、心の底からの思いを吐露する。

「本当に、本当に感謝する。よくぞ無辜《むこ》の民を暴虐の嵐から守ってくれた！　そして……我が儘を言うようだが、重ねてもう一度だけ村の者達を守って欲しい。いまこの場には差し出せる物はないが、このストロノーフの願いを何とぞ……何とぞ聞き入れて欲しい」

「それは……」

「もし王都に来られることがあれば、お望みの物をお渡しすると約束しよう。ガゼフ・ストロノーフの名にかけて」

せめてと、手を離したガゼフは跪こうとするが、それはアインズによって止められる。

「……そこまでされる必要はありませんが……了解しました。村人は必ず守りましょう。この……アインズ・ウール・ゴウンの名にかけて」

名をあげての誓いに、ガゼフの心は軽くなる。

「感謝するゴウン殿。ならばもはや後顧《こうこ》の憂いなし。私は前のみを見て進ませていただこう」

「…………その前にこちらをお持ちください」

微笑んだガゼフに何を思ったのか、アインズが何かを差し出してくる。受け取ったのは、小さな変わった彫刻だが、特別なものには思えない。しかし──

「君からの品だ。ありがたく頂戴《ちょうだい》しよう。ではゴウン殿、名残惜しいが私は行かせてもらう」

「……夜闇に紛れて、ではないのですか？」

「〈闇視《ダークヴィジョン》〉などの魔法がある。夜闇はこちらの不利にはなっても、あちらの不利になる可能性は低かろう。それに……私たちが逃げ出したというところを視認して貰わねばならん」

「……なるほど。王国の戦士長という地位に相応しいお考え、敬服いたします。御武運を祈っておりますよ、戦士長殿」

「ゴウン殿も無事に旅を続けられることを祈っているよ」


ガゼフの背中が小さくなるまで、アインズは黙って見送っていた。主人のその雰囲気に何か感じるものがあったのか、時間が無い中にあってアルベドは何も言わない。

「……はぁ。……初対面の人間には虫に向ける程度の親しみしかないが……どうも話してみたりすると、小動物に向ける程度の愛着が沸くな」

「ですからあの尊きお名前を用いてまでお約束をされたのですか？」

「そうなのかもな……いや。死を覚悟して進む人の意志に……」


憧れを感じた。

自分とは違う、強い意志に。


「……アルベド。周囲のシモベに命令を伝達。伏兵の確認。もしいた場合は、意識を奪え」

「ただちに行います。……アインズ様。村長たちです」

アルベドの視線を辿ると、村長が二人の村人を連れてこちらに向かってくるところだった。

緊張と不安に駆られて走ってきた村長たちの息は切れているが、アインズの元まで到着するとすぐ口を開く。息を整える時間も惜しいという態度だった。

「アインズ様。私達はどうすればよろしいのでしょう？　何故、戦士長殿は私達を守ってくださらず、村を出て行かれるのでしょう」

村長の言葉にあるのは恐怖だけではない。見捨てられたという思いが、憤怒へと変わっていっている。

「……あれはあれで正しい行動ですよ、村長殿。……かの者たちの狙いは戦士長殿です。村に戦士長殿がいた場合はこの村が戦場になりますし、彼らも村人は見逃すなんてことはしないでしょう。……

かの御仁はこの村にいないでくれた方が、あなた方にとっては良いのです」

「戦士長殿が外に出られるというのは……そういう意味ですか！　……で、では私達はこのままでいた方が？」

「そんなことはありません。戦士長殿の次はこの村の生き残りでしょう。この包囲網がある限りは逃げられませんが……戦士長殿を攻撃するなら全員で掛かると思われます。その時が逃げるチャンスとなるはずです。その隙に逃げるとしましょう」

だからこそ彼は目立つように逃げるのだ。敵が自らを集中して攻撃してくるよう、囮《おとり》という意味で。

言外に含まれた戦士長の勝算は低いというニュアンスを悟り、村長は赤く染めた顔を伏せる。戦士長は命を捨てる覚悟で村長ら村人の逃げるチャンスを作ろうと戦場に出た。

それを理解も出来ず、己が勝手に勘違いしたあげく憤怒する。そんな自分を恥じたのだろう。

「勝手な想像で……何を私は……アインズ様。私たちはどうすればよいのでしょうか？」

「どういう意味でしょうか？」

「私たちは森の近くに住んではいましたが、決してモンスターに襲われることはありませんでした。幸運だっただけなのに安全だと勘違いし、自衛という手段を忘れ、結果、親しかった隣人を殺され、足を引っ張り……」

村長のみではなく、後ろの村人の顔にも悔恨の念があった。

「それは仕方がないでしょう。相手は戦闘に慣れた者達。逆に抵抗していれば私が来る前に皆殺しに遭っていたかも知れません」

アインズは慰めながらも、村長たちの沈痛な思いが癒える様子を一切感じ取れなかった。実際、これは誰かが言ってどうにかなる問題ではない。時間が解決してくれることを祈るのみだ。

「村長殿。あまり時間がない。戦士長殿の覚悟を無駄にしないためにも行動を開始した方が」

「そ、そうでしたな。……アインズ様は一体どうなされるのですか？」

「……私は状況の変化を見届け、機を見て皆さんを守って脱出するつもりです」

「アインズ様には幾度もご迷惑を……」

「……気にしないで下さい。戦士長殿とお約束もしましたので。……とりあえずは村人の皆さんを大きめの家屋《かおく》に集めてください。私の魔法でちょっとした防御を張っておきましょう」

4

馬の興奮が両足から伝わってくる。

たとえ軍馬として調教された馬であっても、いやそんな馬だからこそ、これから突入する死地を感じ取っているのだろう。

相手はたった四五名しかいないにも関わらず、村の周囲を大きく取り囲むように展開している。そのために各員の間隔は大きく開いているが、何らかの手段によって完璧な檻を構築しているはずだ。

つまりは確実に罠。踏み込めば致死の顎《あぎと》が開くはず。

それを把握していながら、ガゼフの取る手段は強行突破である。いや、それしか現状では手段が無い。

遠距離戦では勝算なし。

遠距離に優れた才覚を持つ射手《アーチャー》などがいれば別だろうが、そうでなければ魔法詠唱者《マジック・キャスター》との遠距離戦は絶対に避けるべきの一つだ。

籠城戦は言うまでも無く愚策。

石造りでなおかつ重厚な砦《とりで》があれば別だが、木製の住居では魔法を防ぐには心もとない。下手すれば住居ごと焼き払われる可能性だってある。

残るは、外道《げどう》とも言える手段が一つだけだ。

村を戦場にし、アインズ・ウール・ゴウンにも被害が及ぶように戦うことで、強制的に参戦させるという方法。

しかしそのような策を取るならば、この村に来た意味を全て喪失してしまう。だからこそガゼフは茨《いばら》の道を命じる。

「敵に一撃を加え、村の包囲網をこちらに引き寄せる。しかる後に撤退だ。そのタイミングを見逃すなよ」

部下の威勢の良い返事を背に浴びながら、ガゼフは眉をしかめる。

この内何人が生還できるだろう。

潜在的に優れているわけでも、生まれながらの異能《タレント》を持っているわけもない。ただガゼフの訓練についてこられた、たゆまぬ努力の結晶達。失うには惜しすぎる。

ガゼフが愚劣な手を打っていると知りながらも、同行してくれた部下達。彼らを巻き込んだことに対する謝罪の言葉を投げかけようと振り返り、彼らの表情を目にして全てを飲み込む。

そこにあったのは戦士の顔。己の向かう先にあるのが何か理解しながらも、それを食い破るという意志を表す、男達の気迫に溢れた表情。

謝罪などという言葉は、危険だと知りながらも覚悟を決め、自らについてきてくれた部下達に贈るものではない。己を恥じたガゼフに対し、部下達は口々に吠える。

「気にしないでください、戦士長！」

「全くです、俺たちはここに望んで来たんです。最後まで戦士長と共に！」

「俺たちにも国を、民を、そして仲間達を守らせてください！」

もはや言葉はない。

ガゼフは前に向き直り、咆吼を上げる。

「行くぞぉお！　奴らの腸《はらわた》を食い散らかしてやれぇえ！」

「おおおおおおおおおお!!!」

馬に拍車をかけ、一気に駆け出す。部下たちもガゼフに続く。全力で走る馬たちが大地を蹴り上げ、草原を一本の矢のごとく切り裂く。

馬で駆けながら、ガゼフは弓を取り出し、矢を番《つが》える。

振動の中、無造作に引き絞り、放つ。

矢は狙いをあやまたずに、吸い込まれるように前方の魔法詠唱者《マジック・キャスター》の一人の頭に突き刺さる――ように見えた。

「ちっ！　やはり効果は無いか。魔法の矢なら抜けそうだが……、無いものをグチグチ言っても始まらんか」

まるで硬いヘルムを被ってでもいるように矢は弾かれる。その異常な硬度は、確実になんらかの魔法による働きだ。ガゼフの知るかぎり射撃武器による攻撃を防ぐ魔法を貫《つらぬ》くには、魔法のかかった武器が必要である。しかしそれを持たないガゼフはそれ以上射撃することを諦め、すぐに弓をしまう。

反撃と言わんばかりに、魔法詠唱者《マジック・キャスター》が魔法を放つ。

ガゼフは魔法に抵抗すべく、精神を強く持ち身構える。

その瞬間――急に馬が嘶《いなな》く。前足を高く蹴り上げ、蹄《ひづめ》が中空をかきむしった。

「どう！　どう！　どう！」

必死に手綱を引っ張り、馬の首に摑まるように体を前に倒す。その瞬時の対応でガゼフは落馬を免れる。急な出来事に対する焦りが背中に冷たいものを走らせるが、なんとか押さえ込む。今はそれ以上に大切なことがある。

動揺によって乱れた息を吐き出しながら、ガゼフは自らの馬の横腹に強く拍車をかけるが、馬は一切動こうとはしない。まるで上に乗る人物よりも、大切な主人の命令を受けているように。

この異常事態に対する答えは一つ。

精神操作系の魔法。

それを馬にかけたのだ。ガゼフにであれば抵抗しただろう。しかし、魔獣でもない軍馬に抵抗できるはずがない。

当然の攻撃を予測できなかったガゼフは、自らの失態に苛立ちながら馬から飛び降りる。

後ろを走っていた部下たちはガゼフを避けるように、左右に分かれて走り抜けていく。

「戦士長！」

最後尾を走る部下たちが速度を落とし、手を差し出してくる。馬に引き上げようというのだ。ただそれよりも、逃がすまいと空中を飛んで迫ってくる天使の方が早い。ガゼフは天使目掛け剣を抜き放った。

剛剣が一閃される。

王国最強の男の剣閃は、まさに全てを両断する勢いがあった。しかし天使の肉体深くに食い込むものの、絶命までには至らない。

吹き上がった血が途中から、天使を構成している魔力となって空中に霧散していく。

「いらん！　反転して突進攻撃を行え！」

ガゼフは部下に命令を下すと、剣から逃げた天使を鋭く睨む。深手を負っているが戦闘意欲は高く、ガゼフの隙を狙っている。

「なるほどな」

剣を振り下ろした際の異様な感触。

ガゼフはそれが何に起因するものか悟る。モンスターの中には、特定材質の武器などでなければダメージを大幅軽減するものがいる。天使はその力を持っている。だからこそガゼフの剛撃を受けても倒れなかったと。

ならば——ガゼフは体内から力をくみ上げ、武技〈戦気梱封《せんきこんぷう》〉を発動させる。微光が刀身に宿った。

その隙を狙うように天使は紅蓮の剣を振り下ろしてくる。しかし——

「——遅い」

周辺国家最強の戦士であるガゼフからすればあまりに遅すぎる。

ガゼフの剣が走る。

先の斬撃とは比べようも無く、剣は容易く天使の体を切り裂く。

構成体を破壊され、天使が空中に溶けるように消えていく。舞い散った羽がキラキラと瞬き消えていく姿は、幻想的な光景であり目を奪われるようだった。

この血なまぐさく、絶望的な状況下でなければ、ガゼフだって感嘆していただろう。しかし既にガゼフの意識はそこには無い。

ガゼフは次に来る敵の攻撃を確認しようと周囲を見渡し――薄い笑いが浮かぶ。

数が増えていた。ほんの少し目を離した隙に敵は兵力を集結させていた。それに従う天使達までも。

それは尋常の手段による集合ではないことは明白。

「……魔法っていう奴はなんでもありか、畜生が」

戦士では不可能なことを平然と行える魔法詠唱者《マジック・キャスター》たちに罵声を浴びせつつ、冷静に人数を数え、それが村を取り囲んでいた総員であることを確認する。

これで村の包囲は解けた。

「ではゴウン殿。頼んだぞ……」

今まで届かずに手からこぼしていた命を救えた、そんな喜びを胸に抱きながら、ガゼフは敵を油断無く睨む。

ガゼフの耳に飛び込む馬の蹄の音は、徐々に大きくなってくる。反転した部下達の突進攻撃だ。

「包囲が縮まったら撤退だと言っただろうが。……本当にバカで、本当に……自慢の奴らだ」

ガゼフは疾走する。

この瞬間こそが恐らくはこの戦闘における唯一にして最大の好機。騎兵の速度を考えれば接近を避けるために、向こうの魔法は部下達に集中するはず。その隙を狙って乱戦に持ち込む。それしか手は無い。

部下たちの乗った馬が嘶き、先ほどのガゼフと同じように前足を天空高く掲げていく。幾人かが落馬し、うめき声を上げる。そこに天使たちが襲い掛かっていた。

部下たちと天使、強さ的には同程度だが、基礎となる能力や特殊能力の有無という面で部下たちが圧倒的に劣る。予想通り半数程度の天使たちに押し込められていく。無論、それだけでなく魔法詠唱者《マジック・キャスター》たちから飛ぶ魔法攻撃が決定的な差を生んでいった。

次々と部下たちが大地に伏していく。

分かりきっていた結果に目をやらず、ガゼフは駆ける。

狙うは敵指揮官。

殺したからといって退くとは思えないが、それしか皆が生き残る道は無い。

ガゼフの突撃に対して、三〇体を超える天使たちがその前に立ちふさがる。それだけ警戒してくれているということだが、ガゼフとしてはまるで嬉しくない。

「邪魔だぁああああ!!」

ガゼフは切り札を発動させる。

手から広がった熱が全身を包み込んでいく。

ガゼフの肉体は極限を突破し、英雄の域にまで到達。さらに複数の武技――戦士にとっての魔法とも言うべき技の同時発動。

飛び掛ってくる周囲六体の天使を睨む。

〈六光連斬〉

光の煌きのごとき神速の武技。

一振りにして六撃。

周囲六体の天使が両断され、光の粒となって消滅する。

スレイン法国からは動揺の声が、ガゼフの部下たちからは歓声が上がる。

大技の使用によって、腕にピリピリとした痛みが走るが、その程度であればまだ筋力の低下はない。

歓声をかき消せと命じられでもしたように、即座に別の天使が複数体向かってくる。そのうちの一体がガゼフに向かって剣を振り下ろしてきた。

〈即応反射〉

天使の剣が振り下ろされた瞬間、武技の発動に合わせガゼフの体が霞《かす》むように動く。

天使の剣がガゼフを切り裂くよりも早く、ガゼフの剣は天使を切り捨てる。一撃で天使が光の粒へと変わった。

ガゼフの攻勢はそれでは終わらない。

〈流水加速〉

流れるような動きで、向かってきた天使を切り飛ばす。

大技を使った後でさらに二体の天使を倒す。常人では不可能な光景に、やれる、勝てるという希望に満ちた空気が、固まって抵抗しているガゼフの部下たちの間を流れた。

しかし、法国側がそれを許すはずがない。冷ややかな声が、戦士たちの間を流れていた空気をかき消す。

「見事。しかし……それだけだ。召喚した天使を失った神官は次の天使を召喚せよ。ストロノーフに集中して魔法を叩き込め」

熱を持ちだした空気は一瞬で冷え切る。

「不味いな」

ガゼフは小さく吐き捨て、天使の一体を切り捨てる。もはやガゼフが天使を倒したとしても、歓声は上がらない。焦燥感に満ちた顔で部下たちは剣を振るっている。

人数、武装、錬度、個々の強さ。

ほとんど全てのものに劣っていたガゼフたちの唯一の武器——勝利への希望が失われた。

無意識レベルで振り下ろされた剣を回避し、ガゼフは逆に剣を叩き込む。一振りで確実に天使を消滅させてはいるが、それでもいまだ敵は遠い。

部下の働きに期待したくても、天使の防御能力を無効化するには魔法の武器が必要となる。ガゼフのように武技〈戦気梱封〉を修めず、魔法の武器もまた持たない部下たちでは、天使にダメージを与えられても、致命的なところまで追い詰めることは非常に困難。

手がない。

ガゼフは唇をかみしめ、ただひたすら剣を振るう。

一撃必殺という言葉の意味を幾度見せつけたか。大技〈六光連斬〉の連続使用記録も塗り替えるほどに使用している。

ガゼフほどの戦士であれば同時に武技を通常時は六つ、切り札を使用した現在は七つまで起動させ戦うことが出来る。

使用しているのは肉体強化の武技、精神強化の武技、魔法に対する抵抗強化の武技、一時的魔法武器化の武技、そして攻撃の際に使う武技。以上の計五つ。

限界数まで発動させていないのは、強い武技は複数分の集中力を削がれるためだ。

特に〈六光連斬〉は三つ分の集中力を使う。

これほどの大技はガゼフといえどもあと二つ——全ての集中力を使う武技と四つ分の集中力を使う武技——しか持ってない。

それらを上手くやりくりすることで、天使を倒すことは容易。しかし天使を倒したところで、それらは召喚されたもの。召喚者を倒さなければ、再び召喚されてしまう。相手の魔力切れを狙うというのも一つの作戦だが、その前にガゼフの体力が尽きてしまうだろう。

実際に、ガゼフの剣を振るう手は徐々に重く、心臓の鼓動は乱れていった。

〈即応反射〉は攻撃した後のバランスの崩れた体を、無理矢理に攻撃する前の体勢に戻す武技。これによって即座に攻撃が可能になるが、強制される姿勢変更の体への負担は大きい。〈流水加速〉は神経を一時的に加速させ、攻撃速度などを上昇させる。しかし極度の疲労が脳にたまっていく。

これにあわせ大技〈六光連斬〉の使用だ。

あまりにも肉体への負担が大きすぎる。しかしそれでも使わなければ押し切られる。

「幾らでもかかって来い！　貴様らの天使なぞ、大したこともない！」

威圧を込めた咆哮に、スレイン法国の者たちが一瞬だけ硬直する。しかし、それを即座に冷静な声が打ち破る。

「気にするな。檻に閉じ込められた獣が吼《ほ》えているだけだ。気にせず少しずつ削っていけ。ただし決して近寄るな。獣の爪は長いぞ」

ガゼフは顔に傷を持つ男を睨む。

あの指揮官を落とせば、一気に流れが変わるはずだ。問題はすぐ横に控えている、炎の剣を持つ天使とは違う天使の存在。そしてそこまで辿り着くことが不可能ではと思ってしまうほどの距離と、幾重にも張り巡らされた防衛網。

遠い。遠すぎる距離だ。

「獣が囲いを破壊しようとしているぞ。無理だということを教えてやれ」

男の冷静な声にガゼフは苛立つ。

英雄という領域に踏み込んでいても、近距離戦闘に特化してきた武技を修めてきたガゼフでは勝算はほとんど無い。

しかし――だからどうした。その道しかないなら踏破《とうは》するのみ。

目に力を取り戻し、ガゼフは走り出す。

しかしそれは知っていたとおり困難な道である。

天使の燃え上がる剣が突き出され、振り下ろされてくる。それらを回避と同時の反撃で天使を滅ぼしたガゼフを、突如激痛が襲った。腹部を強く殴打されるような痛み。

感じ取った先に視線をやれば、何かの魔法を放ってくる魔法詠唱者《マジック・キャスター》たち。

「神官なら神官らしく治癒魔法でも使っていれば良いものを」

ガゼフの言葉をかき消す様に見えざる衝撃波が、ガゼフの肉体を叩きのめす。

不可視であろうと、雰囲気と視線の向き、そういった諸々から少数であれば避けられる自信はある。しかし、三〇を超える数ともなるともはや対処の仕様が無い。武器を持つ利き手と顔を庇うので精一杯だ。

打ち据えられるような痛みが全身に走る。痛みの発生箇所が多すぎて、どこからか特定できないほどの数。

「かはぁっ！」

喉に込み上げてきた鉄の味に耐えかね、ガゼフは鮮血を吐き出す。糸を引くような粘度の高い血液が、顎の辺りまで付着する。

不可視の衝撃波の連打によろめいたガゼフに、天使の剣が振り下ろされる。

避けきれなかった剣が鎧に当たり、幸運にも弾かれる。しかし、剣の衝撃は鎧越しに肉体を痛めつける。

持っていた剣で横薙ぎに天使を切りつけるが、バランスを崩した攻撃は容易く回避されてしまう。

息は荒く、剣を持つ手は震える。

全身に満ちた強い疲労感が、体を横にして休めと囁きかける。

「狩りも最終段階だ。獣を休ませるな。天使たちの手を止めさせずに交互に攻撃させろ」

荒い息を整えようにも、敵指揮官の命令に従い周囲を囲む天使達が交互に剣で斬りつけて来る。

後ろからの攻撃を何とか回避し、横から突いてくる攻撃を剣で弾き返す。飛行する天使が上空から突いてくる攻撃を鎧の硬い箇所で防ぐ。

ガゼフが攻撃しようにも、敵からの攻撃回数はそれの数倍。

一撃一殺は、既に疲労とそれに伴う全身の筋力の低下もあってぎりぎりできるという程度。武技を使うだけの余力はほぼ無い。

部下たちは既に倒れ、敵の攻撃が完全に自分に集中している。敵の包囲網を突破出来ない。死が自らの背中まで擦り寄っているのを感じる。

油断すれば膝から力が抜け、倒れてしまいそうになる体に活を入れる。

再び放たれた魔法の衝撃波が必死に耐えるガゼフの全身を叩く。

ぐらん、と視界が大きく揺れた。

まずい！

ガゼフは全身全霊をかけて足腰に力を入れる。しかし何処かが壊れたように、入れているはずの力は抜け落ちていく。

突然、草原に生える植物のちくちくした感触が肌に伝わる。それはガゼフの体が伏した証拠。

慌てて必死に立ち上がろうとするが、それが出来ない。にじり寄ってくる天使たちの持つ剣が〝死〟を物語っている。

「止めだ。ただし一体でやらせるな。数体で確実に止めをさせ」

死ぬ。

鍛えられた腕はプルプルと震えるばかりで、握り締めた剣を持ち上げるなど不可能だった。それでも諦めることは出来ない。

強く強く噛み締めた歯が、ギリギリと不快な音を立てる。

ガゼフは死ぬことは恐れていない。自身が今まで多くの命を奪ってきたように、己もまた戦いの中で命を失うことは覚悟していた。

アインズに言われたように、自分は憎まれている。憎悪が剣となり、腹に突き立てられる日は必ずあるはずだ。

しかしこの結末は受け入れられない。

幾つもの村を襲い、戦うすべを持たない無辜の民を殺す。ただガゼフを罠に嵌めるためだけに。そんな反吐《へど》が出そうな輩に、命を奪われることが許せない。そして助けることが出来なかった自らに我慢がならない。

「があああああああ！　なめるなぁぁぁああ!!!」

雄叫びを上げ、全身に力を込める。

口から血の混じった涎を垂らしながら、ガゼフはゆっくりと立ち上がる。

立ち上がる力の無かったはずの男のその気迫は間近まで迫っていた天使たちを一時的とはいえ後退させる。

「はぁあああ！　はぁああああ！」

たったこれだけの動きで息は苦しく、意識は朦朧とし、全身は泥のように重い。しかし、横になれるはずがない。なって良いはずがない。

別に苦痛を得ることで死んでいった村人の苦しみに共感しようというのではない。

「俺は王国戦士長！　この国を愛し、守護する者！　この国を汚す貴様らに負けるわけにいくかあああ!!」

あの村の者達はかの御仁《ゴウン》が守ってくれるだろう。

ならば自分のするべきことは、一人でも多く倒して、この国の民に同じような不幸が降りかかる可能性を少しでも低くすることだけ。

　未来の王国の民を守る。ただ、それだけだ。

「……そんな夢物語を語るからこそ、お前はここで死ぬのだ。ガゼフ・ストロノーフ」

　ガゼフが敵の指揮官と睨んでいた男から冷ややかな声がかかる。

「こんな辺境の村人など切り捨てればこのような結果にはならなかっただろう。村人数千人よりお前の命の方が価値がある。それがわからんはずが無かろう？　本当に国を愛しているならば、村人の命など切り捨てるべきだった」

「お前とは……平行線だな。……行くぞ？」

「そんな体で何が出来る？　無駄な足掻《あが》きを止め、そこで大人しく横になれ。せめてもの情けに苦痛なく殺してやる」

「何も出来ない……と思うなら、お前がここまで来て俺の…………首を取ったらどうだ？　こ、こんな体だ……容易かろう？」

「……ふん。口だけは良く回る。戦う気はあるようだが、勝算でもあるのか？」

　ガゼフは前をただ睨み、震える手で剣を握り締める。ぼやけそうになる視界に憎き敵を入れて。周囲で襲いかかろうとしている天使なぞ、もはや眼中にない。

「……無駄な努力を。あまりにも愚か。私達はお前を殺した後で、生き残っている村人たちも殺す。お前のしたことは少しの時間を稼ぎ、恐怖を感じる時間を長引かせただけに過ぎない」

「くっ、くく……くく」

ガゼフは満面の笑みと微かな笑い声で答える。

「……何がおかしい」

「……グゥッ、愚かなことだ。あの村には……俺より強い人がいるぞ。お前達全員でも勝てるかどうか知れないほどの底知れない……。そんな……はぁ……そんな人が守っている村人を殺すなぞ、不可能なこと……」

「……王国最強の戦士であるお前よりも？　そんなハッタリが通用すると思うのか？　愚か極まりないな」

ガゼフは薄い笑いを浮かべる。アインズ・ウール・ゴウンという底知れない男と出合った時に、ニグンがどのような態度を示すか。それを考えるとあの世への良い土産になると考え。

「……天使たちよ、ガゼフ・ストロノーフを殺せ」

冷徹な言葉に重なるように無数の翼のはためき。

ガゼフがせめて、と決死の覚悟で走り出そうとしたとき、すぐ横から声がかかる。


――そろそろ交代だな。

ガゼフの視界が変わった。今までいた真紅に染まっていた草原ではない。土間を思わせる素朴な住居の一角のような光景。

周囲には部下たちの姿が転がり、そして心配そうに見つめてくる村人たちの姿もあった。

「こ、ここは……」

「ここはアインズ様が魔法で防御を張られた倉庫です」

「そんちょうか……。ゴ、ゴウン殿の姿は見えないようだが……」

「いえ、先ほどまでここにいらっしゃったのですが、戦士長さまと入れ替わるように姿が掻き消えまして」

そうか。頭に響いた声の主は……。

ガゼフは必死に込めていた力を体から抜く。これ以上はもはやすることはないだろう。地面に転がったガゼフに、村人達が慌てて近寄ってくる。

六色聖典。周辺国家の戦士としては最強であるガゼフですら勝てなかった相手。

しかしアインズ・ウール・ゴウンが負けるというイメージは一切浮かばなかった。

5章　死の支配者

Chapter 5 | Ruler of death

草原に先ほどまでの死闘の名残はない。

草草を染め上げている鮮血は夕日によって隠され、血腥《ちなまぐさ》さは気まぐれな風によって散らされている。

そんな草原にそれまでなかったはずの人影が二つ。

スレイン法国特殊工作部隊、陽光聖典隊長、ニグンはその二人に困惑の眼差しを向ける。

一人は魔力系魔法詠唱者《マジック・キャスター》風の格好をした者。異様な仮面で顔を隠し、無骨なガントレットをしている。その身は非常に高価そうな漆黒のローブをまとっており、身分の高さを証明するようだった。

もう一人は漆黒の全身鎧《フルプレート》に身を包んだ者。これまた見事な鎧であり、決してその辺りで手に入るような鎧ではない。見た目だけでも一級品のマジックアイテムだろうという予測が立つ。

追い詰めたガゼフの代わりに姿を見せた謎の二人。逆にガゼフやその部下達の姿はない。何らかの転移魔法によるものだろうが、その魔法に心当たりがない。未知の魔法を使う、正体不明の人物。警戒は絶やせない。

ニグンは天使達を一旦全員引かせ、自分達を守る壁のように配置し、若干の距離を取る。そのまま油断なく出方を窺っていると、前に立つ魔法詠唱者《マジック・キャスター》が更に一歩前に出た。

「はじめまして、スレイン法国の皆さん。私の名前はアインズ・ウール・ゴウン。アインズと親しみを込めて呼んでいただければ幸いです」

距離があるにも関わらず、声は風が運んでくれる。

ニグンが何も言わないでいると、アインズと名乗った謎の人物は重ねて言葉を紡いだ。

「そして後ろにいるのがアルベド。まずは皆さんと取引をしたいことがあるので、少しばかりお時間をもらえないでしょうか？」

アインズ・ウール・ゴウンという人名を、頭の中で検索しても該当するものはなく、偽名の可能性がある。とりあえずは向こうの話に乗って、ある程度情報を得た方が良い。そう判断したニグンは顎をしゃくって会話を続けるように促す。

「素晴らしい。……お時間をいただけるようでありがたい。さて、まず最初に言っておかなくてはならないことはたった一つ。皆さんでは私には勝てません」

断言した口調からは絶対の自信が感じ取れた。決して虚勢や根拠のない言葉ではなく、アインズなる人物は心の底からそう信じている。

ニグンは僅かに眉をひそめる。

スレイン法国でも上位に位置する者たちに向ける言葉ではない。

「無知とは哀れなものだ。その愚かさのつけを支払うことになる」

「……さて、それはどうでしょう？　私は戦いを全て観察していました。その私がここに来たというのは必勝という確信を得たから。もし皆さんに勝てないようだったら、あの男は見捨てたと思われませんか？」

正論である。

魔力系魔法詠唱者《マジック・キャスター》であればもっと別の手段が似合う。秘術師《アーケイナー》、妖術師《ソーサラー》、魔術師《ウィザード》も基本的に薄い鎧しか着用できない。そのために接近戦を避け、〈飛行《フライ》〉の魔法を使って、離れた場所から〈火球《ファイヤーボール》〉などの魔法を連射する方が勝率は高い。にもかかわらず、正面から迎え撃つということはなんらかの奥の手を持っていると考えて間違いない。

その沈黙をどう受け止めたか。アインズは言葉を続ける。

「それを理解してもらったところで質問があります。まずちょっとしたことをお尋ねしたい。皆さんが連れている天使は第三位階魔法辺りで召喚できる炎の上位天使《アークエンジェル・フレイム》だと思いますが、合っていますでしょうか？」

知っているくせに何を問いかけてきている。

ニグンの困惑を気にもせず、アインズは話し続ける。

「ユグドラシルと同じモンスターを召還しているようですが、呼称まで同じなのかが気になったのです。ユグドラシルのモンスターは神話などから来る名前が多く……天使系や悪魔系は神話関係が多かったはず。そんな天使や悪魔で最も使われているのがキリスト教関係。この世界には宗教としてキリスト教はないにも関わらず、上位天使《アークエンジェル》と呼ばれる天使の存在は非常に不自然。それが意味するところは、この世界に私と似た者の存在があるということ」

何を言っているか不明だ。苛立ちを覚えたニグンは逆に問いかける。

「独り言はそれぐらいにして、こちらの質問に答えてもらおう。ストロノーフをどこにやった？」

「村の中に転移させました」

「……何？」

答えるとは思っていなかったニグンは困惑の声を上げ、その理由に思い至る。

「愚かな。偽りを言ったところで、村を捜索すれば分か――」

「――偽りなど滅相もない。お聞きになったから答えたまででしたが……実は素直に答えたのにはもう一つだけ理由があります」

「……命乞いでもする気か？　私たちに無駄な時間をかけさせないというのであれば、考えよう」

「いえいえ、違いますとも。……実は……お前と戦士長の会話を聞いていたのだが……本当に良い度胸をしている」

嘲りを含んだニグンに対し、アインズの口調と雰囲気が一気に変わった。

「お前たちはこのアインズ・ウール・ゴウンが手間をかけてまで救った村人たちを殺すと広言していたな。これほど不快なことがあるものか」

アインズのまとうローブが風に煽られ、大きくはためく。その風は勢いを維持したまま、ニグンたちの中も通り過ぎる。

草原を走る風がたまたま、アインズの方向から吹き抜けてきただけに過ぎない。冷たい風を全身に浴びながら、ニグンは頭に浮かんだ思いを追い払った。

その風に死の匂いが満ちていたのは気のせいだ、と。

「……ふ、不快とは大きく出たな、魔法詠唱者《マジック・キャスター》。で、だからどうした？」

僅かに威圧されながらもニグンは嘲笑を含んだ態度を変えたりはしない。

こんな男一人にスレイン法国の切り札の一つ、陽光聖典の指揮官であるニグンが動揺させられたりはしない。いや、してはいけない。

しかし――。

「先ほど取引と言ったが、内容は抵抗すること無く命を差し出せ、そうすれば痛みは無い、だ。そしてそれを拒絶するなら愚劣さの代価として、絶望と苦痛、それらの中で死に絶えていけ」

アインズが一歩だけ歩む。

そう一歩しか踏み出してないのに、あまりにもアインズが巨大に映る。押されるように陽光聖典の全員が一歩だけ下がった。

「あぁ……」

ニグンの周囲からは掠《かす》れた声が幾つも聞こえる。

中に含まれているのは怯え。

信じがたいほどの強者の威圧。ニグンをしてこれほど威圧させられたのは初めての経験だった。だからこそ部下達の怯えも理解できる。

幾多の死線を潜り抜け、無数の命を奪ってきた歴戦の強者《つわもの》であるニグンでさえ、アインズという未知の魔法詠唱者《マジック・キャスター》から、潰されるほどの強力な圧力を感じ取っているのだ。部下達はより一層強く感じているはずだ。

一体何者だ！

この魔法詠唱者《マジック・キャスター》の正体は、その仮面の下にある顔は何だ！

ニグンの焦りを無視するように、どこまでも冷徹な声をアインズは放つ。

「これが偽りではなく真実を答えた理由。ここで死ぬ者たちならば語ってもかまわない」

再びアインズはゆっくりと両手を広げながら一歩踏み出す。抱擁を求めるようでもあったが、指は籠手《ガントレット》
禍々しく曲げられ、襲いかかろうとする魔獣のように映った。

ぞわりとしたものがニグンの足元から頭頂まで駆け上った。幾つもの死線の中で感じたことがあるこの感覚。それは死の予感だ。

「天使達を突撃させよ！　近寄らせるな！」

大声——掠れた悲鳴のような声でニグンは命令を下した。

士気の回復を狙ったものではない。単に怖かったのだ。迫ってくるアインズ・ウール・ゴウンが。

ニグンの指令を受け、襲い掛かったのは二体の炎の上位天使《アークエンジェル・フレイム》。翼をはためかせながら、風を切り

裂くように飛び掛かる。

アインズの元まで一直線に辿り着くと、迷うことなく手にしていた炎の剣を突き出した。

後ろにいたアルベドが前に出るだろう。そう予測していた全員が目を疑う。何かが起こったのではない。その反対だ。

何もしない。

そう――アインズという人物は何もせずに、その身に二本の剣を受け入れたのだ。魔法も回避も庇われも防御も、何ひとつせずに剣に貫かれた。

驚きは嘲笑に変わる。

強者の威圧も何もかも、全てハッタリだった。アルベドも防ごうとしなかったのではなく、天使のあまりの速さに反応できなかったに違いない。種がばれてしまえば大したことはなかった。

部下達とともに安堵の息を思わず吐き出す。ニグンは焦りを感じていた己を恥じつつ、アルベドへと視線を動かした。

「無様なものだ。下らんハッタリでこちらを煙に巻こうと……」

そこで疑問を覚える。

何故、アインズの死体が大地に倒れない？

「……何をしている？　すぐに天使を下げさせろ。剣が刺さっていては倒れまい？」

「い、いえそう命じているのですが」

部下の戸惑ったような声に、ニグンは弾かれたように再びアインズに視線を送る。

天使の翼が強くはためいている。それは蜘蛛の巣より逃れようとする蝶のごとく。

二体の天使がゆっくりと左右に別れるように動いた。ただしそれは異様な動き方。誰かに無理やり動かされるように離れていく。

そして今まで二体の天使の陰で見えなかったアインズの姿が、開いた隙間から目に入る。

「……言っただろ？　君たちじゃ私には勝てないと。人の忠告は素直に受け入れるべきだぞ？」

静かな声がニグンの耳に飛び込む。

視野に入る光景。それが一瞬だけ理解できなかった。

剣を胸部と腹部に突き刺されながらも、アインズは平然と立っている。

「嘘だろ……」

部下の一人の呻きは、ニグンの内心を代弁していた。剣の突き刺さっている箇所や角度から推測すれば、あれは確実に致命傷だ。にも関わらず、アインズに痛みを感じている様子は見受けられない。

無論、驚きはそれだけではない。

アインズの伸ばした両手の先にあるのは二体の天使たちの喉。それぞれの手でアインズは暴れる天使を摑んで離さない。

「ありえん……」

ボソリと誰かが呟く。天使は魔法によって召喚され、その身は召喚者の魔力によって形成されている。ただ、だからといって軽いというわけではない。成人男性よりも若干重い程度の重量はあるし、着ている鎧の重量だってそれに加算される。それを片手で持つなんてことが容易くできるはずがない。

　確かに戦士として一級の訓練をつんできた、筋肉量の多い者ならできるかもしれない。しかし、目の前にいる男は、筋肉よりも知恵や魔力を高めることに研鑽《けんさん》を積むはずの魔法詠唱者《マジック・キャスター》だ。魔法で強化しているとしても、元の数値が低ければ、効果も薄い。

　なのになんでそんなことができる。そしてそれ以上に剣が突き刺さっているにも関わらず、どうして平然としていられるのか。

「……何かのトリックに決まっている」

「あ、当たり前だ！　剣が体を貫いているのに無事なはずがなかろう！」

　慌てふためき、叫び声が上がる。特殊部隊として幾つも死線や激戦を潜り抜けて来たが、そんな光景は見たことがない。ニグンたちの召喚できる天使でも、あれは無理だ。

　混乱に包まれたニグンたちに、平然とした、痛みというものを一切感じていなさそうな平坦な声が届く。

「上位物理無効化――データ量の少ない武器や低位のモンスターの攻撃による負傷を、完全に無効化にする常時発動型特殊技術《パッシブスキル》だよ。レベル六〇程度の攻撃までしか無効化できない。つまりそれ以上は何の防御効果もなく、普通にダメージを受ける。〇か一、という能力なんだが……意外に役に立つだろ？　さて……この天使は邪魔だな」

アインズは両手にそれぞれ摑んでいた天使を、拳ごと大地にすさまじい速さで叩きつけた。ズン、という音とともに大地が震動したと思ってしまうほどの桁の違う力を込めて。

天使が生命を失い、光り輝く無数の粒となって消えていく。当然、突き刺さっていた剣も。

「……天使の名前の所以《ゆえん》がわかれば、君たちがユグドラシルの魔法を使う理由も把握できると思ったのだが……まぁ、それはひとまず置いておくことにしよう」

ゆっくりと立ち上がりながら喋るのは、やはり意味不明なことばかり。

しかし、それが得体の知れないおぞましさにつながる。

ニグンはごくりとつばを飲み込む。

「さて、つまらん児戯に十分、満足したか？　では取引は拒絶したと受け取らせてもらおう。次はこちらの番だ」

天使を屠《ほふ》ったアインズは姿勢を正しながら手をゆっくりと広げる。それは何も持ってない、と証明するようなそんなポーズ。

気持ち悪い静けさの中、アインズの言葉はどこまでも大きく聞こえる。

「いくぞ？　――鏖殺《おうさつ》だ」

氷柱を背中に突き立てられたような気分とともに、吐き気をもよおす。歴戦の殺戮者であるニグンをして、得体の知れない何かを感じさせる。

撤退すべきだ。必勝の策なくしてアインズとの戦闘行為は危険すぎる。

しかし、その直感を必死にニグンは追い払う。ガゼフという獲物をここまで追い詰めておきながら、みすみす逃がすことはできない。

心の奥底から響き渡る警告を無視し、ニグンは大声で命令を下す。

「全天使で攻撃を仕掛けろ！　急げ！」

弾かれたように、全ての炎の上位天使《アークエンジェル・フレイム》がアインズに迫る。

「本当にお遊びが好きな奴らだ。……アルベド、下がれ」

天使たちが襲い掛かる中、やけに冷静沈着な声がニグンの元まで届く。四方八方から飛び掛かる天使によって一分の隙間もない状況下でありながら、焦りすら感じていないようだった。

無数の剣によって串刺しになる、そう思ったが――それより早くアインズの魔法が発動する。

〈負の爆裂《ネガティブバースト》〉

ズンと大気が震えた。

光を反転したような、黒い光の波動がアインズを中心に一気に周辺を飲みつくす。波動が迸《はし》った時間はまさに瞬きひとつ。ただ、その結果は歴然として残る。

「……あり、ありえない……」

誰かの呟きが風に乗って聞こえる。それほど信じられない光景が広がっていた。

総数四〇体を超える天使。それらが全て、黒の波動にかき消されていた。

対抗魔法による召喚魔法解除ではない。黒の波動に飲み込まれた天使たちがはじけ飛んでいくその姿は、ダメージによるもの。つまりは、アインズはダメージを与える魔法で、天使たちを掃討したということ。

ゾワリとニグンの全身が震える。脳裏を走ったのはガゼフ・ストロノーフ。王国最強の戦士の言葉。

『……グゥッ、愚かなことだ。あの村には……俺より強い人がいるぞ。お前たち全員でも勝てるかどうか知れないほどの底知れない……。そんな……はぁ……そんな人が守っている村人を殺すなぞ、不可能なこと……』

その言葉が眼前の光景に重なる。

そんなはずはない！

ニグンは浮かんだ言葉を追い払い、必死に自分に言い聞かせる。

ニグンの知る限り最強の集団である漆黒聖典の構成員でも、天使たちの掃討は可能。つまりはアインズはそれぐらいの強さと考えて、戦闘を行えば良い。漆黒聖典級の強さを持っていたとしても、この人数でかかれば勝てるはずだ。

しかし、漆黒聖典の者たちも、たった一つの魔法で天使を一度に掃討できるだろうか？

ニグンは頭を振り、疑問を追い払う。それは考えてはいけない疑問。答えが出てしまったら、もはやなすすべがない。だから懐に手を当て、そこに収められた魔法のアイテムに勇気をもらう。

これがあるなら大丈夫だと固く信じて。

しかしそういった心の支えがない部下達は、別の手段に出た。

「う、うわぁああ！」

「なんだ、そりゃ！」

「化け物が！」

天使が意味をなさないと知り、悲鳴のような声を上げながら、自らの信じる魔法を立て続けに詠唱し始めた。

〈人間種魅了《チャーム・パーソン》〉、〈正義の鉄槌《アイアンハンマー・オブ・ライチャスネス》〉、〈束縛《ホールド》〉、〈炎の雨《ファイヤーレイン》〉、〈緑玉の石棺《エメラルド・サルコファガス》〉、〈聖なる光線《ホーリーレイ》〉、〈衝撃波《ショック・ウエーブ》〉、〈混乱《コンフユージョン》〉、〈石筍の突撃《チャージ・オブ・スタラグマイト》〉、〈傷開き《オープン・ウーンズ》〉、〈毒《ポイズン》〉、〈恐怖《フィアー》〉、〈呪詛《ワード・オブ・カース》〉、〈盲目化《ブラインドネス》〉……。

多種多様な魔法がアインズに打ち付けられる。

魔法の雨あられの中、アインズは気楽な態度を崩さない。

「やはり知っている魔法ばかりだ。……誰がその魔法を教えた？　スレイン法国の人間か？　それとももっと別の者なのか？　聞きたいことがどんどん増えていくな」

召喚した天使を一撃で殺し、魔法でも痛みすら与えることができない存在。

まるで悪夢の世界に囚われてしまったように、ニグンは感じる。

「ひやぁぁあああ！」

魔法がまるで意味をなさないことに狂乱状態に追い込まれた部下の一人が、奇妙な悲鳴を上げながらスリングを取り出し、礫《つぶて》を放つ。天使の剣を平然と引き抜いた男に何の効果があるだろうとは思うが、ニグンはそれを止めない。

人間の骨ならば容易く砕くだけの破壊力を持つ、鉄のずっしりとしたスリング弾は見事なまでに狂いなくアインズ目掛け飛ぶ。

突如、爆発音にも似た音がした。

一瞬。

本当に一瞬のことだった。

戦闘中である以上、目を離すはずがない。しかし転移でもしたように、後ろに控えていたはずのアルベドが、アインズの前に立ちはだかっていた。先ほどまでいた場所では、蹴った衝撃で大地がめくれ上がっている。それが先ほどの異様な音の正体。

アルベドは霞むような動きで、手にしていたバルディッシュを振りぬく。緑の病んだような色が残光として綺麗に残った。

遅れて礫を放った部下が崩れ落ちる。

「……はっ？」

誰にも目の前で起こったことが摑めなかった。攻撃したのはこちらのはず。しかし結果は逆転し、攻撃した側が倒れている。

駆け寄った別の部下が、死んだ仲間を確認し叫び声を上げる。

「て、鉄のスリングで、あ、頭を砕かれてます！」

「……何だと？　鉄のスリング……もしかして投じたスリングか！」

何故、投げたもので逆に撃ち殺される。

そんなニグンの疑問には、風に乗って聞こえてきた声が答えを語ってくれた。

「すまないな、私の部下がミサイルパリーとカウンターアロー、二つの特殊技術《スキル》を使用して迎撃し、打ち返したようだ。飛び道具対策に防御魔法をかけているようだが、それを超える反撃を受けてしまえば破られるものだろ？　驚くにはさして値しないと思うが」

それだけ言うと、アインズはニグンたちを完全に無視したようにアルベドの方を向く。

「しかしアルベド。あの程度の飛び道具でこの身が傷つかないのは承知のはず。お前が力を使う――」

「――お待ちください、アインズ様。至高の御身と戦うのであれば、最低限度の攻撃というものがございます。あのような飛礫など……失礼にもほどと言うものがございます」

「はっはっ。それを言ったらあいつら自体が失格ではないか。なぁ？」

「!!　プ！　監視の権天使《プリンシパリティ・オブザベイション》！　かかれ！」

　ニグンの掠れた声に従って、今まで微動だにしなかった天使が翼を大きく動かす。

監視の権天使《プリンシパリティ・オブザベイション》は全身鎧に身を包んだ天使だ。片手には柄頭が大きいメイスを持ち、もう片方の手には円形の盾を装備している。そして長いスカートのような直垂《ひたたれ》で足をすっぽりと隠していた。

　上位天使《アークエンジェル》よりも強い天使が今まで動かなかったのは、その特殊能力に起因する。「監視」という名前に相応しく、監視の権天使《プリンシパリティ・オブザベイション》は視認する自軍構成員の防御能力を若干引き上げるという特殊能力を持つ。この能力は自分が動いた場合は効果を失う。そのため監視の権天使《プリンシパリティ・オブザベイション》は待機させておく方が賢い。

　にもかかわらず命令を下したのは、ニグンの動揺の表れ。何でも良いからどうにかしたいという、藁にも縋《すが》るような願いの結果。

「下がれ、アルベド」

　命令を受けた天使は一気にアインズの元まで辿り着く。そのままの勢いを殺さずに、光の輝きを宿すメイスを叩き込む。それを煩《わずら》わしそうにアインズはガントレットをはめた左腕で真正面から受ける。

　腕の骨が砕けてもおかしくはない一撃。しかし、アインズの様子に変化はない。天使の攻撃をそのまま二度、三度と平然として腕で受け止める。

「やれやれ……反撃と行こうか。〈獄炎《ヘルフレイム》〉」

　アインズの伸ばした右手の指先から放たれた、ポツンとかすかに揺らめく、吹けば消えるような黒い炎が監視の権天使《プリンシパリティ・オブザベイション》の体に付着する。光り輝く天使の体からすれば失笑してしまうほどの小さな炎。

だが――

ゴゥッ、と監視の権天使《プリンシパリティ・オブザベイション》の全身を黒い炎が一瞬で覆い尽くす。生じた熱量が離れたニグンたちの顔を叩き、その熱さに目を開けていられないほどの勢い。

天すら焼こうという勢いで燃え上がる黒炎の中、天使の姿が溶けるように掻き消えた。余りにも呆気なく。それから、対象を燃やし尽くした黒い炎もまたこの世界から消えていく。

そこには何も残っていなかった。いままでの光景――天使がいたのも黒い炎が起こったのも嘘であったかのように。

「ば、ばかな」

「一撃だと……」

「ひぃっ」

「あ、あ、ありえるかぁあああああ！」

無数の混乱が生じる中を、ニグンの怒鳴り声が響く。

己が大声を上げていることをニグンは理解していなかった。ただ、心に生じた思いのまま、言葉を発しただけ。それが絶叫になっているとは感じられなかった。

監視の権天使《プリンシパリティ・オブザベイション》は高位の天使である。さらには攻防の能力値の割合が三：七。同位階の魔法で召喚される権天使達《プリンシパリティーズ》の中で最も防御に優れた天使だ。

そしてニグンの生まれながらの異能《タレント》は「召喚モンスターの強力化」。ニグンの召喚するモンスターは若干であるが、その能力が向上する。そのためニグンの召喚した監視の権天使《プリンシパリティ・オブザベイション》を倒せる者は相当限られてきた。

　しかもたった一つの魔法で可能とする者は、ニグンの今までの人生で見たことがない。それはニグンの知る人間という種の限界近くまで到達している、漆黒聖典の構成員でも不可能。つまりはアインズ・ウール・ゴウンは人間という種の領域を超えた強さを持つ。

「そんなはずはない！　ありえない！　上位天使がたった一つの魔法で滅ぼされるはずがない！　貴様は一体何者だ！　アインズ・ウール・ゴウン！　そんな奴が今まで無名なはずがない！　貴様の本当の名前は何だ！！」

　冷徹な表情はもはやどこにもない。ただ認めることができないと叫んでいた。

　アインズはゆっくりと手を広げる。照らす夕焼けによって、血で染め上げたようだった。

「……何故、そんなはずがないと思った？　それはお前が無知なだけかな？　それともそういう世界なのかな？　一つだけ答えさせていただこう」

　返答を待って、周囲が静まり返る。その中、アインズの声がやけに大きく響く。

「私の名前は、アインズ・ウール・ゴウン。この名前は決して偽名などではない」

　欲しかった答えではない。しかしアインズの言葉の端々から感じ取れる、自慢と喜悦。そういったものがニグンに語らせなかった。得体の知れない存在からの、得体の知れない答えはまさにこの状況に相応しかった。

ニグンは自分の浅い呼吸が煩《うるさ》く感じられた。

草原を駆け抜けていく風の音が煩い。体内から響く心臓の音が異常に大きく聞こえてくる。誰かの繰り返す荒い息は乱れ、全力疾走を長い時間繰り返したようだった。

自らを慰める幾つもの言葉が浮かぶ。しかし先ほどの剣をその身で受けた光景、数多くの上位天使《アークエンジェル》を一つの魔法で掃討した光景などが重なり、ニグンに強く語りかける。

――あれは想定以上の化け物だ。俺では決して勝てない、と。

「た、隊長、わ、私たちはどうすれば……」

「その程度、自分で考えろ!!!　俺はお前の母親でも何でもないのだぞ!!!」

大声で怒鳴りつけ、部下の怯えた顔にニグンは我を取り戻す。

得体の知れない化け物を前に冷静さを失っては不味い。

徐々に太陽が沈み、闇が世界を飲み込もうとしている。それに合わせて目の前で〝死〟が口を開けて全てを飲み込もうとしている。そんな恐怖を必死に押さえつけながら、ニグンは命令を発する。

「防げ!　生き残りたい者は時間を稼げ!」

ニグンは震える手で懐からクリスタルを取り出す。普段であれば機敏な部下達の動きは、怯えという鎖に全身を締め付けられ、鈍重なものへと変わっていた。あんな化け物を相手に盾となれと言われたら、死を恐れない兵士であっても躊躇《ちゅうちょ》してしまうだろう。しかし、それでも時間を稼いでもらわなくてはならない。

クリスタルの中に封印されているのは、二〇〇年前、魔神と言われる存在が大陸中を荒らしまわった際、魔神の一体を単騎で滅ぼした最強の天使を召喚する魔法だ。

それは都市規模の破壊すら容易とされる最高位の天使。

これを再び召喚するための魔法にかかる費用と労力は、見当もつかない。しかし、アインズ・ウール・ゴウンという未知なる者は、ここでその天使を召喚しても殺すだけの価値がある。なにより使わないで奪われる方が致命的だ。そうニグンは己の心に言い訳をする。

本心である、自分が今まで殺してきた者達と同じような、単なる肉の塊となることへの恐怖を隠し。

「最高位天使を召喚する。時間を稼げ！」

現金なもので部下達の動きが目に見えて変わる。

希望という灯火が燃え上がったのが、対峙しているアインズからすればより強く実感できただろう。

しかし対処しようという素振りは見せない。何か得体の知れないことをブツブツ呟くだけだ。

「……あれはまさか魔法封じの水晶……それも輝きからすると超位魔法以外を封じられるものだな？ユグドラシルのアイテムもあるわけか……とすると召喚される最高位天使の正体は……熾天使級《セラフクラス》？アルベド、特殊技術《スキル》を使用し私を守れ。流石に恒星天の熾天使《セラフ・エイススフィア》以上は出ないと思うが至高天の熾天使《セラフ・ジ・エンピリアン》が出てきたら全力で戦う必要がある。いや……それともこの世界の特別なモンスターか？」

アインズが棒立ちの間に、ニグンの手の中で規定の使用方法に従いクリスタルが破壊され――光が輝く。

　それは隠れようとする太陽が、地上に出現したかのようだった。草原は爆発的に白く染め上げられ、微かな芳香が鼻腔をくすぐる。

　ニグンが歓喜の声を上げる。伝え聞く伝説の降臨を前に。

「見よ！　最高位天使の尊き姿を！　威光の主天使《ドミニオン・オーソリティ》」

　それは光り輝く翼の集合体だ。翼の塊の中から、王権の象徴である笏《しゃく》を持つ手こそ生えているものの、それ以外の足や頭というものは一切ない。異様な外見ではあるが、聖なるものであるのは誰もが感じる。姿を見せた瞬間から、周囲の空気が清浄なものへと変化していったために。

　至高善の存在。それを前に喝采が炸裂するような勢いで上がる。部下たちが、感情を爆発させていた。

　これならきっとアインズ・ウール・ゴウンを殺せる。

　怯えるのは今度はあっちの番だ。

　神の力の前に己の愚かさを悟れ。

　そんな無数の歓喜の感情を向けられた相手――アインズは言葉をこぼすように紡ぐのが精一杯だった。

「こ……これが？　これが本気だというのか？　この天使が……？　私に対する最大の切り札？」

　ニグンはアインズの驚愕に先ほどまで自らのうちにあった不安が払拭され、心地よさすら生まれるのを感じていた。

「そうだ！　怯えるのも仕方がないが、これこそ最高位天使の姿だ。本来であればこのようなことに使うのはもったいないのだが、お前はそれだけの価値があると判断させてもらった」

「なんということだ……」

アインズがゆっくりと手を持ち上げ、仮面の上から顔を隠す。それは絶望の姿勢にしかニグンには思えなかった。

「アインズ・ウール・ゴウン。最高位天使を召喚させたお前には正直、敬意すら感じる。誇れ！　お前はすさまじい力を持った魔法詠唱者《マジック・キャスター》だ」

ニグンは重々しく頭を振る。

「個人的にはお前を私たちの同胞として迎え入れたい気持ちがある。お前ほど優れた力を持つ者なら……しかし、許せ。今回受けた任務にはそれは許されてはいない。せめて私たちは覚えておくぞ。お前という最高位天使を召喚させることを決意させる魔法詠唱者《マジック・キャスター》がいたことを」

ニグンの賞賛に返ってきたのは、非常に冷たい声だった。

「本当に……下らん」

「何？」

ニグンは何を言われたのか理解できなかった。ニグンからすれば今のアインズは人では勝てない最高位天使を前にした、まさに供物に過ぎない。にもかかわらずその態度は余裕を持ちすぎている。

「この程度の幼稚なお遊びに警戒していたとは……すまないな、アルベド。わざわざ特殊技術《スキル》を使ってもらったのに」

「とんでもありません。アインズ様。想定以上の何者かが召喚される可能性を考えれば、御身を傷つけようとする可能性はできる限り低くすべきです」

「そうか……？　いや、そのとおりだな。しかしそれにしても、まさかこの程度とはな。呆れたものだ」

もはや相手にするのも馬鹿馬鹿しいという気配が色濃い二人の反応に、ニグンの思考は過熱する。

「最高位天使を前に、何故そんな態度ができる！」

目の前に降臨した最高位天使を無視し、アルベドとのんびり話すアインズに、ニグンは吼える。

その圧倒的な優位を感じさせる態度に先ほどまであった歓喜の気配は掻き消え、代わりに不安と恐怖が戻ってくる。

まさか、アインズ・ウール・ゴウンは最高位天使すらも凌駕《りょうが》する存在なのか。

「いや！　ありえん！　ありえん！　ありえん！　最高位天使に勝てる存在がいるはずがない！　魔神にすら勝利した存在だぞ！　人類では勝てない存在を前に——はったりだ！　はったりでしかない！」

もはやニグンに感情を抑えるすべはなかった。

そんなことは決して認められない。最高位天使に勝る存在がスレイン法国の敵として存在することは。そして自分の前に立つことは。

「〈善なる極撃《ホーリースマイト》〉を放て！」

人間では決して到達することができないとされる領域が魔法には存在する。それが第七位階以上の魔法である。スレイン法国では大掛かりな儀式を行うことで達することもできるのだが、最高位天使である威光の主天使《ドミニオン・オーソリティ》は個体でその位階の魔法を使うことが可能。だからこその最高位天使だ。

そしてニグンが求めた魔法こそ第七位階魔法に存在する〈善なる極撃《ホーリースマイト》〉。つまり、それは究極クラスの魔法である。

「分かった分かった。何もしないからとっととかかってこい。それで満足なのだろ？」

対してまるで道を譲るような気楽な態度で、ジェスチャーを取るアインズ。

その余裕がニグンを恐怖させる。

最高位天使はかの魔神ですら倒した、究極の力を持つ大陸最高位の存在。それを倒せるはずがない。

では仮にそれを行えるものがいたとしたら？

目の前の正体不明の魔法詠唱者《マジック・キャスター》がそれを行えたら？

もしそうだとしたらこの目の前にいる謎の男は魔神をも遙かに超越することとなる。

そんな超越者《オーバーロード》がいるはずがない。

最大全力での攻撃を望む召喚者の思いに呼応し、威光の主天使《ドミニオン・オーソリティ》の持っていた笏が砕け散る。その破片は威光の主天使《ドミニオン・オーソリティ》の周囲をゆっくりと旋回し始めた。

「なるほど。召喚ごとに一度しか使えない特殊能力による魔法威力増幅か。主天使《ドミニオン》の能力もユグドラシルのときと同じみたいだな……」

――〈善なる極撃《ホーリースマイト》〉

魔法の発動。そして光の柱が落ちてきた。そうとしか思えなかった。

ゴシュウ、と音を立てながら落下してきた清浄な青白い光によって、日傘のように軽く片手を上げていたアインズの体が包み込まれる。

第七位階――人間では決して到達し得ない極限級の領域。

悪しき存在は絶対なる清浄の力の前に消滅する。善なる存在であっても、同じこと。ただ、完全に消滅するか、一部分だけが残るか程度の違いしかない。人の領域を超越したところにある魔法というのはそういうことだ。

いやそうでなければオカシイ。

しかし――健在。

アインズ・ウール・ゴウンという化け物は、消し飛ぶことも、地に伏すことも、燃え尽きることも、何もなく、大地に両の足で立っていた。しかも冷ややかな笑い声が響く。

「――ははははは。属性が悪に傾いている存在により効果を発揮する魔法だけあって……これがダメージを負う感覚……痛みか。なるほどなるほど！　しかし痛みの中でも思考は冷静であり、行動に支障はない」

光の柱は掻き消えていく。何の役目も果たしていないにもかかわらず。

「素晴らしい。またひとつ実験が終わったな」

平然とした声。いや、どちらかと言えば満足げなものがある。

それを感じとり、ニグンたちはもはや引きつったような笑顔を浮かべるしかなかった。

ただ、一人だけ激怒していた者がいる。

「か、か、かとう、かとうせいぶつがぁあ！」

絶叫と言っても良い声が空気を切り裂く。発生源はアルベド。

「かぁとうせいぶつがぁああ！　わ、わた、私たちの敬愛すべき主君であられるアインズ様！　わたしのだいすきな、ちょーあいしているお方にぃいい痛みを与えるなど、ゴミである身の程を知れぇええぇ！　容易くは殺さんんん！　この世界で最大の苦痛を与え続け、発狂するまで弄んでやるぅううう！　四肢を酸で焼き切り、性器をミンチにして食わせてやるぞぉおお！　治ったら、治癒魔法で癒してなぁああ！　ああぁぁああ、憎い！　憎くて憎くて憎くて、心が弾けそうぅおおお！」

掻きむしるように黒い鎧に包まれた腕が蠢く。

その場を中心に世界が歪んでいくような感覚。死を確信する邪悪で歪みきった気配が爆風のごとく叩きつけてくる。

黒い全身鎧の下で何かが大きく蠢《うごめ》く。巨大なものが鎧を弾き飛ばして現れようとしている。それが知覚できてもニグンにできることは何もない。ただ、棒立ちの姿勢のまま、産まれてくる世界を汚すだろう化け物を眺めるだけだ。

アルベドの意志を止めることのできる者は、この世界ではたった一人である。その人物はすっと軽く手を上げた。そして軽く呟く。

「よい、アルベド」

それだけでピタリ、アルベドの動きは止まる。

「……し、しかしアインズ様。下等生物ども――」

「――よいのだ、アルベド。……天使の脆弱さを除き、ありとあらゆる事態は私の狙い通りだ。ならばどこに憤《いきどお》る必要がある？」

その言葉を聞くと、アルベドは片手を胸に当てながら頭を下げる。

「……流石はアインズ様。深謀遠慮とはまさにアインズ様に相応しい言葉。敬服いたしました」

「いやいや私の身を憂慮してのお前の怒りは嬉しいぞ。ただ……アルベド、お前は微笑を絶やさない方が魅力的だな」

「くふー！　ミリョ、みりょ、魅力的！　――ゴホン。ありがとうございます、アインズ様」

「さて、お待たせして申し訳ない」

敵を前にそんな余裕を見せる二人に、惚けていたニグンは我に返り叫ぶ。

「わかったぞ……お前たちの正体が！　――魔神！　お前たちは魔神だな」

最高位天使と戦える存在。そんな者はニグンはほとんど知らない。

ニグンの信仰する神を含む六大神。

最強の種族たる竜《ドラゴン》の王、竜王《ドラゴンロード》。

たった一人で国を滅ぼしたとされる伝説級の化け物、国堕《くにお》とし。

そして――魔神。

十三英雄によって倒されたそれだが、封印されたという話も聞く。先の邪悪な波動を考えれば、封印から解放された魔神と考えるのが最も納得がいく。

そして魔神ならばまだ倒せるはずだという淡い希望もニグンは同時に抱く。最高位天使がいる内ならば。

「もう一度だ！　〈善なる極撃《ホーリースマイト》〉を叩き込め！」

さきほどアインズは痛みと言った。もしかしたら損傷を受けているのでは。もしかしたら立っているのも限界なのではないか。

無数の「もしかしたら」がニグンの心を占める。そうしなくては心が壊れてしまう。

ただ、流石にアインズも二撃目までは許さない。

「……今度はこちらの番だろ？　……絶望を知れ。〈暗黒孔《ブラックホール》〉」

威光の主天使《ドミニオン・オーソリティ》の光り輝く体に、ぽつんと小さな点が浮かぶ。それは見る見るうちに巨大で空虚な穴へと変わっていた。

それが全てを吸い込む。

呆気にとられるほど、笑ってしまうほど簡単に、そこには何もいなくなる。

威光の主天使《ドミニオン・オーソリティ》という光輝の存在を失い、周囲の光量が一気に落ちこんだ。

風が草原を走り抜け、草々が揺れる音が大きく響く。静寂の中、掠れた声が上がった。

「お前は何者なんだ……」

ニグンはありえない存在に再び尋ねる。

「アインズ・ウール・ゴウンなんていう魔法詠唱者《マジック・キャスター》の名前は聞いたことがない。……いや、最高位天使を一撃で消滅させることのできる存在なんかいるはずがない。いちゃいけないんだ……」

力なくニグンは頭を振った。

「ただわかるのは、お前たちは魔神すらも遥かに超える存在だということだけ……。ありえないような話だが……お前たちは一体……」

「……アインズ・ウール・ゴウンだよ。この名はかつては知らぬ者がいないほど轟いていたのだがね。さておしゃべりはこれぐらいにしようじゃないか。これ以上のおしゃべりは互いにとって時間の無駄だ。それとさらなる無駄を避けるためにあらかじめ言っておくが、私の周辺には転移魔法阻害効果が発生している。それに周辺には部下を伏せてあるので、逃亡は不可能だと知ってもらおう」

夕日は完全に地に落ち、闇が周囲を包み込んでいく。

ニグンは終わりを感じ取り、そしてそれはまぎれもなく事実だった。力なく部下達がしゃがみ込む中、大きく空間が割れる。まるで陶器の壺のように。しかしそれは瞬きの間に元に戻り、先ほどの異様な光景はどこにもない。

ニグンが困惑している中、アインズから答えが投じられる。

「やれやれ……感謝して欲しいものだな。何らかの情報系魔法を使って、お前を監視しようとした者がいたみたいだぞ？　効果範囲内に私がいたお陰で対情報系魔法の攻性防壁が起動したから、大して覗かれてはいないはずだが……。やれやれ、こんなことならより上位の攻撃魔法と連動するように準備しておくべきだったな」

その言葉にニグンは悟る。

本国では定期的にニグンの様子を監視していたのだろう。

「広範囲に影響を与えるように強化した〈爆裂《エクスプロージョン》〉程度では覗き見を懲りたりはしないかも知れないな。……では遊びはこれぐらいにしよう」

その言葉の意味を悟って、ニグンの背筋に冷たいものが走った。

奪う側であったニグンはついに、奪われる側になった。

それがたまらなく怖い。いままで無数の命を奪ってきたように、自分の命が奪われるのが怖い。部下達が怯えたように視線を集めてくるのが煩《わずら》わしい。

涙がにじみそうだった。

泣き叫んで助けを乞いたかった。だがアインズという人物は慈悲深い相手には見えない。だからニグンは涙を堪え、必死に生き残る道を模索する。しかし、どれだけ考えても外部からの支援はない。ならばあるのは目の前のアインズという人物の慈悲にすがるだけだった。

「ま、待て！　ちょっと待って欲しい！　アインズ・ウール・ゴウン殿……いや様！　待ってください！　取引をしたいのです！　決して損はさせないと誓います！　私たち……いや私だけでかまいません！　い、命を助けてくださるならば、望む額を用意いたします！」

視界の端で切り捨てられた部下達が驚愕の表情を浮かべていたが、そんなことはもはやニグンには関係がなかった。今大切なのは自らの命であり、それ以外には何もない。

それに部下の換えはあっても、自分の換えはいない。

無数の怨嗟《えんさ》の声を無視し、ニグンは続ける。

「あなたのような偉大な魔法詠唱者《マジック・キャスター》を満足させるのは難しいでしょうが、それに近いだけの額を必ず用意いたします！　私はこれでも国ではかなりの価値のある者。破格の金額でも国は出してくれるはずです！　無論、それ以外のものをあなた様が望むならば、それだって準備いたします！　何とぞ、命ばかりはお助け下さい！」

一息に言い切ったニグンは荒い息で呼吸を繰り返す。

「ど、どうでしょう、アインズ・ウール・ゴウン様！」

ニグンの必死の哀願に対し、柔らかで優しげな女性の声が響く。

「貴方が至高の存在であられるアインズ様からの、慈悲深きご提案を拒絶したのでは無かったのかしら？」

「それは！」

「……言いたいことは分かるわ。ご提案を受け入れても殺される、自分は生き残りたいんだ、でしょ？」

やれやれと言わんばかりに黒い兜が動いた。

「そこが間違っているわ。ナザリックにおける生殺与奪の権を持つアインズ様がそうおっしゃったのだから、人間という下等生物である貴方たちは頭を下げ、命を奪われる時を感謝しながら待つべきだったの」

心の奥底からそう固く信じているという口調で言い切るアルベド。

狂ってる。この女は完全に狂人の思考しか持っていない。ニグンは完全にそれを悟り、一縷《いちる》の望みを抱いてアインズに視線を送る。

今まで黙って話を聞いていたアインズは、自分の決定を待っていると知って、やれやれと頭を振ると口を開いた。

「確か……こうだったな。無駄な足掻きを止め、そこで大人しく横になれ。せめてもの情けに苦痛なく殺してやる」

2

夜の帳《とばり》が降りた草原を歩く。やはり夜空を見上げれば綺麗な星々が浮かぶ。

アインズは二度目となる光景に感心しながら、村へと黙々と歩を進める。

少しばかりやりすぎた。

アルベドという目がある以上、アインズは無様な行動は取れない。主人として部下にそれなりの態度を見せる必要があった。そのため少しばかり悪乗りが過ぎたような気がするが、それでも必死にキャラクターを演じてみた。

それが合格点に達していたかどうか。アルベドの失望を買ってなければよいのだが……。

「やっべ、アインズ様かっけ。くふふふふ」なんてアルベドが面頬付き兜《クローズド・ヘルム》の下で考えているとは知らないアインズは、繰り返し今日の自分を振り返った。

「しかし、アインズ様。何故、あの人間《ガゼフ》を助けたのですか?」

何故だろうか。アインズはあのときの心の動きを上手く説明できる気がしなかった。だからこそ別のことを言う。

「自分達で持ち込んだ災いだ。できることなら自分達で解決してもらおうじゃないか」

「でしたらアイテムをお渡しになられたのは？」

「将来の布石として、あれは持っていってくれた方がこちらも助かったからな」

ガゼフに渡したのはユグドラシルでの課金アイテムの一種類で、アインズがかなりの数を所持しているもの。もはや入手できるとは思えないが、渡したとしても損失としては小さい。

それにあのアイテムの数が少なくなるというのは、アインズにとっても嬉しいことだ。

というのもあれは五〇〇円ガチャでのハズレアイテムであり、アインズの無駄金とそれに伴う貧困生活を思い出させるものなのだ。それだけではない。五〇〇円ガチャを必死に回し続け、それで得た超希少アイテムを、かつての仲間であるやまいこが一回で当てたと知ったときの衝撃は、今なおアインズの心にささくれとなって残っている。

何度捨てようと思ったかわからないが、これが五〇〇円……と思うと、どうしても無為に捨てられなかった。

「まぁ、どちらに転んでも損はなかった。あのアイテムを発動させることになろうと、発動しなかろうと」

「……私が掃討して来れば最も良ろしかったのではないでしょうか？　何もアインズ様が下等生物を

助けに行かれなくても……。何より周囲を取り囲む気配は大したものではありませんでした。アインズ様ご自身が動かなくてはならないほどの相手ではないと愚考いたしました」

「そうか……」

気配というそんな強さ測定器がついてないアインズは、そうですか、としか思いようがない。

ユグドラシルであれば敵の名前の色で自分に対しての大雑把《おおざつぱ》な強さが判別できた。あとは仲間達の情報系の魔法や、攻略サイトなどの情報から。

それが少しばかり懐かしい。

情報系の魔法を修めておけば良かった。アインズは少し後悔する。無論、そういった魔法が機能するのかという疑問はあるが、今のようにおっかなびっくり行動しなくても良かっただろう。

ないものねだりをしてもしょうがない。アインズは気持ちを切り替えることにする。

「……アルベドの強さは知っているし、信頼している。しかしそういった軽い考えは捨てよ。いついかなるときでも敵が己に勝る可能性を考慮しておけ。特にこの世界に関する知識がないうちは、な。……だからこそ私はガゼフに働いてもらったわけだ」

「なるほど……つまりは相手の強さを見るための捨て駒ということですね。まさに劣等種族たる人間の使い方として正しいかと」

面頬付き兜《クローズド・ヘルム》を被っていて顔はこれっぽっちも確認できないが、その声に含まれた感情は花畑のような明るさに満ちている。

先ほどもそうだが、そんなに人間が嫌いなのかなぁ、と元人間、現アンデッドのアインズは少しばかり思う。

ただ、それが寂しいとか悲しいということはない。逆に異形種で構成されたナザリック地下大墳墓の守護者統括としては正しい。そんな風に思えた
「……そうだ。もちろんそれだけではないぞ。死に瀕したときに手を差し伸べた方が、より感謝もしてくれよう。そして相手が特殊部隊なら彼らが行方不明になったとしても、その国の人間もあまり表立った追及はできないはずだ。だからできれば介入したかったのだよ」

「あぁ……流石はアインズ様。そこまで深いお考えがあったとは。ですからあの指揮官たちを生かしたまま捕らえたのですね。お見事でございます！」

アルベドの賞賛を受け、アインズは自慢したい気持ちがこみ上げる。短い時間で色々と思考を巡らせ、矛盾や無理のないように策を練っている。意外に自分は上役に向いているのでは、そんな自画自賛の気持ちでいたアインズにアルベドの陰りを帯びた声が届いた。

「……アインズ様、ただ天使の剣をその身で受けたのはよろしい行為ではなかったのでは？」

「そうか？　カルネ村に最初に来たとき、村の外にいた騎士たちで上位物理無効化は問題なく機能することは確認したはず」

「はい。それは仰るとおりです。私もこの目で見ております。ですが、この私がすぐ側に控えながら、アインズ様の尊きお体に天使の下賤な剣が突き刺さるなど許されざる行為」

「そうだな。盾として私を守らせていたお前のことを考えない行為だったな。すま――」

「――それに愛する方に、たとえ無傷で終わると知っていても、刃物が突き刺さることを容認できる女がいるでしょうか」

「……あ、はい」

こういった場合、なんと返せばよいのか浮かびもしないアインズは軽く返し、村へ歩く。アルベドも返事が欲しかったわけではないようで、そのまま何も言わずに続いた。

村へと入ったアインズたちを、死の騎士《デス・ナイト》を先頭に村人たちが取り囲む。

村人総出での無数の賛辞や感謝の言葉を受けている中、ガゼフ・ストロノーフが姿を見せた。

「おお、戦士長殿。ご無事で何より。もっと早くにお救いできればよかったのですが、お渡ししたあのアイテムはなにぶん時間のかかるものだったためにギリギリになってしまい申し訳ない」

「いや、ゴウン殿感謝する。私が助かったのもあなたのお陰だ。……ちなみに彼らは?」

僅かな口調の変化に、アインズはさりげなくガゼフの様子を窺う。

既に鎧を脱いでおり、衣服のみの身軽な格好になっている。武装も一切帯びていない。

顔は青あざだらけであり、片方の瞼は大きく膨れ上がっている。顔はまさに不格好なボールのようだ。ただその瞳には力強い輝きがあった。

アインズは眩しいものを直視したように僅かに視線を逸らすと、ガゼフの左手薬指に指輪が嵌まっているのを目ざとく見つける。

既婚者。奥さんを泣かさないでよかったじゃないか。そうアインズは思いながら、注意深く演技を続ける。

「ああ、追い返しましたよ。流石に全滅させるのは無理でした」

無論、嘘である。彼らは全員ナザリック地下大墳墓に送られている。ガゼフの目がほんの一瞬だけ細くなるが、アインズもガゼフも何も言わない。緊張を含んだ空気が両者の間に流れる。

それを最初に壊したのはガゼフだ。

「お見事。幾たびもの危険を救ってくださったゴウン殿に、この気持ちをどのように表せばよいのか。王都に来られたときは必ずや私の館に寄ってほしい。歓迎させていただきたい」

「そうですか……ではそのときはよろしくお願いします」

「……ご一緒される気はないか。ではゴウン殿はこれからどうされるのかな？　私は部下たちとともにこの村で休ませてもらうことになっている」

「そうですか。私はこれから出立するつもりです。どこに行くかは決めておりませんが」

「もう夜。この中を旅するのは……」

そこまで言った辺りでガゼフは言葉を止める。

「失礼、ゴウン殿のような強者には不必要な心配でしたな。では、王都に来られたときは思い出してもらいたい。私の屋敷の門はいつでもゴウン殿に対して開いていると。それにこの村を最初に襲った騎士一人分の装備を譲っていただいたのは、本当に感謝の言葉も無い」

アインズは頷き、この村ですべきことは完全に終わったと判断する。なんだかんだと予想外の出来事が重なり、少々長居をしすぎたようだ。

「帰るか。我が家に」

アインズはアルベドのみに聞こえるような小さな声を発し、アルベドもそれに答えて嬉しそうに頷いた——無論、鎧を着たままだが。

Epilogue

アインズの自室には豪華絢爛《けんらん》な調度品の数々が置かれ、真紅《しんく》の絨毯《じゅうたん》が敷かれている。その広い室内には普段から静寂のベールが薄くかかっているが、今日の静けさは音として聞こえるほどだった。控えているはずのメイドの姿がなく、室内にいるのはアインズとアルベド、そして部屋の隅で不動の姿勢を崩さない剣を持った死の騎士《デス・ナイト》のみのためだ。

部屋の雰囲気を壊さない、甘い蜜のごときアルベドの声が柔らかく流れ出す。

「ご報告させていただきます。あの村近郊で捕獲したスレイン法国の陽光聖典指揮官は氷結牢獄に送り込んでおります。これからの情報の収集は特別情報収集官が行うという手はずでございます」

「ニューロニストであれば問題はないだろう。ただ、死体は私が実験に使う予定だというのは……知っているのかな？」

「承知しております。次に騎士の格好をした者たちから剝ぎ取った武装はただ今調査中ですが、大した魔法はかかっていないとの報告が上がっております。調査結果次第でアイテムは宝物殿に送ることになるかと思われます」

「……まぁ、それが妥当だな」

「最後になりますが、あの村の警戒と警備という観点から、影の悪魔《シャドウ・デーモン》を二体送り込んでおります。ガゼフ・ストロノーフに関してはどういう処分を？」

「戦士長に関してはひとまず置いておく。それより、あの村は唯一の足がかりであり、友好関係の構築に成功した場所だ。今後、協力を仰ぐ場合があるかも知れん。不仲になるようなことは極力避けろ」

「畏まりました。その件は徹底させます。ではこれで簡単になりますが終了とさせていただきます」

ご苦労とアインズは返事をし、目の前で今回の一件に関しての説明を行ったアルベドを眺める。普段から優しい微笑みのアルベドだが、今は笑みの種類が違い、浮かび上がりそうなほど上機嫌だ。

その発生源は右手がさすっている左手の薬指。そこに輝く指輪《リング・オブ・アインズ・ウール・ゴウン》である。

与えた指輪をどこにはめようとアルベドの勝手だが、その指にはめた理由は推して知るべし。

もしこれがアルベドの素直な気持ちからであれば、男として嬉しかったかもしれない。しかし、アルベドのその感情はアインズが戯れで弄った結果。罪悪感がチリチリと心を燻《ふすべ》る。

「アルベドよ。……お前の私に対する愛情は私が歪めたもの。それは決してお前の本心ではない。だから……」

その続きはなんと言えば良いのだろう。魔法を使っての記憶操作を行うのが正解だろうか。

アインズは口ごもり、その続きを言葉にすることができない。そんなアインズを眺めていたアルベドは微笑んだまま問いかける。

「……アインズ様が変えられる前はどのような私だったのでしょうか？」

ビッチ。

なんて言えないアインズはどう説明すればと迷う。外見は冷静だが、内心でアタフタしているアインズをじっと眺めていたアルベドが再び先に口を開いた。

「でしたらこのままでも良いことだと思いますし、アインズ様が御心を痛められることはございません」

「しかし……」

「しかし……？　しかし何でしょう？」

アインズは黙る。微笑を浮かべたままのアルベドから底知れぬ何かを感じ取り。無言となったアインズにアルベドは続ける。

「重要なことはひとつだと思います」

続きを待つアインズに、アルベドは寂しげに言葉を紡いだ。

「ご迷惑でしょうか？」

アインズは口を開けて、アルベドの顔を眺める。言葉が脳に——あるとは思えないのだが——染みこむにつれ、何を言いたいかが理解できた。だからこそ慌てて弁明を図る。

「い、いや、そんなことはないぞ」

アルベドほどの美女に愛されて不足なことは何もない。今のところは。

「ならよろしいのではないでしょうか？」

「……えー」

何か違う。アインズはそう思いながらも、上手く説得する言葉が生まれてこない。

「ならよろしいのではないでしょうか？」

再び繰り返すアルベドに、やはり得体の知れないものを感じながらアインズは最後の抵抗とばかりに問いかける。

「タブラさんが作った設定を歪めたのだぞ？　取り戻したくはないのか、かつての自分を」

「タブラ・スマラグディナ様であれば、娘が嫁に行く気分でお許し下さると思います」

「……そ、そうか？」

そんな人だったかな、そんな風に思っていると突然、金属音が響く。

発生源を見れば床にはロングソードが転がっていた。持たせていたはずの死の騎士《デス・ナイト》の姿はどこにもない。消えた死の騎士《デス・ナイト》は、先ほど召喚したばかりだった。

「……通常手段による召喚では規定時間の経過とともに帰還する。……この世界の剣が床に転がっているところからみて、装備品が楔となってこの世界に残るわけではないようだな。そうなるとやはり死体を基礎に召喚すると世界とのつながりが強いせいか、帰還しないのか。死体が大量にあれば、ナザリックの強化に使えるな」

「では死体を大量に集めましょうか？」

「……あの村の墓地を掘り返すなどの行為は避けるぞ？」

「承知しております。ただ、新鮮な死体を得る手段は立案しておいた方がよろしいかと。さて、死の《デス・》騎士《ナイト》が消えたということはそろそろ皆も集まった頃でしょう。玉座の間にはセバスとともにお越しください。私は先に向かわせていただきます」

「そうか、ではアルベド。後ほど会おう」


アインズの自室から静かに外に出たアルベドは、向こうから歩いてくるセバスの姿をとらえる。

「セバス。ちょうど良いタイミングね」

「これはアルベド様。モモンガ様はお部屋でしょうか？」

「ええ、そうよ」

セバスがアインズのことをいまだモモンガと呼んでいることに優越感を感じたアルベド。それに対してセバスは片眉を上げた。

「ご機嫌がよろしいようで。何かございましたか？」

「ちょっとね」

アルベドの機嫌が良い理由は、名前を知っていることだけではない。先のアインズとの会話を思い出していたからだ。嫁と言っても拒絶したり、忌避したりという様子は見せなかった。つまりは……。

優しげだった表情が大きく歪み、邪悪でありながら淫靡な笑みが姿を現す。決してアインズの前では見せないような笑い。

「くふふふふ。落とせる。いや落としてみせる。あの方の横には必ずや私が座るわ。シャルティアには足元を上げましょう」

守護者統括としてではなく、女としての個人的な目的を呟き、拳をぐっと握り締める。

「女淫魔《サキュバス》の血が滾《たぎ》るぅ……」

そんなアルベドをセバスは若干呆れたように眺めていた。

玉座の間。

そこに遅れて到着したアインズは、セバスを従えゆっくりと歩く。

そこでは多くの者たちが跪いて、その忠誠を顕わにしていた。

誰一人として動かず、まるで呼吸音すら聞こえないほどの静寂。立つ音はこの部屋の主人――アインズの足音と付き従うセバスの足音。そしてアインズがスタッフ・オブ・アインズ・ウール・ゴウンを突く音のみだ。

アインズは階段を昇りきり、玉座に腰かける。セバスは当然階段下で、アルベドの後方につくような形で跪いた。

玉座に座したアインズは黙ったまま、階段下に広がる光景を眺める。

そこにはほぼ全てのＮＰＣが集まっていた。こうやって全員を見るとまさに圧巻で、その多種多様な姿は百鬼夜行。よくもここまで製作したものだと、ギルドメンバーたちの想像力に改めて喝采を送りたくなる。大きく見渡せば幾人かの姿がない。しかしそれは止むを得ないことだ。超巨大ゴーレムであるガルガンチュアや第八階層を監視しているヴィクティムは動かすわけにはいかないのだから。

そのかわりということではないだろうが、この場に集まっているのはNPCだけではない。各階層守護者が厳選したであろう、ナザリック地下大墳墓内でも高位レベルのシモベたちが多く会している。

それでも――玉座の間の広さからすると少しばかり寂しい光景でもある。玉座の間というナザリック地下大墳墓の心臓部たる重要拠点に、下等なシモベを入れるわけにはいかないという気持ちはわからないでもないが、アインズからするともう少し緩めても良いのではとも思う。

とはいえ、それはまた別の話だ。アインズはその検討を後日の課題にすると決め、口を開く。

「まずは私が個人で勝手に動いたことを詫びよう」

これっぽっちも悪いと思っていない声で、アインズは陳謝する。これはあくまでも建前上のものであり、アインズが謝罪したということが重要なのだ。勝手に動いたのはアインズの独断だが、これによって部下を信頼していないのかと受け止められたりしないために。

「何があったかはアルベドから聞くように。ただ、その中でひとつだけ至急、この場の者、そしてナザリック地下大墳墓の者に伝えるべきことがある。――〈上級道具破壊《グレーター・ブレイク・アイテム》〉」

アインズはある程度のレベルまでのマジックアイテムを破壊する魔法を発動させる。天井から垂れていた大きな旗の一つ。それが床に落ちる。

その旗のサインは「モモンガ」を意味するもの。

「私は名を変えた。これより私の名を呼ぶときは」アインズは指である場所を指し示し、全員の視線を一箇所に集中させる「私の名を呼ぶときはアインズ・ウール・ゴウン――アインズと呼ぶが良い」

アインズの指の先にある玉座後方にかけられた旗に記されているのは、アインズ・ウール・ゴウンのギルドサイン。スタッフの先端で床を強く叩き、アインズは視線を集める。

「異論ある者は立ってそれを示せ」

アインズの言葉に対し何かを言うものはいない。アルベドが満面の笑みで声を上げた。

「ご尊名伺いました。アインズ・ウール・ゴウン様、万歳！　いと尊きお方、アインズ・ウール・ゴウン様、ナザリック地下大墳墓全ての者よりの絶対の忠誠を！」

遅れて守護者たちが声を上げる。

「アインズ・ウール・ゴウン様、万歳！　至高のお方々のまとめ役であられるアインズ・ウール・ゴウン様に私どもの全てを奉ります！」

「アインズ・ウール・ゴウン様、万歳！　恐るべき力の王、アインズ・ウール・ゴウン様、全ての者が御身の偉大さを知るでしょう！」

ＮＰＣたちが、シモべたちが唱和し、万歳の連呼が玉座の間に広がる。

賛辞を全身に浴びながら、アインズは思う。

――友たちよ。あの誇りある名前をたった一人が独占することを皆はどう思うだろう。喜ぶだろうか。それとも眉をひそめるだろうか。ならばここまで来て、告げて欲しい。その名前はお前一人の名ではないと。そのときは快くモモンガに戻ろう。

「さて——」

アインズは眼下の全ての者たちに視線を送る。

「——これよりお前達の指標となる方針を厳命する」アインズは黙り、少しの時間を置く。眼下の部下達の表情は先ほどと変わり引き締まったものだ。「アインズ・ウール・ゴウンを不変の伝説とせよ」

右手に握ったスタッフ・オブ・アインズ・ウール・ゴウンを床に突き立てる。その瞬間、呼応するようにスタッフにはめ込まれたクリスタルから、各種の色が漏れ出し、周囲に揺らめきをもたらす。

「英雄が数多くいるなら全てを塗りつぶせ。アインズ・ウール・ゴウンこそ大英雄だと。生きとし生きる全ての者に知らしめてやれ！　より強き者がもしこの世界にいるのなら、力以外の手段で。数多くの部下を持つ魔法使いがいるなら、別の手段で。今はまだその前の準備段階に過ぎないが、将来、来《きた》るべきときのために動け。このアインズ・ウール・ゴウンこそが最も偉大なものであるということを知らしめるためにだ！」

その名を広め、この世界の全ての耳に入れさせる。かつての仲間たち——アインズ・ウール・ゴウンのメンバーは辞めていったはずだが、実は今のアインズのように、この世界に来た可能性もある。

だからこそアインズ・ウール・ゴウンという名を、伝説の域——知らない者が誰一人としていないほどの領域まで上らせる。

地上に、天空に、海に。知性を持つ全ての者に。

もしかしたらいるかも知れないメンバーの元までその名が届くように。

アインズの覇気《はき》に満ち満ちた声が、玉座の間のどこにいようが聞こえるほどの気迫を持って広がる。

音を立て、一斉に玉座の間に集った者達が頭を垂れる。祈りとも称すべき崇高なものがそこにはあった。


主人を失った玉座は物寂しそうであったが、玉座の間には興奮によって生じた熱気が渦巻いていた。

絶対なる支配者からの命令を受けて、そして一斉に行動を開始するという状況が、彼らの心に炎を宿させていた。特に勅命を与えられた者の熱意は非常に高い。

「皆、面を上げなさい」

アルベドの静かな声に引かれるように、いまだ頭を下げたままだった全ての者が、顔を上げる。

「各員はアインズ様の勅命には謹んで従うように。そしてこれから重大な話をします」

アルベドの視線は玉座の後ろに垂れるアインズ・ウール・ゴウンの旗から離れようとはしない。後方に控えるNPCたち、そしてシモべたちも同じように旗に視線を送る。

「デミウルゴス。アインズ様とお話をした際の言葉を皆に」

「畏まりました」

デミウルゴスはその場の全員と同じく跪いたままだ。しかしその声は全員にはっきりと聞こえる。

「アインズ様が夜空をご覧になられたとき、私にこう仰《おつしや》いました。『私がこの地に来たのは、誰も手に入れていない宝石箱を手にするためやも知れない』と、そしてこう続けられました。『私一人で独占すべきものではないな。ナザリック地下大墳墓を――我が友たちアインズ・ウール・ゴウンを飾るためのものかもしれない』と。この場合、宝石箱とはこの世界のこと。つまりアインズ様の真意はそこにあります」

デミウルゴスは微笑む。ただ、その微笑みは決して心温まるものではない。

「最後にこう仰いました。『世界征服なんて面白いかもしれないな』と。つまりは……」

全ての者たちの瞳に鋭いものが宿る。そしてそれは強い決意の色でもあった。

アルベドがゆっくりと立ち上がり、全ての者の顔を見渡す。

応えるように皆が、アルベドを凝視した。その背に見えるアインズ・ウール・ゴウンの旗を視界に納めながら。

「アインズ様の真意を受け止め、準備を行うことこそ忠義の証であり、優秀な臣下の印。各員、ナザリック地下大墳墓の最終的な目的はアインズ様に宝石箱を――この世界をお渡しすることだと知れ」

アルベドは満面の笑みを浮かべて、振り返る。そして旗に対して微笑を向けた。

「アインズ様。必ずやこの世界を御身の元に」

声が続くように響き渡る。

「正当なる支配者たるアインズ様の元に、この世界の全てを」

OVERLORD
Characters

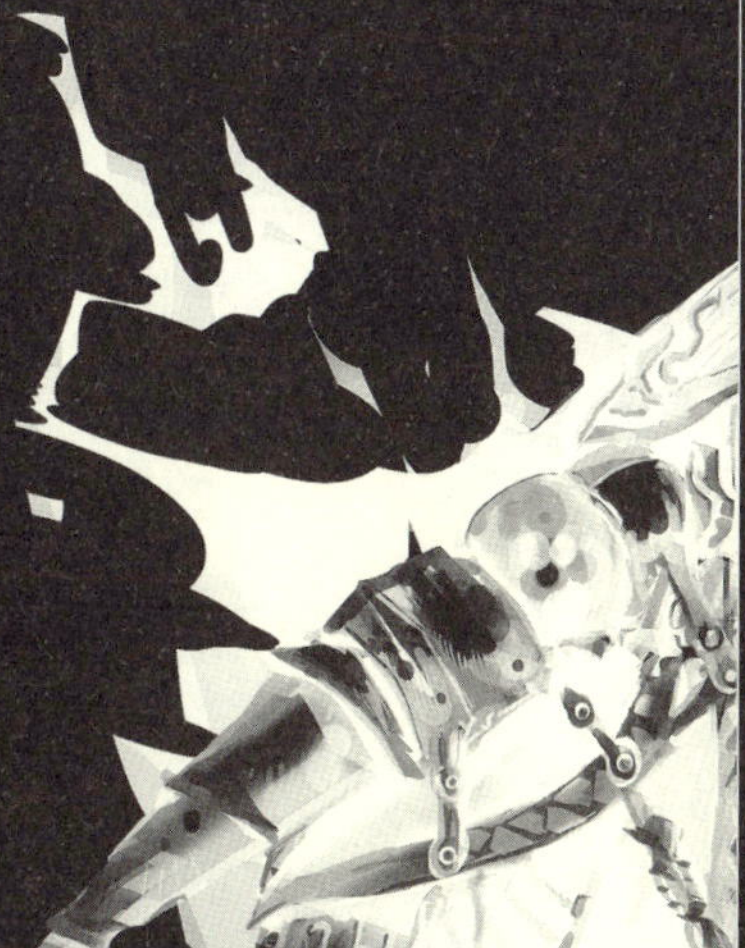

キャラクター紹介

Character 1

モモンガ

異形種

［アインズ・ウール・ゴウン］

MOMONGA

［ainz ooal gown］

骸骨の見た目を持つ最強の魔法詠唱者《マジックキャスター》

役職——至高の41人。ナザリック地下大墳墓統治者。

住居——ナザリック地下大墳墓第九階層にある自室。

属性《アライメント》——極悪——［カルマ値：-500］

種族レベル—骸骨の魔法使い《スケルトンメイジ》——15lv

死者の大魔法使い《エルダーリッチ》——10lv

死の支配者《オーバーロード》——5lv

ほか

職業《クラス》レベル—ネクロマンサー——10lv

チョーセン・オブ・アンデッド——10lv

ほか

［種族レベル］＋［職業レベル］——計100レベル

●種族レベル　職業レベル●

取得総計40レベル　取得総計60レベル

status

能力表

［最大値を100とした場合の割合］

Character 2

アルベド

異形種

albedo

慈悲深き純白の悪魔

役職——ナザリック地下大墳墓守護者統括。
正妃(自称)。

住居——玉座の間。
後に第九階層の部屋の一つ。

属性《アライメント》——極悪——[カルマ値:-500]

種族レベル—小悪魔《インプ》——10lv
ほか

職業《クラス》レベル—ガーディアン——10lv
ブラックガード——5lv
アンホーリーナイト——10lv
シールド・ロード——5lv
ほか

[種族レベル]+[職業レベル]——計100レベル
●種族レベル　職業レベル●
取得総計30レベル　取得総計70レベル

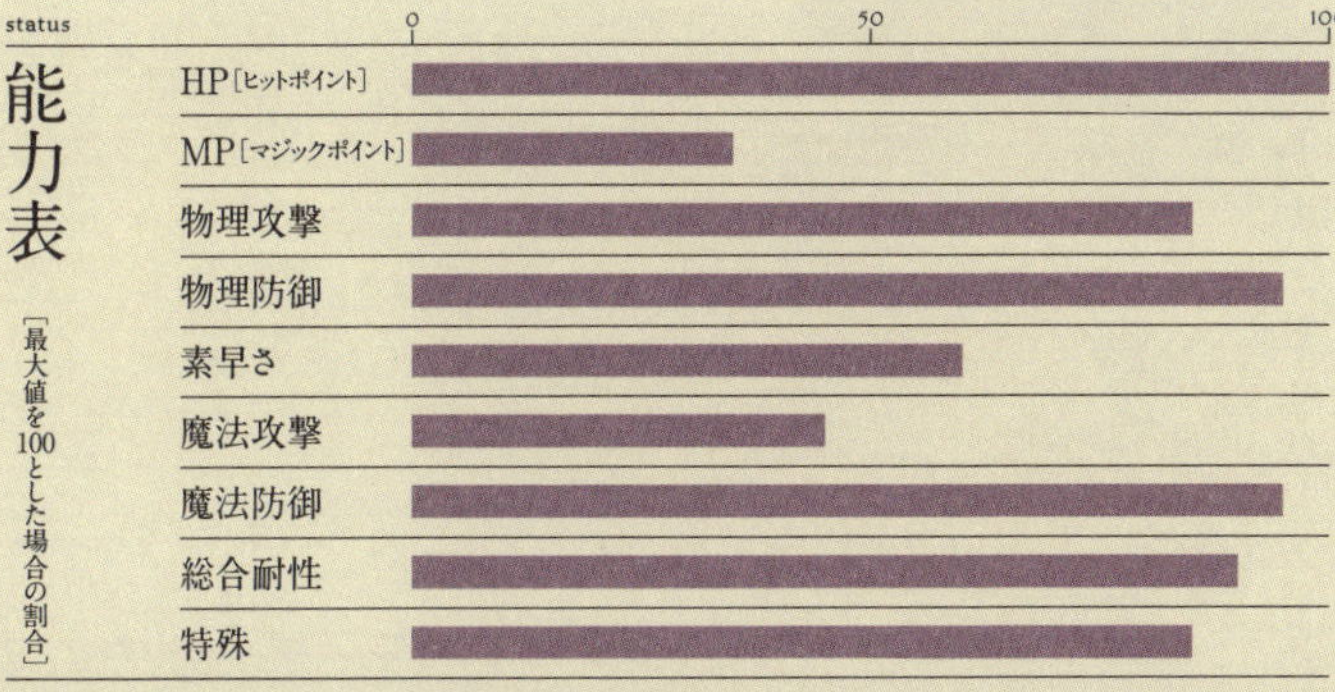

Character 3

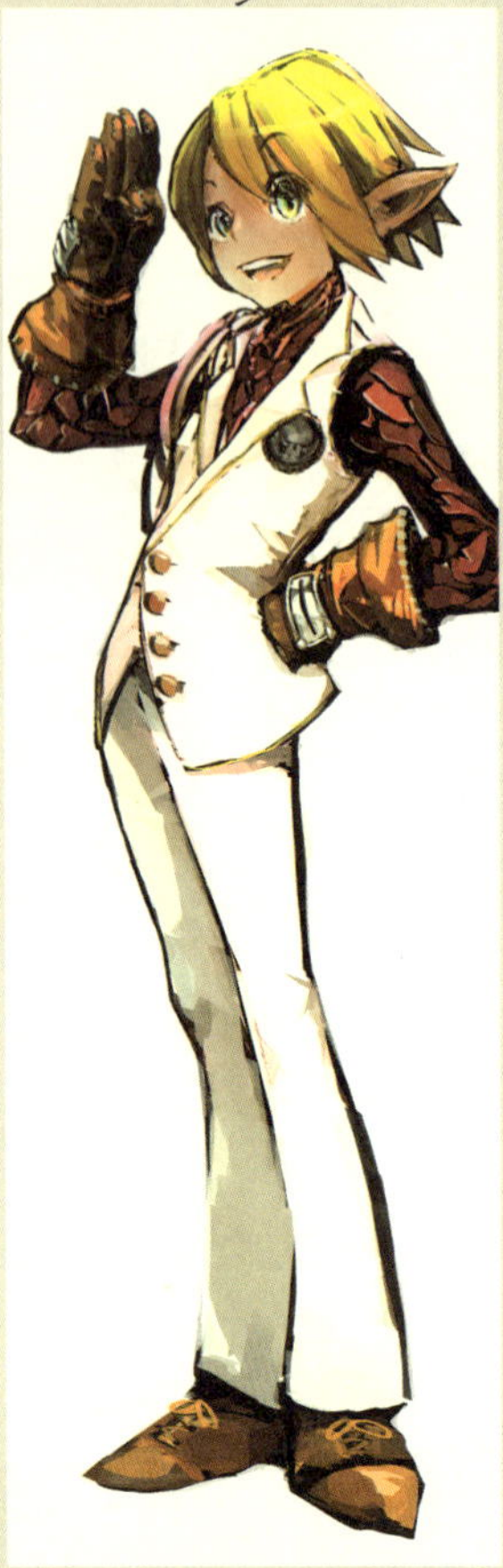

アウラ・ベラ・フィオーラ

人間種

aura bella fiora

負けん気あふれる名調教師

役職——ナザリック地下大墳墓第六階層守護者。

住居——第六階層の巨大樹。

属性《アライメント》——中立～悪——[カルマ値:-100]

種族レベル—人間種のため、種族レベルなし。

職業《クラス》レベル—レンジャー——5lv

ビーストテイマー——5lv

シューター——5lv

スナイパー——5lv

ハイ・テイマー——10lv

ほか

●職業レベル

取得総計100レベル

status

能力表

[最大値を100とした場合の割合]

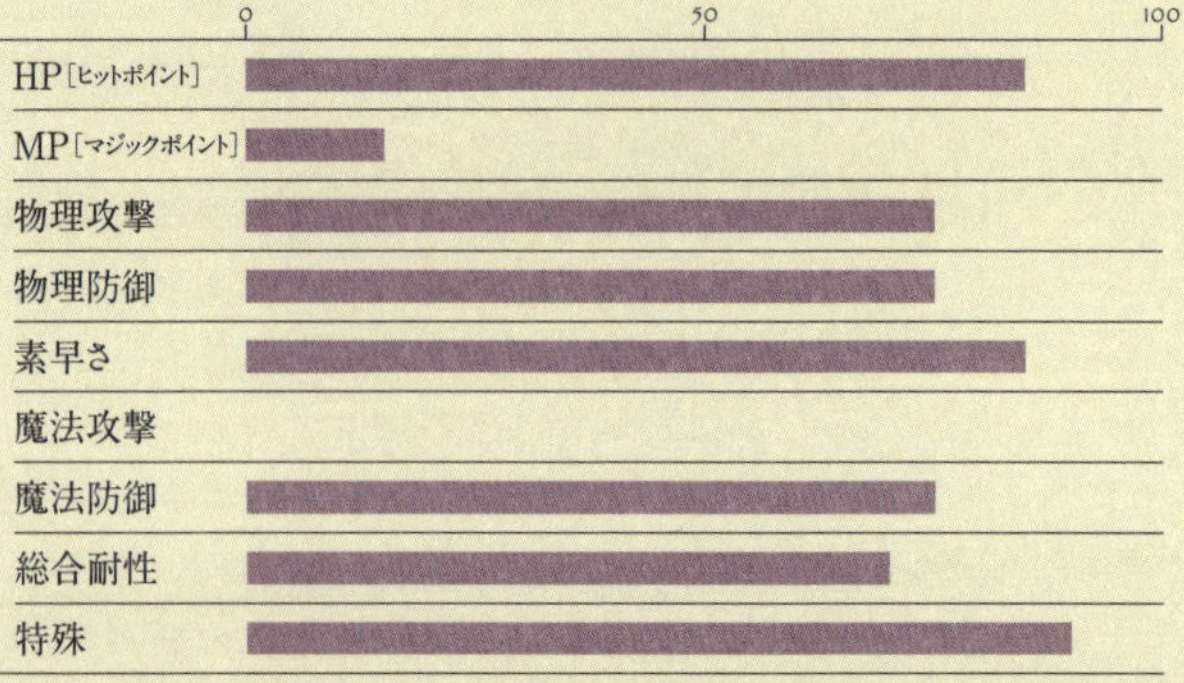

Character 4

マーレ・ベロ・フィオーレ

人間種

mare bello fiore

頼りない大自然の使者

役職 ―― ナザリック地下大墳墓第六階層守護者。

住居 ―― 第六階層の巨大樹。

属性《アライメント》 ―― 中立～悪 ――［カルマ値：-100］

種族レベル ― 人間種のため、種族レベルなし。

職業《クラス》レベル ―
- ドルイド ―― 10lv
- ハイ・ドルイド ―― 10lv
- ネイチャーズ・ヘラルド ―― 10lv
- ディサイプル・オブ・ディザスター ― 5lv
- フォレスト・メイジ ―― 10lv
- ほか

●職業レベル

取得総計100レベル

status

能力表

［最大値を100とした場合の割合］

あとがき

Postscript

あとがきを読まれている方、はじめまして。

作者の丸山くがねと言います。

ＷＥＢで公開していた作品『オーバーロード』を、キャラの追加やシーンの削除や修正など、大幅に改稿したものがこの本となっております。

買っていただけたのであれば幸いです。

手に取ってご覧になっている最中であれば、レジカウンターに持っていっていただけるよう、念を送らせていただきます。む〜ん。

このお話の主人公は骸骨の大魔法使いであり、悪の大組織を束ねる、どう考えてもラスボスみたいな奴です。そのため、小説や映画などで無償で主人公が人助けをするのが信じられない、自分の目的こそ最優先だろ！……なんてことを考える方にピッタリ！　かもしれません。結構えげつないですしね。

また、ＷＥＢで長い間公開してきた本作ですが、書籍化にあたって結構重要な新キャラを追加してみました。彼女たちも、皆さんに気に入ってもらえると大変嬉しいです。

さて、あとがきですが、実は書くことがあまり無いというのが正直なところです。ですのでここからは謝辞を贈らせてください。

ご迷惑をおかけした編集のＦ田様。色々な我儘に応えて、美麗なイラストを付けてくれたｓｏ‐ｂｉｎ様。このおふた方には特別な感謝を贈らせていただきたいと思います。

また、驚くべきかっこいいカバーを仕上げてくださったコードデザインスタジオ様、たくさん添削してくださった校正の大迫様、本当にありがとうございました。

そして、ＷＥＢの頃から感想をくれた方、読んでくださった方。皆さんが面白いと思ってくれなかったら、書籍化はされなかったでしょう。

それに矛盾や意味不明な箇所が少なくなるようチェックを頼んだ、大学時代の友人であるハニー。今後も面倒かけるんでよろしく。

最後にこの本を買って下さった方々。『オーバーロード』が面白かったと思って頂ければ幸いです。

ちなみに、第二巻でも、今回以上に修正、加筆、新規エピソードを追加しようと考えています。ほとんど新作の勢いですが、そのために早くも時間が無いと泣き叫んでいます。

よろしければ、二巻でもお付き合いください。

ではこの辺りで締めたいと思います。

今回は本当にありがとうございました。今後もお付き合いいただけると嬉しいです。

では、では。

二〇一二年七月　丸山くがね

プロフィール Profile

丸山くがね

物書きの夢を諦め、
普通の社会人として生きていたが、
趣味のＴＲＰＧがメンバーが多忙なために、
出来ないことへの苛立ちや
自分好みの最強ものを書きたいという欲求などから、
２０１０年頃、ＷＥＢにて『オーバーロード』を投稿。
それが心優しい方々の人気を得て、書籍化にまで至る。
つまりは現代のシンデレラ
（……著者イメージとしては、スーツを着た豚ではあるが）である！

so-bin（ソービン）

イラストレーター。
転職したら忙しすぎて趣味の時間がとれず、
イラストを始めたら
さらに忙殺の日々を送ることになってしまいました。
ペットのうさぎに癒されながら色々と活動中。

オーバーロード　1
不死者の王

2012年 8 月10日――初版発行
2015年 8 月 5 日――第8刷発行

著者――丸山くがね
イラスト――so-bin

OVERLORD

発行人――青柳昌行
編集――ホビー書籍編集部
〒104-8441 東京都中央区築地1-13-1 銀座松竹スクエア
編集長――久保雄一郎
担当――藤田明子
装丁――コードデザインスタジオ
協力――エンターブレイン事業局
発行――株式会社KADOKAWA
〒102-8177 東京都千代田区富士見2-13-3
電話 0570-060-555［ナビダイヤル］
http://www.kadokawa.co.jp/
印刷――大日本印刷株式会社

●本書の内容・不良交換についてのお問い合わせ先
エンターブレイン　カスタマーサポート
電話 0570-060-555 | メールアドレス:support@ml.enterbrain.co.jp
※メールの場合は商品名をご明記ください。
［受付時間:土日祝日を除く 12:00～17:00］

定価はカバーに表示してあります。

ISBN978-4-04-728152-3　C0093

城塞都市エ・ランテルに現れた謎の戦士と魔法詠唱者《マジック・キャスター》。彼らの狙いとは？　そしてその正体は？　同じ頃、二人にしのびよる邪悪な秘密教団の影。

The world is all yours.

この世界がゲームだと
俺だけが知っている
入り込んだのは
バグ満載の
ゲーム世界!!
著●ウスバー／イラスト●イチゼン
定価：1000円＋税

【著】カルロ・ゼン 【画】篠月しのぶ
定価:1000円+税
幼女の皮をかぶった
化け物。
彼女は……
戦争の英雄、
幼女戦記